ullstein

Das Buch

Im Münchner Auer Mühlbach wird die Leiche des polizeilich gesuchten Verbrechers Fred Kaup gefunden. Kurz darauf wird auch dessen Ehefrau, Esther Kaup, ermordet. Handelt es sich um einen Doppelmörder? Der spanischstämmige Ermittler Alexander Garcia nimmt gemeinsam mit seiner reizenden Kollegin Franziska Lorenz Kontakt zu drei ehemaligen Opfern Kaups auf – die Frauen waren von ihm gestalkt und verfolgt worden. Zunächst läuft alles nach Plan, und die Puzzleteile scheinen sich zu fügen. Doch als Franziska in große Gefahr gerät und Garcia nicht mehr weiß, wem er vertrauen kann, wird die Lage richtig ernst. Schafft er es, den wahren Täter zu überführen und seine Kollegin zu retten?

Die Autorin

Julie Fellmann studierte Neuere deutsche Literatur, Mediävistik und amerikanische Kulturgeschichte an der LMU in München. Sie arbeitete viele Jahre als Produzentin für Fernsehserien und entwickelte sich zu einer wahren Krimi-Expertin. Heute lebt sie als freiberufliche Autorin in München, wo sie Drehbücher, Romane, Hörbücher und Bühnenstücke schreibt.

Julie Fellmann

Der Schatten und sein Meister

Kriminalroman

Ullstein

Besuchen Sie uns im Internet:
www.ullstein-taschenbuch.de

MIX
Papier aus verantwortungsvollen Quellen
FSC® C083411
FSC
www.fsc.org

Lizenzausgabe im Ullstein Taschenbuch
1. Auflage Mai 2016

Umschlaggestaltung: ZERO Werbeagentur, München
Titelabbildung: © FinePic®, München
Satz: Kösel, Krugzell
Gesetzt aus der Minion
Druck und Bindearbeiten: CPI books GmbH, Leck
Printed in Germany
ISBN 978-3-548-28769-0

VORHER

Hier ist Shadow.

¬

Hier ist dein Meister.

¬

Heute Nacht wird es geschehen.

¬

Bist du sicher, dass sie diesmal die Richtige ist?

¬

Ganz sicher. Die anderen waren nur billiger Ersatz. Aber ich habe daraus gelernt. Alice ist genau wie Anastasja. Nur noch viel besser.

¬

Du willst doch eigentlich nur Anastasja. Alice wird auch wieder nur billiger Ersatz sein.

¬

Nein. Du täuschst dich. Du wirst sehen.
Ich werde dir berichten.

¬

Wann?

¬

¬

¬

¬

¬

¬

¬

¬

¬

¬

¬

¬

SONNTAG, MORGEN

Die Herbstmelancholie traf ihn mit voller Wucht. Gerade noch war alles gut gewesen. Denn gerade noch war die Wiesn gewesen. Er hatte es wohl ein wenig übertrieben. Eigentlich hatte Alexander Garcia überhaupt nur drei Tage Oktoberfest ausgelassen. Einen Freitag, als seine Tochter Greta bei ihm gewesen war – am Samstag war er allerdings mittags schon wieder mit ihr hingegangen und es war dann doch später als geplant geworden. Und dann zwei Abende unter der Woche, an denen er sich äußerst vernünftig gefühlt hatte und früh zu Bett gegangen war. Nur um es am nächsten Tag schon wieder gehörig krachen zu lassen, denn die Wiesn, das stand fest, war unter drei Mass Bier nicht zu ertragen.

Und jetzt war es plötzlich Herbst und Garcia fühlte diese innere Unruhe, gepaart mit einer fast schon depressiven Stimmung. Als würde er auf etwas warten, wohl wissend, dass jetzt die Tage kürzer wurden, das Wetter kalt, der Sommer vorbei war und es eigentlich nichts wirklich gab, worauf zu warten es sich gelohnt hätte.

Und dann zogen sie diesen Toten aus dem Auer Mühlbach.

Ein Schrebergartenbesitzer hatte in den frühen Morgenstunden einen Notruf abgesetzt, ein Mensch sei gerade an seinem Grundstück vorbeigetrieben.

Garcia saß noch ziemlich verschlafen und trotz der Morgensonne leicht fröstelnd auf seinem Balkon mit Blick zum etwas schmucklosen Innenhof, trank seinen Kaffee und blätterte in einer Süddeutschen Zeitung der vergangenen Woche, als er den Hubschrauber in nächster Nähe kreisen hörte. An der Art, wie sich das Brummen näherte und wieder entfernte, war ihm sofort klar, dass es sich nicht um einen Unfalltransport handelte, sondern um eine Personensuche. Er rief die Notrufzentrale an, erklärte, er sei der Leiter der Kripo München und fragte, was da gerade in den Isarauen los sei. Da war der treibende Körper des Mannes bereits im Auer Mühlbach gesichtet worden. Garcia schwang sich auf sein Fahrrad und keine zwanzig Minuten später hatte er das große, backsteinrot gestrichene Gebäude der Kraemer'schen Kunstmühle erreicht. Das Café, das sich dort im Erdgeschoß befand, war noch geschlossen, der Parkplatz vollgestellt mit Rettungsfahrzeugen und Polizeiautos. Er stellte sein Fahrrad daneben ab, verzichtete angesichts des Überangebots an Polizeibeamten darauf, es abzuschließen, und lief von dort zu Fuß flussaufwärts, geradewegs auf die tumultartige Szenerie zu.

Auf dem schmalen Fußweg zwischen Ufer und Schrebergartensiedlung versuchten Einsatzleute nach Kräften, die Schaulustigen von der Fundstelle fernzuhalten. Der Hubschrauber hatte hier nicht landen können und auch für die Rettungsfahrzeuge war der Weg zu schmal. Die Sanitäter wuchteten gerade eine Bahre aus einem Krankenwagen und Garcia beeilte sich, vor ihnen die Stelle zu erreichen.

Genau wo der Mühlbach eine Art rundes Becken bildete, lag der leblose Körper des Mannes am Ufer, auf dem Rücken, bekleidet mit einer schwarzen Jeans und einer schwarzen Sweatshirtjacke, beides vor Wasser triefend und stellenweise stark zerfetzt. Das Gesicht war aufgedunsen, die Augen zugeschwollen, überall hatte er Prellungen, Rötungen und Aufschürfungen. Der halb geöffnete Mund ließ schiefe gelbe Zähne erkennen, am Nasenbein war der blanke Knochen zu sehen.

„Entweder der ist schon ziemlich lang im Fluss getrieben oder er wurde vermöbelt, bevor er da reingefallen ist. Vielleicht war's ja eine Schlägerei unter Besoffenen mit tödlichem Ende", mutmaßte der Polizeibeamte, der Garcia am nächsten stand und der den Kollegen sofort erkannt hatte.

„Ich tippe auf den Düker", keuchte ein Feuerwehrmann im Vorbeilaufen.

„Wer ist der Düker?", rief der Polizist ihm nach. In diesem Augenblick wurden sie von den Sanitätern beiseite gedrängt, die mit der Transportbahre angelaufen kamen. Der Notarzt kniete im feuchten Dreck vor dem Körper nieder, doch schon nach Sekunden blickte er zu Garcia und dessen uniformierten Kollegen auf. „Nichts zu machen. Der ist tot."

Die Menge der Schaulustigen hatte sich mittlerweile weiter vorgedrängt, die Polizisten trieben sie durch lautes Rufen wieder zurück. Garcia blickte sich suchend um, bis er den Feuerwehrmann entdeckte. Er ging zu ihm hin. „Was meinten Sie damit, Sie tippen auf den Düker?", fragte er.

„Der Auer Düker, das ist der Schacht, der den Auer Mühlbach mit Isarwasser speist", informierte ihn der Feuerwehrmann. „Es gibt immer wieder Verrückte, die Mutproben machen und oben bei der Marienklause in den Isarkanal springen, obwohl überall Schilder auf die Lebensgefahr hinweisen. Die saugt's dann gleich nach unten und durch den Düker. Da rauschen zehn Kubikmeter Wasser pro Sekunde durch, die erzeugen einen enormen Druck. Wer da durchgeschleudert wird, der ist futsch, wenn er wieder ausgespuckt wird!"

„Dann ist der Mann heute schon durch den Tierpark getrieben, da fließt der Auer Mühlbach doch durch", überlegte Garcia. „Wir können froh sein, dass es noch so früh ist. Mir reichen die Gaffer hier schon." Dann wandte er sich an die Sanitäter, die den Toten gerade auf der Bahre festschnallten. „Ich ruf in der Nußbaumstraße an, Professor Bernauer soll den Mann auf seinen Tisch kriegen!"

Ein Mann, der ganz vorne unter den Schaulustigen stand, fuchtelte wild mit den Armen und versuchte, sich Gehör zu verschaffen: „Ich hab die Polizei gerufen! Ich bin der Zeuge!", schrie er immer wieder.

Nachdem der Tote zugedeckt und abtransportiert worden war, ging Garcia zu dem Zeugen, der eifrig auf einen der Polizeibeamten einredete. Er trug Gummistiefel und seine braune Cordhose war ziemlich verdreckt. Garcia bat ihn, ihm die Stelle zu zeigen, an der er den Toten entdeckt hatte. Darum ließ sich der Mann nur allzu gern bitten, stolzen Schrittes marschierte er vor Garcia her durch die Schrebergartensiedlung.

Gemeinsam durchquerten sie einen Teil der Siedlung, bis sie an das Häuschen des Zeugen gelangten, dessen langgestreckter Garten zum Uferweg führte. Die Strömung des Auer Mühlbachs war an dieser Stelle erstaunlich stark und dort hatte er beim Beschneiden seiner Rosen den Toten vorbeitreiben sehen.

In Garcia riefen die säuberlich abgetrennten, liebevoll gepflegten Gärten mit ihren individuell gestalteten Gartenhäusern und den sorgfältig angelegten Gemüsegärten ein seltsames Gefühl von Ruhe hervor. Bisher hatte er um Schrebergartensiedlungen immer den größtmöglichen Bogen gemacht und sich kaum etwas Spießigeres vorstellen können. Doch selbst die kleine Keramik-Rehgruppe, die von dem Zeugen in Cordhose so aufgestellt worden war, als würde sie friedlich grasen, konnte ihm das Gefühl nicht nehmen, dass man hier durchaus das Leben auch genießen konnte. Warum nicht auf einem dieser Liegestühle Platz nehmen, dem Mühlbach beim Fließen zusehen und ab und zu sein Steak auf dem Grill wenden?

Hier ist dein Meister.

¬

Hallo, Shadow! Warum meldest du dich nicht?

¬

War Alice doch nicht die Richtige?

¬

Melde dich. Du weißt, was du mir schuldig bist.
Ich gebe dir noch einen Tag.

¬

¬

¬

¬

¬

¬

¬

¬

¬

¬

¬

¬

¬

¬

¬

¬

¬

¬

¬

¬

¬

¬

¬

¬

¬

SONNTAG, MITTAG

„Alexander, der Schrebergartenbesitzer! Das möchte ich erleben!“, frotzelte sein Freund Christoph, mit dem Garcia eine Stunde später im Café Corso saß. Sie hatten sich seit mindestens zwei Jahren nicht mehr gesehen, aber Alexander Garcia hatte sich im Zuge seiner Herbstdepression auf alte Werte besonnen und seinen vernachlässigten Freundeskreis von Nicht-Wiesn-Gehern wieder aktiviert.

„Hoffentlich war's ein Unfall“, meinte er, nachdem er Christoph von der Leiche berichtet hatte. „Das wird morgen *die* Schlagzeile in der Boulevardpresse, so was lieben die Leute. Am schlimmsten wär's, wenn die Todesursache nicht ganz eindeutig ist, dann spekulieren die ewig rum.“

„Ertrinken muss grausam sein“, sinnierte Christoph.

„So kalt wie die Isar ist, geht das ganz schnell. Man kriegt einen Kälteschock und geht direkt unter … Grausam ist es trotzdem.“

„Wie alt war er denn?“

Garcia überlegte, die Frage hatte er sich noch gar nicht gestellt. „Schwer zu sagen, der war so übel zugerichtet. Vielleicht lag's daran, dass er so aufgedunsen war, aber irgendwie finde ich, er hatte eine Schlägervisage. Ich schätze mal, der war nicht älter als vierzig. Vielleicht auch erst dreißig. Grausam …“

„Stell dir vor, du sitzt in deinem Schrebergarten und dann treibt da so eine Leiche vorbei“, meinte Christoph kopfschüttelnd.

„Um den Mann mache ich mir keine Sorgen, der fand das ziemlich spannend. Dem muss ganz schön langweilig sein. Er hat mir erzählt, dass er seine Gartenzwerg-Bambis jeden Tag umstellt, damit sie genug zu grasen haben!“

„A propos Bambi“, fiel es Christoph ein. „Ich wollte dich längst anrufen und dir erzählen, dass ich Melanie getroffen habe!“

„Melanie? Meine Melanie?“, fragte Garcia erstaunt.

„Naja, eher unsere Melanie. Immerhin war ich drei Wochen mit ihr zusammen, bevor du sie mir ausgespannt hast.“

Garcia grinste. „Als ich mit ihr zusammenkam, war schon mindestens seit einer Woche Schluss zwischen euch."

„Ja", sagte Christoph gedehnt, „aber nur, weil sie sich in dich verliebt hatte."

„Ist ja wohl jetzt verjährt, nach zwanzig Jahren. Also erzähl, wo hast du sie getroffen? Sieht sie immer noch aus wie Bambi?"

„Eher wie Bambis Mutter. Aber sie hat immer noch so fantastische Rehaugen. Stell dir vor, sie lebt seit zwei Jahren wieder in München! Ich hab sie auf der Wiesn getroffen."

„Seit wann gehst du auf die Wiesn? Und warum hab ich sie nicht getroffen, ich war da jeden Tag!"

„Mittags. Da schläfst du noch deinen Rausch vom Vorabend aus. Ich hab ihr deine Nummer gegeben." Christoph zog sein Smartphone hervor und tippte darauf. „Sie hatte den Krankenhausdienst an der Charité satt, hat Berlin den Rücken gekehrt und ist zurück in München. Sie hat sich in einer Frauenarzt-Praxis am Sendlinger Tor niedergelassen."

„Wie geht es ihr?"

„Ganz gut, glaube ich. Sie ist wohl schon seit geraumer Zeit geschieden. Schau, ich habe ein Foto gemacht." Er zeigte Garcia das Foto auf dem Display seines Smartphones. Melanie, im dunkelblauen Dirndl, blinzelte gegen das Sonnenlicht, sodass ihr Gesicht etwas verkniffen aussah, aber ihre schlanke Linie hatte sie wohl behalten.

„Soso, geschieden", murmelte Garcia, während er das Foto betrachtete. „Ich wusste gar nicht, dass sie verheiratet war. Gibst du mir ihre Nummer?"

Hier ist dein Meister.

¬

Shadow?

¬

Du musst dich bei mir melden und mir berichten. Alles. Jedes Detail. Es ist deine Pflicht. Deine einzige Pflicht.

¬

Ich habe dich in der Hand. Ich werde dich drankriegen. Nicht du mich.

¬

Ich dich!

¬

Ich muss wissen, was du mit Alice getan hast! Ich werde verrückt, wenn ich an sie denke. Wenn ich daran denke, was du mit ihr tun könntest. Tu es! Und sag mir alles. Alles!

¬

Sonst werde ich es tun.

¬

¬

¬

¬

¬

¬

¬

¬

¬

¬

¬

¬

¬

¬

SONNTAG, ABEND

Die Frau im schwarzen Spitzenleibchen mit den rot lackierten hochhackigen Stilettos hatte eine Figur, die man wohl nur unter Hinzuziehung seiner Hände adäquat beschreiben konnte: kurvig, durchtrainiert, sexy.

Leider konnte man dasselbe nicht von Garcias Begleitung behaupten, die zu ihrem ersten gemeinsamen Tangotanzkursabend in Jeans und Turnschuhen erschienen war. Verena war eine langjährige gute Bekannte, die zum engeren Freundeskreis des Kommissars gehörte, mit der er sich aber noch nie alleine getroffen hatte. Wie sie ihn dazu gebracht hatte, mit ihr diesen Tangokurs zu belegen, konnte er im Nachhinein selber nicht mehr genau nachvollziehen. Es musste wohl daran liegen, dass die anderen aus der Clique feste Partner hatten und Garcia und Verena einfach die Übriggebliebenen waren. Er hatte sich auf den Abend gefreut, erhoffte er sich doch, allein durch seine Herkunft – sein Urgroßvater war ein Zugereister aus Andalusien, was allerdings nunmehr mindestens hundert Jahre her sein durfte – eine angeborene Begabung, die nötige Macho-Haltung und das Latino-Feuer im Blut zu haben. Schwarz-weiße Tangoschuhe hatte er sich extra zugelegt und betrachtete schlecht gelaunt die Turnschuhe seiner Begleiterin.

Letztlich war es dann egal, welche Schuhe Verena trug, denn an diesem Abend tanzten sie gar nicht miteinander. Keiner tanzte. Sie gingen. Laetitia, die feurige Tanzlehrerin mit den rot lackierten Stilettos, klatschte in die Hände, schrie irgendwelche Befehle – Brust raus, Po rein, nicht so, stolzer, kleinere Schritte, im Rhythmus bleiben – und die ganze Truppe lernwilliger Amateure bewegte sich anderthalb Stunden lang von einer Seite des Raums zur anderen und wieder zurück. Als besonders quälend empfand Garcia die Tangomusik vom Band, die so herrlich sehnsüchtig Bilder des Südens, der Einsamkeit, versoffener Nächte, unerfüllter

Leidenschaften und großer Lieben beschwor, und zu der er sich vorgestellt hatte, seine Tanzpartnerin leidenschaftlich zu führen. Aber nein, es wurde gelaufen, von rechts nach links, von links nach rechts, und Garcia fühlte sich jeder Möglichkeit benommen, sein ererbtes andalusisches Temperament unter Beweis zu stellen.

Nach der Stunde schlich er sich zu Laetitia und fragte möglichst leise, damit Verena es nicht mitbekam, ob er noch einen Rückzieher machen und aus dem Kurs wieder austreten könne.

„Rückzieher?", schrie Laetitia mit ihrem spanischen Akzent so laut, dass alle sich nach ihnen umdrehten. „Was bist du für ein Mann? Machst du schon schlapp nach erste Mal?!"

Garcia lächelte etwas schräg und verließ fast fluchtartig mit Verena den Tanzsaal.

Sie wäre gerne noch etwas trinken gegangen, aber ihm war nicht danach. Die Tangomusik klang noch in seinen Ohren und die Verschmelzung der sehnsuchtsvollen Klänge mit seiner Herbstmelancholie verursachte ein Ziehen in seiner Brust.

Als er Verena heimbrachte, sagte er ihr, dass es keine weiteren Tangoabende geben würde.

MONTAG, MORGEN

Frau Stahl begrüßte ihren Chef nach ihrem zweiwöchigen Urlaub braungebrannt und strahlend. Garcia wäre ihr am liebsten um den Hals gefallen, nachdem er sich in ihrer Abwesenheit mit einer wesentlich jüngeren Kollegin hatte zufriedengeben müssen, die ihn mit ihrer Fragerei beinahe um den Verstand gebracht hätte.

„Herr Garcia, ich habe Ihnen wieder zwei Tüten Äpfel aus Südtirol mitgebracht. Aus dem Garten meiner Mutter." Frau Stahl, die in Garcia eine Art Traumschwiegersohn sah, obwohl sie bedauerlicherweise keine Tochter hatte, mit der sie ihn hätte verheiraten können, hielt ihm die beiden schweren Tüten entgegen, die der Kommissar ihr schnell abnahm. Es mussten mindestens zehn Kilo sein und er fragte sich, wann er so viele Äpfel essen sollte.

Seine Sekretärin rückte ein paar Sachen auf dem Schreibtisch akkurat zurecht. „Ansonsten habe ich hier wieder alles in Ordnung gebracht, die Kollegin scheint ja nicht viel für Ordnung übrig zu haben."

„Ich habe Sie jedenfalls schmerzlich vermisst", lächelte Garcia sie charmant an.

„Professor Bernauer hat übrigens schon ganz in der Früh angerufen." Frau Stahl senkte unwillkürlich die Stimme. „Wegen dem Ertrunkenen. Es sieht nicht nach einem natürlichen Tod aus."

Garcia fuhr sich durch seine schwarzen Haare. „Ich hab's befürchtet. Weiß man schon etwas über seine Identität?"

„Er hatte keine Papiere bei sich, das Vermisstendezernat prüft gerade, ob eine Beschreibung auf ihn zutrifft."

„Auch das noch." Er überlegte kurz. „Schicken Sie mir doch bitte die Kollegen Lorenz und Ott rüber. Und verbinden Sie mich mit dem Professor."

Mit diesen Worten ging Garcia in sein Büro und schloss die Tür hinter sich.

Kurze Zeit später klopfte es und Franziska Lorenz, von allen Franzi genannt, steckte ihren Kopf zur Tür herein. Garcia, noch am Telefon, gab ihr ein Zeichen, einzutreten und Franzi stellte sich ans Fenster. Während sie hinaus auf die Ettstraße blickte, betrachtete er ihren sehr geraden Rücken, die kinnlangen braunen Haare, die knapp über dem zarten Nacken endeten, und ihre filigranen Handgelenke, mit denen sie sich am Fensterbrett abgestützt hatte.

Garcia fühlte sich seit Langem zu ihr hingezogen und verspürte einen Augenblick lang den Wunsch, aufzustehen und sich zu ihr zu stellen, aber dann schüttelte er den Kopf und drehte sich schwungvoll mit seinem Bürostuhl in die andere Richtung. Seit er wusste, dass Franzi einen Freund in Australien hatte, hatte er sich von dem Gedanken verabschiedet, sie zu einem Date einzuladen. Obwohl er sich, wenn er ehrlich war, eingestehen musste, dass es weniger an diesem Freund am anderen Ende der Welt lag als vielmehr an Franzis stets so distanzierter Haltung ihm gegenüber. Warum sollte er sie – und sich selbst – mit seinen unerwiderten Avancen quälen?

Einmal, im Frühjahr, hatte sie ihm eine SMS geschrieben, die er nicht recht zu deuten gewusst hatte. Aber auf seine Antwort hatte sie nie reagiert und bei ihrer nächsten Begegnung im Büro war sie ihm kühler als sonst, ja geradezu schnippisch vorgekommen. Seither hatte sich ihr Verhältnis auf einer sehr sachlichen Ebene eingependelt.

Kurz nach Franzi platzte auch der Kollege Markus Ott herein, wie immer laut und hektisch. Er begrüßte Franzi mit einem Küsschen auf die Wange. Die beiden waren gute Freunde und gingen auch nach Feierabend öfter etwas trinken, was Garcia früher ein wenig gewurmt hatte. Doch obwohl Markus mit seiner sportlichen Figur und den braunen, leicht gekräuselten Haaren eigentlich ein gutaussehender Typ war, fehlte es ihm an männlicher Ausstrahlung.

Garcia hatte den um einige Jahre jüngeren Kollegen in sein engstes Team geholt, weil dieser durch seinen Eifer und Tatendrang immer dafür sorgte, dass die mitunter stagnierenden Ermittlungen auf wohltuend unkonventionelle Weise vorangetrieben wurden – mit anderen Worten: Er verkürzte gern die Teambesprechungen, wenn ihm die Theorien zu langatmig wurden, und machte lieber konkrete Vorschläge. Garcia kannte diese Unruhe von sich selbst, hatte aber über die Jahre gelernt, sich in dieser Hinsicht etwas zurückzunehmen. Und obwohl er gut nachfühlen konnte, wie es in Markus brodelte, musste er den Kollegen ab und zu einbremsen, wenn er wieder einmal dem Handeln den Vorzug vor dem Denken gab und es dabei am nötigen Taktgefühl fehlen ließ.

Garcia beendete sein Telefonat mit Professor Ludwig Bernauer, Rechtsmediziner in der Nußbaumstraße und einer seiner ältesten Freunde. Franzi und Markus nahmen auf der grauen Couchgarnitur Platz, die in einer Ecke von Garcias Büro stand und ihnen für Besprechungen in kleiner Runde diente, und Garcia setzte sich dazu.

Markus wippte aufgeregt mit dem Fuß, es fiel ihm sichtlich schwer, einfach sitzen zu bleiben. „Es geht um den Toten aus der Isar, stimmt's?", wollte er ungeduldig wissen.

„Aus dem Auer Mühlbach", präzisierte Garcia. „Der Professor hat mir gerade erste Erkenntnisse mitgeteilt. Der Mann ist … war schätzungsweise Anfang bis Mitte dreißig und schon mindestens drei Tage tot. Und vermutlich ist er nicht ertrunken. Zumindest fehlen die typischen Ertrinkungszeichen."

„Kann man das nach drei Tagen im Wasser überhaupt so genau feststellen?", hakte Markus nach.

„Das war nur eine erste Einschätzung, der Professor untersucht das natürlich noch."

„Nicht ertrunken?", grübelte Franzi. „Das würde bedeuten, dass jemand seine Leiche ins Wasser geworfen hat."

„Nicht unbedingt“, spann Markus den Gedanken weiter. „Vielleicht ist er ja gestürzt und dann in die Isar gerollt. Oder bei einem Sprung ins Wasser ...“

„Am dringlichsten scheint es mir jetzt, die Identität des Toten zu klären“, unterbrach Garcia den Kollegen in seinem Elan. „Bisher haben wir noch kein positives Ergebnis aus dem Vermisstendezernat. Wenn sich bis morgen niemand meldet, der ihn vermisst, müssen wir die Presse um Hilfe bitten. Allerdings war der Mann so übel zugerichtet, dass wir kaum ein Bild seines Gesichts veröffentlichen können.“ Er überlegte kurz. „Vielleicht können wir ein Phantombild erstellen lassen. Ich werde diese Fotos zu Irene ins LKA bringen. Schauen wir mal, was sie tun kann.“

Franzi und Markus beugten sich über die Fotos, die Garcia ihnen reichte. „Boah, wirklich übel“, kommentierte Markus.

„Liegt es an seinem Zustand oder hat der was Fieses?“, überlegte Franzi laut.

„Genau das habe ich mich auch schon gefragt“, stimmte Garcia ihr zu. „Ich glaube aber, das können wir so gar nicht beurteilen. Eigentlich können wir nur abwarten. Oder hoffen, dass seine Brieftasche auch noch angeschwemmt wird.“

¶

Eine Stunde später schwang Garcia sich auf sein Fahrrad und radelte in die Maillingerstraße zum Bayerischen Landeskriminalamt, wo die Phantombildzeichnerin Irene Bonbach in einem Großraumbüro vor dem Computerbildschirm saß und ihn bereits erwartete. Sie bot ihm einen Kaffee an, dann nahmen sie gemeinsam vor dem Bildschirm Platz.

Garcia zeigte ihr die Fotos des Ertrunkenen. Irene studierte sie aufmerksam. „Das wird nicht ganz einfach werden. Wie es aussieht, ist das Nasenbein gebrochen, wir müssen also bei der Form der Nase etwas improvisieren. Und die verquollenen Augen machen es uns auch nicht gerade leicht.“

„Können wir nicht mit dem Mund anfangen? Wenigstens zeigt er uns seine schiefen Zähne."

Irene lächelte. „Eins nach dem anderen. Wie wär's mit der Kopfform?"

Sie klickte ein Programm an und wählte aus verschiedenen Schädelformen eine aus, die der des Toten am nächsten kam. Garcia schaute ihr interessiert zu, wie sie Stirn, Wangen und Kinn immer wieder anpasste. Dann probierte sie verschiedene Augen aus, zu denen der Kommissar seine Kommentare abgab. Über die Nase diskutierten sie so lange, bis Irene schließlich erst Haare hinzufügte und dann das nasenlose Bild ausdruckte. Per Hand machte sie sich nach Garcias Anweisung daran, die Nase in das Gesicht zu zeichnen.

Bei den Schraffierungen rund um die Nasenlöcher hielt sie plötzlich inne. „Das gibt's doch nicht!", rief sie aus.

„Kennst du den etwa?", fragte Garcia.

„Nicht persönlich … aber …" Statt ihren Satz zu vollenden, klickte Irene verschiedene Dateien auf ihrem Computer an und rief andere Phantombilder auf, die sie immer wieder wegklickte. „Komisch … ich bin mir sicher …"

„Red mit mir!", bat Garcia ungeduldig. „Was suchst du?"

„Da! Schau, da ist es!" Irene hatte das Phantombild eines Mannes geöffnet, das dem auf Garcias Bild frappierend ähnlich sah. „Ich wusste es! Ich habe den schon einmal gezeichnet. Ist schon eine Weile her." Sie deutete auf das Datum am Bildschirmrand. „Vor zwei Jahren war das."

„Und daran konntest du dich erinnern?"

Irene blickte ihn ernst an. „Ich kann mich an jedes einzelne Bild erinnern, das ich je gezeichnet habe. Manchmal verfolgen sie mich noch im Traum. Und jetzt halt dich fest: Der Typ ist ein polizeilich gesuchter Vergewaltiger!"

Garcia schossen mehrere Gedanken gleichzeitig durch den Kopf. Der Einzige, den er sofort zu fassen kriegte, war: „Dann hat er jetzt seine gerechte Strafe bekommen", aber den verbot er sich sogleich wieder.

„Was weißt du über ihn?", fragte er stattdessen.

„Nicht viel. Da müsstest du Robert Wendling fragen, der hat den Fall damals betreut."

Garcia schnitt eine Grimasse. „Ausgerechnet der. Kannst du dich noch erinnern, nach wessen Anweisung du damals das Bild gezeichnet hast?"

Garcia hielt das ausgedruckte Blatt, das einen braunhaarigen Mann Mitte dreißig zeigte, der auffällig schmale Augen und eine sehr gerade Nase hatte, zum Vergleich neben den Bildschirm. „Der Typ hat übrigens tatsächlich was Fieses. Liegt wohl an den Augen."

Irene nickte nachdenklich. „Ich glaube, ich kann mich an die Frau erinnern, die den damals beschrieben hat. Sie war noch so jung! Ach, Alexander, es kommen so viele verschreckte Menschen hierher. Am schlimmsten ist es mit den Kindern …"

Garcia nickte mitfühlend. „Was kannst du mir über diese junge Frau sagen?"

„Ich weiß es nicht mehr genau. Gibst du mir etwas Zeit, darüber nachzudenken?"

Garcia erhob sich und drückte ihr die Hand. „Natürlich, du hast mir sowieso schon sehr geholfen. Ich glaube, ich halte mich mit der Fahndung noch etwas zurück, bis ich den Wendling gesprochen habe. Ich war gerade drei Tage mit ihm auf Fortbildung, die reinste Hölle. Der Typ ist so ein Wichtigtuer!"

Irene lächelte amüsiert. „Das findest du. Ich mag ihn."

Garcia verdrehte die Augen. „Versteh einer die Frauen!"

Irene flüsterte ihm zu: „Man munkelt, er habe einen riesigen Spiegel über seinem Bett hängen."

„Und darauf stehst du?"

Statt einer Antwort lachte Irene nur und fügte dann hinzu: „Dasselbe munkelt man übrigens auch von dir!"

MONTAG, NACHMITTAG

Robert Wendling war gutaussehend und wusste das auch. Seine Kleidung saß perfekt, ohne übertrieben modisch zu wirken und ließ seinen durchtrainierten Körper erkennen. Alles an ihm strahlte betontes Understatement, gepaart mit natürlichem Selbstbewusstsein aus. Garcia konnte seine Aversion gegen diesen narzisstischen Kollegen kaum verbergen, die im Übrigen auf Gegenseitigkeit beruhte.

Wendlings Büro unterschied sich von denen seiner Kollegen schon auf den ersten Blick durch die Einrichtung: Im Gegensatz zu allen anderen, deren Schreibtische grau in grau waren, bestand sein Schreibtisch aus einem verchromten Stahlgestell mit einer Rauchglasplatte, auf der außer einem Laptop nur eine sehr minimalistische Schreibtischlampe stand. Die ebenfalls verchromten Stühle waren lederbezogen, persönliche Gegenstände wie Bilderrahmen, Pflanzen oder sogar Stifthalter gab es nicht. Garcia fiel sofort auf, dass die Rauchglasplatte frisch poliert war, und der Gedanke ging ihm durch den Kopf, dass der Kollege vermutlich die Hälfte seiner Zeit damit verbrachte, sein Büro zu stylen, die andere Hälfte sich selber.

Wendling ging mit einem jovialen Gesichtsausdruck, der ziemlich aufgesetzt wirkte, um seinen Schreibtisch herum und drückte Garcia kraftvoll die Hand. „Tach, Alex, so schnell sieht man sich wieder!“

Garcia atmete einmal tief durch und überhörte sowohl die norddeutsche Anrede als auch die Abkürzung seines Vornamens, die er sich normalerweise grundsätzlich verbat. Stattdessen konterte er mit einem: „Servus, Robert“, wohl wissend, dass sein Kollege sich eigentlich von allen Bob nennen ließ und dies auf der Fortbildung auch mehrfach betont hatte.

„Es könnte sein, dass wir einen Mann gefunden haben, den ihr sucht“, begann Garcia ohne Umschweife. Er gedachte, sich nicht länger als nötig bei Wendling aufzuhalten. Er legte ihm die beiden Phantombilder auf den Schreibtisch, das zwei Jahre alte und das aktuelle.

Wendling betrachtete nur kurz die Bilder, dann blickte er auf. „Den habt ihr gefunden? Bist du sicher?“, fragte er und lehnte sich süffisant lächelnd zurück. „Das ist nämlich der meistgefundene Mann Deutschlands.“

„Tatsächlich?“ Garcia ignorierte das überhebliche Grinsen seines Gegenübers. „Tot oder lebendig?“

Wendling blickte ihn verwirrt an. „Ist der tot oder was?“

Garcia verzichtete auf weitere Sticheleien und wurde sachlich: „Ich weiß es nicht. Es könnte sein, dass das der Tote ist, der am Wochenende aus dem Auer Mühlbach gezogen wurde. Was kannst du mir über seine Identität sagen?“

Wendling gab Garcia ein Zeichen, auf dem Besucherstuhl Platz zu nehmen und setzte sich dann ihm gegenüber an seinen Schreibtisch. Er fuhr sich durch seine dunkelblonden Haare, mit genau der gleichen Geste, mit der Garcia sich immer durch sein schwarzes Haar fuhr.

„Also, den Fall habe ich präsent, weil ich tatsächlich seit einiger Zeit ständig damit konfrontiert bin“, erklärte Wendling und wirkte plötzlich sehr ernst. „Vor zwei Jahren ist eine junge Frau – sie war damals 24 – von einem Typ in ihrem Hauseingang überfallen und vergewaltigt worden. Sie hat sich sein Gesicht sehr genau einprägen können und Irene hat dieses Phantombild von ihm erstellt. Leider blieb die Fahndung ohne Erfolg, obwohl wir sogar zwei Gegenstände von ihm sicherstellen konnten: eine weiße Kordel und ein Zippo-Feuerzeug. Die Kordel hatte die Frau ihm aus der Kapuze seiner Sweatshirtjacke gezogen, als sie sich heftig gegen ihn wehrte. Nun … letzten Herbst … ja, ist jetzt ziemlich genau ein Jahr her … also, da ist das Opfer nochmal zu mir gekommen und hat das Phantombild verlangt. Für ihre Webseite. Und für Facebook.“

„Und du hast es ihr gegeben?“

„Überleg doch mal, was Facebook für ein unglaublicher Multiplikator ist! Es war natürlich alles genau mit mir abgesprochen, dass sich die Leute, die den Mann erkennen, nur bei ihr selbst oder bei mir melden dürfen. Mein Kontakt steht auf der Seite, jegliche Pöbeleien werden sofort gelöscht. Die Seite dient nicht dem Austausch, sondern bloß der Fahndung.“

Garcia nickte. „Jetzt verstehe ich, was du mit dem meistgefundenen Mann Deutschlands meinst.“

Wendling seufzte. „Jede Woche ruft hier mindestens einer an, der glaubt, den Typen zu kennen. Und das seit einem Jahr! Und bis jetzt leider alles umsonst. Wir haben schließlich seine DNA.“

Garcia erhob sich. „Dann sollten wir sie möglichst schnell mit der des Ertrunkenen abgleichen. Der Tote liegt bei Professor Bernauer auf dem Tisch, ich ruf dort gleich an. Könnte ich den Polizeibericht über diesen Vergewaltiger haben?“

Wendling erhob sich ebenfalls. „Warten wir doch erst mal das Ergebnis ab“, erwiderte er knapp. Es schien ihm nicht zu gefallen, dass Garcia sich in seinen Fall einmischen wollte. „Wenn die DNA tatsächlich übereinstimmt, suche ich dir den Polizeibericht raus.“

Garcia zögerte kurz, doch dann nickte er, ignorierte die Hand, die Wendling ihm entgegenstreckte, und verließ grußlos das Büro, was normalerweise nicht seiner Art entsprach.

Noch auf dem Flur rief er bei seinem Freund Bernauer an und fragte ihn, wie schnell er die DNA-Analyse liefern könne. Er verspürte keinerlei Lust, sich auch nur eine Minute länger als nötig mit Robert Wendling abzugeben, und hoffte heimlich darauf, dass Irene sich getäuscht hatte.

„Gib mir Zeit bis morgen“, lautete Bernauers Antwort.

„Irgendwie macht mich das nervös, nichts Genaues zu wissen“, brummte Garcia.

„Dann komm doch heute Abend auf ein Glas Wein bei uns vorbei. Ich habe einen neuen Winzer aus der Steiermark entdeckt, fabelhaft. Außerdem hat die Liesl sich schon beschwert, dass du dich seit dem Sommer nicht mehr hast blicken lassen. Ich weiß schon, die Wiesn … Und wenn du nach dem Wein immer noch nervös bist, verschreib ich dir Ritalin."

Garcia musste lachen. „Ich dachte, aus dem Alter wär ich raus."

„Das ist der dümmste Satz, den ich seit Langem gehört habe", konterte Bernauer. „Man sollte niemals meinen, man wäre für irgendwas zu alt. Also, sehen wir uns heute Abend?"

„Gern. Morgen geht's nämlich nicht mehr. Da hab ich sehr wahrscheinlich einen neuen Mordfall."

MONTAG, ABEND

Garcia radelte isaraufwärts von seiner Wohnung am Gärtnerplatz zu Professor Bernauers Haus, das an der Prinz-Ludwigs-Höhe, einem schönen, alten Villenviertel im Stadtteil Solln ganz im Süden Münchens, lag. Der Weg führte die meiste Zeit entlang des Flusses und Garcia überlegte, wo der Tote wohl genau ins Wasser gefallen war.

Er hatte sich die Stelle angesehen, an der der sogenannte Düker verlief, und sich gewundert, dass das Wasser dort so glatt dahin strömte – von unterirdischem Sog keine Spur. Faszinierend fand er, dass das Wasser aus dem Isarkanal abgeleitet wurde, der parallel zur Isar auf der linken Seite angelegt war, der Auer Mühlbach jedoch rechts der Isar floss. Doch wie er nachgelesen hatte, war im Jahr 1906 ein 160 Meter langer Tunnel – eben dieser Düker – gegraben worden, der unter der Isar hindurch ging. Wo die Menschheit überall wühlte!

Fest stand also, dass der Tote nicht in die Isar selbst, sondern in den Isarkanal gefallen war. Es sei denn, er war irgendwo in der Nähe der Schrebergärten direkt im Auer Mühlbach gelandet. Ein Streit unter Schrebergartenbesitzern über die genaue Position der Gartenzwerge hätte ihn als Mordmotiv nicht einmal verwundert.

Es ging bergauf, einen langen asphaltierten Weg entlang, den Bäume und Wiesen säumten und der früher die Strecke der Isartalbahn gewesen war, mit der Sonntagsausflügler aus der Stadt in die Naherholungsgebiete im Süden Münchens gefahren waren. Doch mittlerweile war die altertümliche Eisenbahn weitgehend durch die S-Bahn ersetzt worden und so profitierten Spaziergänger und Fahrradfahrer von der schönen Strecke durch ein Stück fast unverbauter Natur, bis oben am Hochufer die Villenkolonie der Prinz-Ludwigs-Höhe einsetzte.

Garcia trat ordentlich in die Pedale, sog dabei die herbstlichklare Luft ein und versuchte, nicht daran zu denken, dass wieder einmal ein Sommer vorüberging. Es fiel ihm ein, wie er früher mit Greta an den Papa-Wochenenden hier hinaus geradelt war. Bei dieser langen Steigung hatte sie immer furchtbar angefangen zu motzen und Garcia hatte ihr Kinderrad am Gepäckträger gefasst und sie geschoben.

Und jetzt war Greta 15 Jahre alt geworden und das mit den Alle-14-Tage-Papa-Wochenenden fand immer unregelmäßiger statt, weil seine Tochter es mittlerweile vorzog, sich mit Freundinnen zu treffen. Vielleicht auch mit Freunden, doch darüber sprach sie mit ihrem Vater nicht. Und übrigens auch nicht mit Lydia, ihrer Mutter, mit der Garcia in letzter Zeit öfter telefonierte, um gemeinsam darüber zu rätseln, in welcher Phase der Pubertät Greta sich nun genau befand.

Garcia war so in Gedanken, dass er beinahe an dem schönen, stattlichen Fachwerkhaus vorbei geradelt wäre und eine Vollbremsung hinlegen musste.

Liesl Bernauer, eine energisch wirkende Dame Mitte sechzig, kam ihm auf dem geharkten Kiesweg entgegen und umarmte ihn herzlich. Bevor er ins Haus durfte, musste er mit ihr erst einen Rundgang durch den parkähnlichen Garten machen und sich dabei alles über ihre Großfamilie anhören bis hin zu den Enkelkindern, die einst auch Gretas Spielkameraden gewesen waren.

Nachdem sie das Haus betreten hatten, verschwand Liesl für letzte Vorbereitungen in der Küche und Garcia gesellte sich zu seinem Freund Ludwig Bernauer, der ihn lustig mit seinen zusammengekniffenen Augen hinter den Brillengläsern anzwinkerte.

Der Kommissar kannte den zwanzig Jahre älteren Professor für Rechtsmedizin seit Beginn seiner eigenen Polizeiausbildung und hatte in dessen Vorlesungen über Forensik – wie die meisten anderen auch – bewundernd an seinen Lippen gehangen. Über die Jahre hinweg hatte sich aus ihren beruflich bedingten Begegnungen eine tiefe Freundschaft entwickelt und obgleich sie sich längst duzten, nannte Garcia ihn mit einer Mischung aus alter Gewohnheit und unverminderter Verehrung noch immer „Professor“. Der Professor hingegen hatte Garcia von Anfang an „Bub“ genannt und obwohl keiner von ihnen es je ausgesprochen hatte, steckte in beiden das Gefühl, dass Bernauer der Vater war, den Garcia nie gehabt hatte. In der Gegenwart dieses so warmherzig-humorvollen und überaus klugen Mannes fühlte er sich verstanden, ohne viele Worte um sich und seine Befindlichkeiten machen zu müssen.

Endlich wurden sie zu Tisch gebeten, den Liesl mit viel Liebe zum Detail gedeckt hatte. Überall standen kleine und große Vasen, in denen sie Herbstanemonen, spätblühende Rosen und Zweige aus dem Garten drapiert hatte, und bevor sie das Essen servierte – ein fantastisches mehrgängiges Menü, an dem sie bestimmt den ganzen Tag gekocht hatte –, entzündete sie Kerzen und Windlichter, die in allen Fensternischen standen und dem großen Esszimmer mit Parkett und hohen Decken eine sehr heimelige Atmosphäre verliehen.

Nach einem anregenden Abendessen zu dritt, bei dem Garcia geschickt alle Fragen von Liesl zu seinen amourösen Beziehungen umschifft und sich alles über Bernauers neuen Winzer angehört hatte, zogen die beiden Männer sich mit ihrem Wein in die Bibliothek zurück, einen gemütlichen, dunkelgrün tapezierten Raum, in dem es nach dem Staub der alten Bücher roch, die sich auf den deckenhohen Holzregalen stapelten.

Bernauer fröstelte, er schloss das Fenster.

„Jetzt wird es wieder Herbst“, murmelte Garcia vor sich hin.

Bernauer drehte sich zu ihm um. „Was ist los mit dir, Bub?“

„Wie meinst du das?“

„Ich hab’s schon am Tisch gemerkt, normalerweise flirtest du doch meine Liesl immer ein bisserl an. Aber heute Abend …“ Bernauer zögerte.

„Heute Abend was?“

„Heute Abend hatte ich das Gefühl, dass du derjenige bist, der alt wird. Du mit deinen 44 Jahren. Nicht ich mit meinen 63."

„Danke, Professor, das hebt meine ohnehin schon trübe Stimmung deutlich!"

Bernauer lächelte mit seinen verkniffenen Augen hinter den dicken Brillengläsern. Er sah wirklich so aus, wie ein Kind wohl einen Professor gemalt hätte.

„Was ist eigentlich mit deiner Kollegin?", fragte er unvermittelt. „Die hübsche Brünette."

Garcia blickte in sein Glas und schwenkte die dunkle Flüssigkeit hin und her. „Wunderbar, dein Zweigelt." Dann fügte er leiser hinzu: „Die will mich nicht."

Bernauer schüttelte den Kopf. „Du willst sie nicht, so schaut's aus."

„Wie meinst du das?"

„Betrachte doch nur mal das letzte Jahr: Wie viele verschiedene Frauen haben da bei dir übernachtet?"

Bevor Garcia, dem die Frage ziemlich unangenehm war, darauf antworten konnte, hob Bernauer die Hand. „Warte, ich war noch nicht fertig. Denk dir die Zahl einfach in deinem Kopf. Und jetzt überlege, wie viele davon du nach der Liebesnacht gerne im Arm gehalten hast. Denk dir auch diese Zahl im Kopf. Und dann rechne nach, mit wie vielen dieser Frauen du am nächsten Tag noch gefrühstückt hast."

„Muss ich mir diese Zahl auch im Kopf denken?"

„Nein, die kannst du laut sagen. Null, hab ich recht?"

„Mit Franzi wäre es etwas anderes", erwiderte Garcia.

„Siehst du, genau das meinte ich damit, dass du sie nicht willst."

„Diese Logik musst du mir genauer erklären."

„Schau dich doch an: Du bist ein Mann in den besten Jahren, du siehst gut aus, noch sind deine Haare schwarz und nicht grau, du genießt dein Single-Leben, München ist deine Stadt, in der du nach Lust und Laune herumstreunen kannst. Klar, du übernimmst auch Verantwortung, kümmerst dich um deine Tochter – aber jetzt eine Frau in dein Leben zu lassen, von der du genau weißt, dass du es mit ihr ernst meinen müsstest ..."

„... Macht mir Angst", vollendete Garcia den Satz.

Bernauer nickte. „Nicht, dass du das jetzt für eine Moralpredigt hältst. Ich kann dich gut verstehen. Aber sag das niemals meiner Liesl!" Er zwinkerte Garcia über den Rand seines Weinglases zu. „Und jetzt lass uns über die wirklich wichtigen Dinge des Lebens reden. Mein Laborant macht heute Überstunden. Bis wir die Flasche geleert haben, werden wir wohl wissen, ob der Tote dein gesuchter Vergewaltiger war."

„Das ist ja großartig!" Garcia war plötzlich hellwach. „Und wann wissen wir, ob es Mord war?"

„Eins nach dem anderen. Morgen mach ich mich an die genaue Untersuchung des Leichnams."

Während Bernauer ihm fröhlich zuprostete, spürte Garcia, wie bei diesen Worten ein Adrenalinschub durch seine Adern ging.

DIENSTAG, MORGEN

An diesem Morgen kam Garcia fast eine halbe Stunde zu spät zur Konferenz.

Sein Team wartete bereits: Franzi und Markus saßen wie immer vertraulich ratschend beisammen, der Computerexperte Florian Löscher, gerade dreißig geworden und damit das Küken der Gruppe, tippte Nachrichten auf seinem Handy und Steffi Holtzhaus kaute gedankenverloren auf ihrem Bleistift.

Bei ihrem Anblick traf Garcia erstmals der Gedanke schmerzlich, dass es bis vor Kurzem noch zwei Steffis gegeben hatte. Doch Stefanie Büchner, eine wesentlich ältere, sehr beherrschte Kollegin, deren scharfen Verstand und Strukturiertheit alle besonders geschätzt hatten, hatte vor einigen Monaten ziemlich überraschend den Dienst quittiert – und das, obwohl sie bei der Klärung des letzten Mordfalls den entscheidenden Hinweis geliefert hatte. Wobei Garcia den Verdacht hegte, dass genau das der Grund für ihre plötzliche Kündigung gewesen war, denn Frau Büchner hatte ihm damals einen tiefen Einblick in ihr Privatleben geben müssen, was eigentlich nicht ihrem verschlossenen Charakter entsprach. Sie hatte ihrem Chef von ihrer Rolle als Geliebte eines verheirateten Mannes erzählt, von der Schmach und dem Schmerz, den sie zwanzig Jahre lang erduldet hatte – ganz bewusst hatte sie das erzählt, nicht weil es sie danach gedrängt hatte, sich jemandem zu öffnen, sondern rein zweckdienlich, um ihn auf ein mögliches Motiv in den laufenden Ermittlungen aufmerksam zu machen. Mit Erfolg zwar, was den Mordfall betraf, jedoch war ihr dieses Geständnis anderntags so unangenehm gewesen, dass sie sich seither noch mehr abgekapselt hatte, bis sie sich dann unwiderruflich entschlossen hatte, ganz zu gehen.

Garcia wusste, dass die lebhafte Steffi Holtzhaus die ältere Kollegin, mit der sie sich so gut ergänzt hatte, schmerzlich vermisste, aber wenigstens war ihm eine Steffi erhalten geblieben.

Und das war ihm bei Weitem die bevorzugte Variante, denn mit der lebenslustigen Steffi verband ihn eine langjährige Freundschaft und er liebte ihren bayerisch geprägten Humor.

Sobald Garcia den Raum betrat, unterbrachen alle ihre Tätigkeiten und setzten sich ordentlich hin, wie artige Schüler vor einem autoritären Lehrer.

Er machte die Runde, drückte jedem die Hand und nahm dann an der Stirnseite des Tischs Platz. „Verzeiht die Verspätung, ich komme direkt von der Hansastraße."

„Ah so?" Steffi Holtzhaus hob interessiert die Augenbrauen. „Hat des so lang dauert?"

Garcia grinste sie an. „Ich wusste, dass du die Steilvorlage nutzen würdest. Ich muss dich enttäuschen, der Straßenstrich ist Dienstagfrüh ziemlich desolat und so konnte ich glücklicherweise direkt ins K1 marschieren, ohne in Versuchung zu geraten."

„Was machst du im Dezernat für Sexualdelikte?", fragte Markus, nervös mit dem Fuß wippend.

„Ich war beim Kollegen Robert Wendling."

„Ach?" Jetzt hob Franzi interessiert die Augenbrauen, was ihr einen irritierten Blick von Garcia einbrachte.

Doch dann fuhr er in seinem Bericht fort: angefangen bei der Leiche des Mannes aus dem Auer Mühlbach bis hin zu Irenes phänomenalem Erinnerungsvermögen, dank dem sie den Ertrunkenen als gesuchten Vergewaltiger wiedererkannt hatte. Hier heftete er das alte und das neue Phantombild nebeneinander an das Flipchart. Die Ähnlichkeit war in der Tat frappierend.

„Gestern Abend noch ist es Professor Bernauer gelungen, in einem Schnellverfahren die DNA des seit zwei Jahren gesuchten Vergewaltigers", Garcia deutete auf das linke Bild, „mit der des Ertrunkenen aus dem Auer Mühlbach zu vergleichen." Er deutete auf das rechte Phantombild. „Die Proben stimmen überein."

„Dann ist ja zumindest ein Fall schon mal gelöst", rief Markus dazwischen.

„Wohl höchstens zur Hälfte. Wir wissen nach wie vor nichts über die Identität dieses Mannes. Nicht wie er hieß, wo er lebte, sein Alter, seine Nationalität – nichts. Wir wissen lediglich, dass er ein Vergewaltiger war. Heute früh hab ich mir dazu von Wendling ein Briefing geben lassen." In Erinnerung an die unerfreuliche Begegnung mit diesem Kollegen verzog Garcia kurz das Gesicht. Wendling hatte ihm nur äußerst ungern die gewünschten Informationen gegeben und Garcia war sich wie ein untergeordneter Bittsteller vorgekommen. Die beiden Kommissare – das wurde immer deutlicher – hatten ein Problem, das sich in ständigem Kompetenzgerangel äußerte.

„Vor knapp zwei Jahren hat eine junge Frau namens Andrea Palezki eine Vergewaltigung zur Anzeige gebracht. Damals konnte das Sperma des Täters und somit seine DNA sichergestellt werden." Er zögerte kurz, dann fuhr er fort: „Das eigentlich Bemerkenswerte an dem Fall ist, finde ich, dass es so scheint, als habe der Täter sich sein späteres Opfer im Vorfeld sorgsam ausgesucht. Andrea Palezki hat zu Protokoll gegeben, dass sie sich seit Längerem beobachtet gefühlt hatte. Sie hat bemerkt, dass ein Mann ihr immer wieder gefolgt ist, jedoch so diskret, dass sie dann doch wieder glaubte, sich getäuscht zu haben. Bis sie überfallen und vergewaltigt wurde, nachts in ihrem Hauseingang."

„Was heißt das, sie hat sich beobachtet gefühlt? Hat sie den Mann mal gesehen?", hakte Franzi nach.

„Wohl erst, als er sie überfallen hat. Davor hat sie ihn mehr intuitiv wahrgenommen, aber danach konnte sie ihn ziemlich genau beschreiben." Garcia klappte seinen Laptop auf und drehte den Bildschirm zu den Kollegen hin. „Kommt ruhig näher und seht euch das an."

„Bist du jetzt auch endlich auf Facebook?", frotzelte Markus.

„Das ist ja das Phantombild von dem Toten", kommentierte Florian. Im Gegensatz zu den anderen Teamkollegen war er von eher schüchterner Natur und sprach wenig. Mit seiner Brille und der völlig unprätentiösen Art sich zu kleiden – er trug jahrein, jahraus Turnschuhe, Jeans und Shirts, deren Farben zwischen blau, grau und schwarz variierten – sah man ihm seine eigentliche Begabung fast schon äußerlich an: Er galt als absoluter IT-Experte, ein Gebiet, das für Garcia selbst wohl immer ein ziemliches Rätsel bleiben würde. Manchmal hegte er den Verdacht, dass Florian die Fähigkeiten eines Hackers besaß.

Eine Zeit lang hatte Markus den jüngeren Kollegen unter seine Fittiche genommen, doch passte das Temperament der beiden wohl nicht wirklich zusammen. Seit einiger Zeit war Garcia aufgefallen, dass Steffi und Florian, die beide die Ermittlungen gern vom Schreibtisch aus angingen, ein gutes Team bildeten, während Franzi, Markus und er selbst lieber ausschwärmten.

Garcia wandte sich an Florian: „Das ist eine Facebook-Seite, die das Opfer unter dem Namen Andrea P. eingerichtet hat, in der Hoffnung, diesen Mann zu finden. Ich denke, das ist ein Fall für dich, Florian. Könntest du die Seite auswerten, sämtliche Einträge prüfen, jede Person checken, die sich da verewigt hat? Steffi könnte dich dabei unterstützen."

Die beiden nickten. „Ist das denn überhaupt sicher, dass dieser Ertrunkene ermordet wurde?", hakte Florian nach.

„Ob es ein Unfall, Selbstmord oder tatsächlich Mord war, erfahren wir hoffentlich von Bernauer in den nächsten Stunden. Wendling und ich haben uns dennoch entschlossen, jetzt schon das neue Phantombild zu veröffentlichen und Hinweise aus der Bevölkerung zu erbitten. Wir müssen schließlich so oder so die Identität des Mannes klären. Dass er ein mutmaßlicher Vergewaltiger war, werden wir erst mal nicht preisgeben. Aber ich fürchte, die Info wird schnell durchsickern, schließlich folgen fast dreißigtausend Leute der Facebook-Seite." Garcia warf einen Blick auf seine Armbanduhr. „Ich muss zur Pressekonferenz, die warten schon auf mich."

„Du, Alexander", meinte Steffi gedehnt. „Wo is denn dei Uniform, wenn ich fragen derf?"

Jeder wusste, dass der einzige legitime Grund für Garcia, sich in seine verhasste Polizeiuniform zu zwängen, Pressekonferenzen waren. Das setzte klare Grenzen zwischen ihm und den Journalisten und machte es ihm leichter, sich bei der Beantwortung schwieriger Fragen in einen schwer deutbaren Beamtenjargon zu flüchten.

Garcia blickte an sich herab. „Ich weiß auch nicht ..." Er fuhr sich mit der üblichen Geste durch seine schwarzen Haare.

Franzi schaltete sich ein: „Lass mich raten: Es ist wegen Wendling."

Garcia drehte sich erstaunt zu ihr um. „Wie meinst du das?"

Doch statt einer Antwort lächelte sie ihn fast aufreizend an und verließ hinter Markus den Konferenzraum durch die Tür, die Garcia aufhielt.

Steffi grinste breit. „Ja, wie hat die des jetzt wohl gmeint. Is doch total nachvollziehbar, dass du dich vor deim schlimmsten Konkurrenten nicht zum Deppen machen willst."

„Schlimmster Konkurrent? Spinnt ihr jetzt alle?" Garcia schüttelte fassungslos den Kopf. „Der ist doch in einem ganz anderen Dezernat!"

„Platzhirschtechnisch gsprochen", meinte Steffi. „Aber unter uns: Mir gfällst du fei viel besser!"

DIENSTAG, MITTAG

Garcia war froh, dass die Pressekonferenz schnell und unspektakulär über die Bühne ging. Er saß Seite an Seite mit Wendling, dessen körperliche Präsenz ihm unangenehm war.

Das Wort hatte die meiste Zeit die Staatsanwältin, eine klein gewachsene Mittdreißigerin mit Pausbacken in weißer Bluse und schwarzem Hosenanzug, die erst kürzlich von Köln nach München gewechselt war und die sich ihnen sehr ernst mit: „Angenehm, Schnick" vorgestellt hatte, was Garcia irgendwie amüsant gefunden hatte. Auch Wendling hatte gegrinst, immerhin.

Nachdem sich der Raum geleert hatte, blieb Garcia etwas unschlüssig stehen. Er hatte vorgehabt, direkt zu Professor Bernauer in die Nußbaumstraße zu fahren und mit ihm die Obduktionsergebnisse durchzugehen. Jetzt erst fiel ihm ein, dass es sich ja nicht unbedingt um seinen Fall handelte und es vielleicht nötig gewesen wäre, die Zuständigkeiten zu klären. Allerdings gefiel ihm die Vorstellung, zusammen mit Wendling in die Rechtsmedizin zu fahren, ganz und gar nicht.

Frau Schnick, die mit ihren höchstens 155 Zentimetern Körpergröße und dem runden Gesicht eher wie ein Teenager in Schuluniform aussah, legte den Kopf in den Nacken, blickte von einem Mann zum anderen und lächelte etwas unschlüssig. „Wie geht es denn jetzt weiter?", fragte sie schließlich mit ihrer piepsigen Stimme.

Garcia zögerte einen Moment zu lang und Wendling ergriff die Chance: „Der Fall liegt seit zwei Jahren beim Dezernat für Sexualdelikte, sprich bei mir. Ich werde Ihnen heute noch den Obduktionsbericht zukommen lassen. Ich denke, selbst wenn es sich um Mord handelt, bleibt der Fall beim K1." Wendling lächelte Frau Schnick charmant an.

„Ich war am Tatort und habe dafür gesorgt, dass die Leiche vom besten Rechtsmediziner Münchens untersucht wird", schaltete

Garcia sich ein. „Ich fahre jetzt direkt dorthin und bespreche mich mit ihm. Herr Wendling kann Ihnen den Bericht ja dann übergeben. Wenn es wirklich Mord war, fällt der Fall natürlich in meinen Zuständigkeitsbereich." Auch Garcia lächelte charmant.

Frau Schnick blickte nochmals von einem zum anderen, ihr Lächeln war verschwunden. Dann nickte sie knapp. „Zwei von der gleichen Sorte, ich sehe schon. Herr Wendling, Sie lassen mir den Obduktionsbericht bitte zukommen, danach informiere ich Sie beide über die Zuständigkeiten."

Ohne eine Antwort abzuwarten, verließ sie mit trippelnden Schritten den Raum. Einen Moment lang blickten die beiden ihr etwas verdutzt nach.

Schließlich wandte Garcia sich an Wendling: „Wenn's so ist ... Wollen wir zusammen zu Bernauer fahren?"

Wendling fuhr sich durch die Haare, dann erwiderte er fast ein wenig resigniert: „Lass mal stecken. Ich fahre selber und treffe dich dort."

Vor dem Paternoster, der die Etagen des Polizeipräsidiums in seinem steten, gleichförmigen Kreislauf miteinander verband, trennten sich die Wege der beiden Kommissare. Wendling fuhr nach unten, Garcia nach oben, um seinen Autoschlüssel zu holen.

Auf dem Gang vor seinem Büro kam ihm Franzi entgegen. „Alexander, dich habe ich gesucht. Nimmst du mich mit zum Professor?"

„Ja klar", erwiderte Garcia erfreut. „Jede Autofahrt mit dir versüßt mir die Arbeit. Aber wir müssen uns beeilen!"

„Warum?"

„Weil Robert Wendling schon auf dem Weg ist und ich nichts verpassen will."

Franzi schüttelte belustigt den Kopf, während sie ihm in sein Büro folgte.

„Was ist daran so komisch?", fragte Garcia irritiert.

„Du hast doch nicht etwa Angst vor dem Wendling?"

Garcia schnappte sich seine Jacke. „Angst? Wie kommst du denn auf so was?“

Franzi begnügte sich mit einem vieldeutigen Lächeln und folgte ihm dann zurück zum Paternoster.

DIENSTAG, NACHMITTAG

Wendling saß bereits mit dem Professor in dessen Büro im Rechtsmedizinischen Institut, als Garcia und Franzi den Raum betraten.

Bernauer eilte den beiden freudig entgegen und schob ihnen Drehstühle hin. „So viel Besuch, wie schön, hereinspaziert, setzt euch, macht es euch bequem!“

Franzi begrüßte den Professor und Robert Wendling per Handschlag und Garcia entging es nicht, wie Letzterer seine Kollegin taxierte.

„Es war Mord“, platzte Wendling ziemlich unvermittelt heraus.

Einen Moment lang schwiegen alle.

„Ja, das war wohl die wichtigste Information“, nickte Bernauer. „Jetzt, wo die Spannung raus ist, kann ich euch mit den Details langweilen.“

Garcia musste lächeln, Wendling nickte stumm und sah etwas betreten aus.

„Meine erste Einschätzung hat sich bestätigt“, begann der Professor. „Bei dem Toten fehlen typische Ertrinkungszeichen. Also keine stark überblähten Lungenflügel, kein schaumiger Inhalt in der Luftröhre und auch der Mageninhalt war nicht verwässert. Er hat also keine größeren Mengen Wasser geschluckt. Was noch kein Hinweis auf Mord wäre, immerhin lag der Mann schätzungsweise drei bis vier Tage im Wasser, das kann natürlich das Ergebnis verfälschen. Aber ich habe sein Blut untersucht.“ Bernauer machte eine kleine Kunstpause und blickte in die gespannten Gesichter der drei Kommissare. „Pentobarbital.“

„Gift“, murmelte Garcia.

„Mein Hund wurde damals mit Pentobarbital eingeschläfert“, sagte Wendling.

Bernauer nickte. „In der Tiermedizin wird dieser Wirkstoff häufig eingesetzt.“

„Und bei der Sterbehilfe", fügte Franzi hinzu. „Organisationen wie Dignitas verwenden das."

„Was wissen wir sonst noch über diesen Mann?", wollte Garcia wissen.

„Ich schätze ihn auf höchstens Mitte dreißig. Mitteleuropäer, eins zweiundachtzig groß, braunes Haar. Seine Zähne sind in sehr schlechtem Zustand, sein Blinddarm wurde entfernt, ansonsten war er in einer recht guten körperlichen Verfassung, so weit ich das in seinem Zustand beurteilen kann."

„Wie wurde ihm das Pentobarbital verabreicht?"

„Vermutlich subkutan. Es fand sich im Blut, nicht jedoch im Magen. Das Einstechloch konnte ich bisher nicht finden, dazu ist der Körper zu sehr in Mitleidenschaft gezogen worden. Pentobarbital wirkt sehr schnell und führt zum Erstickungstod."

„Also können wir uns das etwa so vorstellen", überlegte Garcia. „Der Mann wurde durch eine Giftspritze getötet und sein Körper dann im Auer Mühlbach oder im Isarkanal entsorgt. Dort ist er drei Tage lang getrieben und durch die Fluten geschleudert worden, bevor er von dem Schrebergartenbesitzer entdeckt wurde."

„So könnte es gewesen sein."

„Und der Mann ist ein gesuchter Vergewaltiger, seine Identität jedoch völlig unbekannt", überlegte Franzi weiter. „Unser einziger Ansatzpunkt ist also im Moment die Frau, die Anzeige gegen ihn erstattet hat."

„Wobei Andrea Palezki jedes Detail bereits zu Protokoll gegeben hat", betonte Wendling.

„Was ist mit den ganzen Hinweisen aus der Bevölkerung?", fragte ihn Garcia. „Immerhin sagtest du, er sei der meistgefundene Mann Deutschlands."

„Wir sind allen Hinweisen nachgegangen." Es klang, als müsse Wendling sich verteidigen. „Es gab auch zwei vorläufige Festnahmen, aber die DNA stimmte jeweils nicht überein. Wir können daher völlig sicher sein, dass der Mann bisher von niemandem erkannt wurde."

„Was seltsam ist, denn es gibt ja das Phantombild."

„Ja, seltsam", gab ihm Wendling recht. „Vielleicht lebte er im Ausland."

„Facebook gibt es doch überall", wandte Garcia ein.

„Schon, aber die Vernetzung ist länderübergreifend nicht so riesig."

„Meine Tochter hat Freunde aus aller Welt über's Internet", behauptete Garcia, obwohl er keine Ahnung hatte, ob das stimmte.

Franzi beschloss, dem Schlagabtausch ein Ende zu bereiten: „Am wichtigsten scheint mir zunächst ein Besuch bei dieser Andrea Palezki."

Wendling nickte. „Nachdem sie ja zu mir schon Vertrauen gefasst hat, werde ich das übernehmen."

„Dürfte ich den Obduktionsbericht haben?", bat Garcia Bernauer. Dann reichte er die Mappe an Wendling weiter. „Bring das doch erst mal zu Frau Schnick, sie soll die Zuständigkeiten klären."

„Was mir in eurem Fall auch bitter nötig scheint", beendete Bernauer mit einem Augenzwinkern die Diskussion.

¶

„Wie wär's mit einem schnellen Imbiss, bis die werte Staatsanwältin uns grünes Licht gibt?", schlug Garcia vor, sobald er mit Franzi aus dem Rechtsmedizinischen Institut ins Freie getreten war. Es war ein sonniger Herbsttag und die Luft fast milder als im dauerverregneten August. „Ich zeige dir die schönste Dachterrasse Münchens."

„Du willst mich doch nicht etwa zu dir nach Hause locken?", provozierte ihn Franzi.

„Doch, natürlich", konterte Garcia charmant. „Aber das spare ich mir für nachts auf. Dann siehst du auch nicht, dass meine private Dachterrasse ein ziemlich schäbiger Balkon ist."

Franzi stieg zu ihrem Kollegen ins Auto. „Wohin fahren wir dann?", wollte sie wissen.

„Das wirst du gleich sehen."

Kurz darauf hielt Garcia in der Arcisstraße vor der Fakultät für Architektur.

Als sie das Gebäude betraten, schnupperte Franzi. „Hier riecht's so typisch nach Uni."

Garcia sah sie fragend an.

„Ich hab nach dem Abi ein paar Semester Psychologie studiert. Und bitte spar dir deine Kommentare."

Bevor Garcia antworten konnte, öffneten sich die Aufzugtüren und er ließ Franzi den Vortritt. Ein Student kam angelaufen und quetschte sich noch dazu. „Ich nehme an, ihr habt den 5. Stock gedrückt?"

Garcia nickte. Der Aufzug hielt allerdings in jedem Stockwerk, wo immer mehr Studenten zustiegen, und so mussten die beiden Kommissare ziemlich eng zusammenrücken, was Garcia durchaus angenehm war. Er schloss kurz die Augen und sog den zarten Duft ein, den Franzis Nacken verströmte – es war mehr ein Hauch, kaum wahrzunehmen, sehr frisch, wie nach einem Tag am Meer. Im 5. Stock stiegen sie aus.

„Weiße Wände, weiße Tische, weiße Stühle, weiße Bar", kommentierte Franzi die Farbwahl, als sie das Café betraten. „Geradezu klinisch."

„Naja, typisch Architekten halt", meinte Garcia. „Aber jetzt komm mit."

Er ergriff kurz ihre Hand und zog sie nach draußen. So natürlich dieser Impuls gewesen war, so fremd fühlte es sich an, sobald er ihre filigrane und wie immer zu kalte Hand in der seinen hielt. Kaum waren sie auf die Dachterrasse hinausgetreten, ließ er sie wieder los, obwohl er sie eigentlich gern noch fester gehalten und in seinen Händen gewärmt hätte und Franzi auch keine Anstalten gemacht hatte, sie ihm zu entziehen.

Ihnen bot sich ein sagenhafter Ausblick auf München: direkt vor ihnen der Königsplatz mit seinen griechisch anmutenden Tempeln, herausragend die beiden Türme der Frauenkirche und das toskanische Sonnengelb der Theatinerkirche. Garcia ließ das Auge weiter schweifen. Im Norden schwang sich die kühne Ästhetik der zeitlosen Architektur der Olympiabauten hinüber zu den Gebäuden eines erfolgsverwöhnten bayerischen Automobilherstellers. Es folgte weiter hinten die markant innovative Sportarena des erfolgreichsten Fußballvereins des Landes, heute wieder ganz in Rot erleuchtet. Dann die aufragenden Türme des ökologischsten Müllverbrennungswerks des Kontinents, die Hotel- und Bankenhochhäuser, gleich daneben als Kontrast das endlos wirkende Grün der Parklandschaft des Englischen Gartens, der all seine Schätze mit Bächen, Seen, Streuwiesen, Flusslandschaften und Biergärten in sich barg. Wie der Rahmen einer kitschigen Postkarte zeichnete sich im Süden auch an diesem klaren Herbsttag mit einer ewigkeitsbeanspruchenden Herrlichkeit die phänomenale Kette der Alpen ab, vom Wilden Kaiser über das Karwendelgebirge bis hin zur Zugspitze.

Das war der Blick von oben, und unwillkürlich musste der Kommissar daran denken, wie oft er in dieser Idylle dem Verbrechen begegnet war, wie viele stattliche Villen besudelt waren vom Blut der Opfer, wie viele duftende Büsche in den Parks grausame Verbrechen verbargen, wie doch der Blick von unten, direkt in die Abgründe der menschlichen Grausamkeit, sich von diesem Blick von oben unterschied: All dieser schöne Schein, hinter dem oftmals die Hässlichkeit lauerte, Missgunst und Neid, Wut und Brutalität, Lust an Grausamkeit, Totschlag für ein wenig Bargeld, verkorkste Kindheiten, verpfuschte Leben ... und dann immer wieder Verbrechen in scheinbar intakten Kreisen, in denen niemand mit dem Bösen gerechnet hätte.

Wie um diesem trügerischen Blick zu entkommen, schloss er kurz die Augen, die Sonne wärmte seine Haut und vom gegenüberliegenden Turm der Technischen Universität drangen Wellen von jazziger Loungemusik einer beginnenden Studentenfeier zu ihnen herüber.

Mehrere Minuten lang standen die beiden Kommissare schweigend nebeneinander, bis direkt hinter ihnen zwei Liegestühle frei wurden, die Garcia sich beeilte zu reservieren. Franzi ließ sich in eine der Liegen plumpsen, räkelte sich kurz entspannt und lächelte ihn an. Er liebte dieses besondere Lächeln, das sie ihm so selten schenkte. Es erhellte ihr ganzes Gesicht und hatte immer etwas leicht Verträumtes, obwohl Franzi sonst eher der pragmatische Frauentyp war. Wobei Garcia auch genau ihre emotionale Seite kannte, die sich zuweilen in allzu großer Empathie für die Zeugen oder Beschuldigten zeigte. Sie schlug die Beine übereinander und ihm fiel auf, dass sie heute im Gegensatz zu sonst hohe Absätze trug.

„Tanzt du eigentlich Tango?", fragte er sie ziemlich unvermittelt.

Sie drehte den Kopf nur leicht zu ihm. „Ich tanze alles, wenn der Mann führen kann."

Ärgerlicherweise läutete in diesem Moment sein Handy und da es Staatsanwältin Schnick war, musste er hingehen. Immerhin überbrachte sie ihm die erlösende Botschaft, dass der Fall dem Morddezernat und somit ihm zugeteilt war. Damit schied Wendling aus und Garcia durchströmte eine Welle der Erleichterung. Die vordergründigste Lehre, die er aus der Begegnung mit dem unliebsamen Kollegen zog, war, dass er sich unbedingt abgewöhnen musste, sich ständig durch das Haar zu fahren. Denn bei Wendling sah diese Geste schrecklich eitel aus und Garcia war zum ersten Mal der Gedanke gekommen, dass es die Leute bei ihm womöglich ebenso empfanden.

„Hast du keine Angst, mit dieser Frau zu reden?", fragte Franzi ihn unvermittelt.

Garcia war in Gedanken noch bei Frau Schnick. „Weil sie Staatsanwältin ist? Oder wegen ihrer Pausbacken?"

Franzi schüttelte den Kopf. „Ich meine das Vergewaltigungsopfer. Wenn wir wirklich etwas von ihr erfahren wollen, müssen wir sie zwingen, sich an den genauen Tathergang zu erinnern. Hast du die Protokolle gelesen?"

Garcia nickte. „Du weißt ja, wie sachlich solche Protokolle geschrieben sind. Wir werden dem Opfer wohl kaum eine erneute Befragung ersparen können."

„Ich bin froh, wenn ich da nicht mit muss", sagte Franzi leise.

Sie hatte den Blick in die Ferne gerichtet und Garcia fiel wieder einmal auf, dass er ihre Nase so pariserisch fand, auch wenn er selbst nicht genau wusste, was er damit meinte.

„Warst du schon mal in Paris?", fragte er in die Stille.

Franzi blickte ihn verwirrt an. „Du stellst ja heute interessante Fragen. Am Ende willst du noch wissen, ob ich schon Tango in Paris getanzt habe."

„Auch eine Idee." Garcia zögerte. Es brannte ihm schon lange etwas auf der Zunge, aber bisher hatte er nie den passenden Moment gefunden, das Thema anzuschneiden. Auch jetzt wusste er nicht, wie er die einleitenden Worte sprechen sollte, also entschied er sich einfach für den direkten Weg: „Wenn heute der Tag der interessanten Fragen ist, dürfte ich dann noch eine stellen?"

„Nur zu."

„Du hast mir doch mal eine SMS geschrieben. Ist jetzt sicher schon ein halbes Jahr her. Ich habe dich nie danach gefragt ..."

Franzi lehnte sich zurück und taxierte ihn mit verschränkten Armen. Ihre Körperhaltung sah nach Abwehr aus. „Was willst du wissen?"

Garcia dachte kurz nach. „Eigentlich, ob ich mich verlesen habe oder jemand anderes die von deinem Handy geschickt hat oder ob du sie an einen anderen schicken wolltest? Also von dir an mich kann sie kaum gewesen sein, so distanziert wie du danach zu mir warst. Und distanziert ist jetzt eine vorsichtige Wortwahl."

Franzi errötete leicht. „Das war nach diesen zwei Mordfällen in Birk. Ich war erschöpft und vielleicht irgendwie labil ... und sicher anlehnungsbedürftig. Wir hatten soviel Intensives erlebt ..."

Sie zögerte. Dann gab sie sich einen Ruck und ihr Körper straffte sich. „Weißt du, Alexander, manchmal habe ich das Gefühl, dich so gut zu kennen. Aber irgendwie kann ich mich in deiner Gegenwart selten entspannen." Sie lachte kurz auf. „Wahrscheinlich habe ich einfach Angst vor dir."

„Angst?"

„Naja. Kaum entsteht ein wenig Nähe, kommt irgendeine andere Frau um die Ecke und sofort ist alles wieder weg."

„Wovon redest du? Wann ist je eine andere Frau um die Ecke gekommen?"

„Das war irgendwie mehr bildlich gesprochen. Ich weiß auch nicht. Also, um deine Frage zu beantworten: Die SMS war aus dem Bauch heraus in einer Sondersituation. Du solltest das nicht überbewerten. Aber du kannst dich ja darüber freuen."

Franzi warf ihm einen kurzen Seitenblick zu, lehnte sich dann wieder entspannter zurück und schloss die Augen. Garcia ließ es dabei bewenden, er würde bei Gelegenheit schon noch auf dieses Thema zurückkommen. Im Augenblick genügte ihm diese Antwort.

Er erhob sich. „Ich hol uns zwei Panini. Ich nehme an, vegetarisch für dich?"

¶

Sie gönnten sich nur eine kurze Mittagspause und fuhren dann wieder ins Präsidium. Das persönliche Gespräch hatte die Stimmung zwischen ihnen gelockert und Garcia fühlte sich Franzi näher als sonst. Auch sie schien es so zu empfinden, ihre Haltung war entspannter und ihr Lächeln offener als gewöhnlich.

Gerade als sie in den Paternoster steigen wollten, rief ein uniformierter Beamter sie zurück: „Herr Garcia! Diese Dame will zu Ihnen. Sie sagt, sie habe einen Termin bei Ihnen."

Hinter dem Beamten trat eine schlanke Frau mit langen blonden Haaren auf sie zu. „Das war eine Notlüge. Hallo, Alexander."

„Melanie! So was … Gerade erst hat der Christoph mir von

dir erzählt." Garcia musterte sie erfreut. „Du hast dich gar nicht verändert."

Die Frau lächelte. „Charmant wie immer. Und so verlogen!"

Sie standen kurz etwas verlegen voreinander, dann küsste Garcia sie rechts und links auf die Wangen.

Er nickte dem Beamten zu. „Vielen Dank, die Dame kommt gleich mit mir mit." Dann wandte er sich an Franzi: „Das ist Melanie Landers. Meine ... eine alte Freundin. Meine Kollegin Franziska Lorenz."

Die beiden Frauen gaben sich die Hand und murmelten etwas in Richtung: „Sehr erfreut", dann stiegen alle drei in den Paternoster und fuhren in den 2. Stock. Keiner sprach ein Wort, es herrschte eine etwas betretene Stimmung und sobald sie aus dem Aufzug ausgestiegen waren, ging Franzi schnellen Schrittes voraus den Gang entlang.

Bevor sie in ihr Büro abbog, raunte sie Garcia zu: „Siehst du. Kaum entsteht ein wenig Nähe, schon kommt irgendeine andere Frau um die Ecke und sofort ist alles wieder weg." Und schneller als er etwas erwidern konnte, warf sie ihm ihre Bürotür vor der Nase zu.

Garcia drehte sich etwas betreten zu Melanie um, doch diese war weiter hinten zurückgeblieben und betrachtete ein Bild an der Wand. Es handelte sich um eine Fotografie, die das Polizeipräsidium aus der Luftperspektive zeigte.

„Hübscher Arbeitsplatz", kommentierte sie. Dann folgte sie ihm den Gang weiter hinunter, durch das Vorzimmer von Frau Stahl in sein Büro. Er bat sie, auf der grauen Couch Platz zu nehmen, und bot ihr Wasser und Kaffee an, doch sie lehnte beides ab. Sie setzte sich sehr gerade hin, so als sei sie nur auf dem Sprung und wolle im nächsten Moment wieder aufstehen und gehen.

Garcia betrachtete sie neugierig. Melanie war seine erste große Liebe gewesen, die er einst im Alter von 19 Jahren mit hundert roten Rosen – zum Einkaufspreis bei seinem Freund Christoph auf dem Blumengroßmarkt erworben – erobert hatte. Wobei die Rosen nur als romantisches Beiwerk gedient hatten, denn bei beiden war es Liebe auf den ersten Blick gewesen. Nach ihrer Trennung zehn Jahre später hatte sich der Kontakt auf sporadische Treffen beschränkt, das letzte lag allerdings mittlerweile auch schon viele Jahre zurück.

Melanie war immer noch eine hübsche Frau, naturblond und mit großen braunen Augen, daher ihr damaliger Spitzname „Bambi". Nach wie vor hatte sie diese sehr weichen, mädchenhaften Züge, denen auch die Fältchen auf der Stirn und um die Augen nicht viel anhaben konnten.

Sie sahen sich kurz in die Augen, keiner von ihnen schien so recht zu wissen, wie sie das Gespräch beginnen sollten.

„Ich wollte dich längst kontaktieren", sagte Melanie schließlich. „Aber ich fand es so komisch, dich anzurufen. Deswegen dachte ich mir, ich nutze endlich mal meine Mittagspause für einen kurzen Besuch."

„Das ist schön", sagte Garcia aufrichtig. Er fühlte sich von ihrem Auftauchen zwar etwas überrumpelt, freute sich aber gleichzeitig, sie zu sehen und war neugierig auf sie.

„Ich weiß auch nicht, warum ich so lange damit gewartet habe, bei dir vorbeizuschauen. Wahrscheinlich habe ich einen Anlass gebraucht", fuhr Melanie fort. „Ich arbeite immer noch als Gynäkologin. Seit ich nach München zurückgekommen bin, habe ich eine Praxis am Sendlinger Tor."

„Christoph hat mir davon erzählt."

„Ach so, stimmt. Den habe ich auf der Wiesn getroffen. Komischerweise hätte ich da eher mit dir gerechnet." Ihr Lächeln war ihm so vertraut und erinnerte ihn fast schmerzhaft an das Mädchen von einst, das er so innig geliebt hatte.

„Ja, ärgerlich. Christoph war mir immer schon einen Schritt voraus, was dich betrifft", flüchtete Garcia sich in einen Scherz.

„Wollen wir zusammen einen Kaffee trinken gehen und du erzählst mir ein bisschen von dir?"

Melanies Gesichtsausdruck wurde plötzlich ernst. „Ehrlich gesagt, muss ich gleich wieder zurück, in einer halben Stunde habe ich die nächste Patientin." Sie zögerte. „Es gibt noch einen anderen Grund, weshalb ich hergekommen bin. Ich wollte das nicht am Telefon besprechen ..."

„Gern, worum geht es?"

„Der Fall mit diesem Toten aus dem Auer Mühlbach", sagte sie zögerlich. „Ist das dein Fall?"

Garcia sah sie konsterniert an. „Äh ... ja ... Aber das weiß ich eigentlich selbst erst seit einer Stunde. Wie ..."

„Sie haben es im Fernsehen gezeigt", sagte sie schnell. „Sie haben das Foto des Mannes gezeigt und um sachdienliche Hinweise gebeten."

„Kennst du ihn etwa?"

Melanie schüttelte den Kopf. „Wie soll ich es dir erklären ... Alexander, ich wäre nicht persönlich gekommen, wenn es nicht so ... so vertraulich wäre. Kann ich mich darauf verlassen, dass dieses Gespräch unter uns bleibt?"

„Naja, ich weiß ja noch gar nicht, was das für ein Gespräch wird. Und wenn es um den Mordfall geht ..."

„Es geht um eine junge Frau, die meine Patientin ist. Und die den Toten kannte."

„Bist du dir sicher?"

Melanie sah Garcia ernst an. Dann nickte sie langsam. „Ich werde dir keinen Namen nennen. Und auch keinen Kontakt herstellen. Was ich dir hier sage, wird dich vielleicht befremden ... aber dieser Mann hat seine gerechte Strafe bekommen. Er war ein Vergewaltiger."

„Woher weißt du das?"

Melanie blickte ihm in die Augen. „Im Wartezimmer meiner Praxis läuft ein Fernseher. Und als sie das vorhin durchgegeben haben, saß gerade diese Patientin da. Sie hat ihn sofort wiedererkannt."

Garcia war aufgesprungen. „Kann ich mit ihr sprechen?"

Auch Melanie stand auf, unwillkürlich stellte sie sich Garcia in den Weg, als wolle sie ihn daran hindern, sofort loszustürmen. „Wenn dieser Ertrunkene wirklich der Vergewaltiger meiner Patientin war, dann hoffe ich, dass er qualvoll gestorben ist. So qualvoll, wie das Leben meiner Patientin seit der Tat ist. Sie wird niemals Kinder kriegen können."

Den letzten Satz hatte Melanie heftig hervorgestoßen und Garcia sah sie etwas erstaunt an. „Melanie, dass du meinst, er habe seine gerechte Strafe bekommen, kann ich verstehen. Dennoch ist dieser Mann ermordet worden und ich muss seinen Mörder finden."

„Musst du das wirklich?"

„Vielleicht ist sein Mörder ja noch ein viel schlimmeres Schwein als er. Und selbst wenn deine Patientin diese Tat begangen hätte ..."

„Meine Patientin wäre dazu niemals in der Lage", unterbrach Melanie heftig. „Sie weiß gar nicht, wer dieser Mann ist, sie kennt weder seinen Namen noch seine Identität. Sie hat einfach nur sein Gesicht im Fernsehen erkannt und ist in meinem Wartezimmer zusammengebrochen. Eine Art Panikattacke."

„Wo ist deine Patientin jetzt?"

Melanie seufzte. „Sie ist zu Hause. Und ich habe mich gleich auf den Weg zu dir gemacht. Ich wollte dir eigentlich nur mitteilen, dass dieser Mann ein Vergewaltiger war. Und dass du das bei deinen Recherchen niemals außer Acht lassen solltest."

„Ich würde gern mit deiner Patientin reden."

„Vergiss es."

„War sie damals bei der Polizei? Hat sie die Vergewaltigung angezeigt? Handelt es sich um Andrea Palezki?"

Melanie legte eine Hand auf die Türklinke. „Arztgeheimnis." Sie zwang sich zu einem Lächeln. „Danke, dass du dir die Zeit genommen hast."

Sie drückte die Klinke hinunter und schickte sich an zu gehen, aber Garcia hielt sie zurück: „Bist du wirklich nur gekommen, um mit mir über meinen Fall zu reden?"

„Vielleicht. Vielleicht auch nicht." Melanie zögerte. „Sagen wir so: Es war ein willkommener Anlass."

„Gehst du mit mir mal was trinken?"

Noch immer lächelte Melanie etwas gezwungen.

„Rein privat", fügte Garcia hinzu.

Melanies Lächeln entspannte sich. Sie reichte ihm ihre Visitenkarte. „Gern. Ruf mich an, wenn der Fall gelöst ist."

Garcia geleitete sie noch zur Tür und nahm sie zum Abschied kurz in den Arm.

Es fühlte sich seltsam vertraut an, er merkte, wie gut er diesen zierlichen Körper kannte. Und doch war sie längst eine fremde Frau und führte ein Leben, von dem er nichts mehr wusste. Er empfand es auf einmal als seltsam, dass er diese Frau einst so genau gekannt hatte, dass alles, was sie sagte oder tat, eine so große Bedeutung für sein Leben gehabt hatte, dass er sie einst geliebt hatte und nun da sitzen und mit ihr reden konnte und dabei nichts mehr empfand. Wo ging die Liebe hin, wenn sie verschwand?

Er blickte ihr nach, wie sie den Gang hinunterging und stand dort noch eine ganze Weile in Gedanken, nachdem sie seinem Blick entschwunden war. Plötzlich kam Markus im Eiltempo um die Ecke gebogen und wäre beinahe in Garcia hineingerannt. „Was stehst du denn hier rum?", fragte er. „Hast du ein Gespenst gesehen?"

„Eher einen Engel." Garcia grinste. „Einen ziemlich dezidierten Engel. Was gibt's?"

„Das wollte ich dich fragen. Mit mir redet ja keiner!"

Garcia blickte auf seine Armbanduhr, es war kurz nach fünf. „Das schaff ich noch locker vor Ladenschluss", murmelte er mehr zu sich selbst, dann sah er Markus an: „Kommst du mit?"

„Soll ich dir deine Einkäufe heimtragen?"

„Auch eine gute Idee."

DIENSTAG, ABEND

Das kleine Möbelantiquariat in der Fraunhoferstraße lag direkt um die Ecke von Garcias Wohnung. Er kannte den Laden, hatte ihn aber noch nie betreten. Markus ließ ihn direkt davor aussteigen und machte sich auf die im Glockenbachviertel schier hoffnungslose Suche nach einem Parkplatz.

Ein seltsamer Klang schien durch das Öffnen der Ladentür erzeugt zu werden – wie der eines Windspiels, wie man sie am Tollwood, dem zwei Mal jährlich stattfindenden großen Münchner Kulturfestival, an den Eso-Ständen in allen Größen erwerben konnte. Aber Garcia täuschte sich. Der nun konkreter vernehmbare Ton hielt auch nach dem Schließen der Türe noch an. Er kam aus einer großen Messingschale, die ein Mann mit einem Holzstückchen bearbeitete. Ohne Garcia zu beachten, stand dieser mit dem Rücken zu ihm und widmete sich ganz der Klangerzeugung. Seine Haltung hatte etwas Weltabgewandtes, Meditatives.

Der Kommissar hatte es eigentlich eilig, daher überlegte er kurz, den Mann bei seinen langsamen Bewegungen zu unterbrechen, aber der lange, reine Ton verlieh dem Augenblick fast etwas Heiliges, seltsam Entrücktes, als befinde man sich in einer Oase der Ruhe inmitten der von Handyshops und Kaufhausketten geprägten Hektik der Innenstadt. Garcia wusste, dass dieser Klang irgendwie in Verbindung mit östlichen Religionen stand. Hinduismus, Buddhismus, weniger mit dem Islam. Er interessierte sich grundsätzlich für alles, aber mit diesem Thema hatte er sich bisher nie auseinandergesetzt – obwohl er den Gedanken an Seelenwanderung und Wiedergeburt zwar fremd, aber spannend fand. Er vertrat allerdings die Meinung, damit könne man sich immer noch beschäftigen, wenn man dem Tod nahe kam. Wobei niemand besser als er wusste, dass dieser Moment schneller kommen konnte, als geplant.

Er verharrte in seiner nachdenklichen Haltung, nahm jedoch nun mehr vom Interieur des Geschäfts wahr. Kein Zweifel, dies war ursprünglich einer der vielen Antiquitätenläden, die im München der siebziger Jahre wie Pilze aus dem Boden geschossen waren. Er erinnerte sich an seinen Patenonkel, der ihn an besonderen Samstagen mitgenommen hatte, um genau in solchen Läden einen englischen Sekretär oder irgendeine bestimmte Stehlampe zu suchen. Er hatte es immer öde gefunden und die alten Möbel staubig und dreckig. Vielleicht war gerade das der Grund für die spartanisch-moderne Inneneinrichtung seiner eigenen Wohnung.

Dieses Antiquariat unterschied sich jedoch von den üblichen seiner Art, das Angebot an alten europäischen Möbelstücken war überlagert von einem Sammelsurium an Gegenständen, die in Garcias Augen allesamt asiatischen Ursprungs waren: eine Vielzahl dieser Messingschalen in diversen Größen, große Metallscheiben aus ähnlichem Material, ein akkordeonähnlicher Kasten, der sogar mit einem Schildchen ausgezeichnet war: „Bina", indisches Harmonium, Handarbeit, 480 Euro. Ein Ständer mit verschiedenfarbigen Räucherstäbchen, seltsame Saiteninstrumente und an einem Kleiderständer unzählige Seidentücher. Quer durch den Laden zogen sich Deko-Ketten aus bunten Glasperlen, an denen kleine bestickte Stoffelefanten in allen Farben hingen und die Garcia früher vielleicht seiner Tochter Greta mitgebracht hätte. Heute fand sie so etwas bestimmt uncool.

„Wollen Sie auch eine Klangschale ausprobieren? Oder vielleicht lieber einen der großen Gongs?", holte ihn die Verkäuferin, die sich bisher im Hintergrund gehalten hatte, aus seinen Gedanken und trat näher. Wie Garcia aus dem Protokoll wusste, war sie vor Kurzem 26 Jahre alt geworden, wirkte aber auf den ersten Blick älter, was weniger an ihren Gesichtszügen als an ihrem Styling lag: Sie hatte die rotbraun gesträhnten Haare straff zu einem Dutt zusammengebunden und trug eine übergroße Brille mit braunem Kunststoffrand, was ihr ein intellektuelles Aussehen verlieh.

Garcia blickte zu dem Mann, der gerade den Holzklöppel weggelegt hatte, er wollte die junge Frau ungern in dessen Gegenwart befragen. Bevor er aber etwas erwidern konnte, hatte sie ihm bereits einen dieser kleinen, hölzernen Hämmer gereicht, und so klopfte er ein wenig damit gegen die Schale, in der Hoffnung, der Kunde würde nun, da er sein Spiel beendet hatte, gehen.

„Nicht so." Die Verkäuferin stellte sich halb hinter ihn, nahm seine Hand und führte sie an den inneren Rand der Schale. Mit langsamen, aber festen Bewegungen half sie ihm, das Holz entlang des Metalls zu streichen und so einen dieser tiefen, meditativen Klänge zu erzeugen.

Just in diesem Moment betrat Markus den Laden und hielt dem Mann, der sich endlich entschlossen hatte, zu gehen, die Tür auf. Befremdet blickte er auf seinen Chef, der nun ohne Hilfe die Klangschale bearbeitete.

Wie ertappt legte dieser den Holzklöppel weg und wandte sich an die junge Frau, die noch immer neben ihm stand: „Verzeihen Sie bitte, die Schalen sind sehr schön, aber ich bin aus einem anderen Grund hier. Mein Name ist Alexander Garcia", stellte er sich vor und deutete dann auf Markus. „Das ist mein Kollege Markus Ott. Wir sind von der Kripo München. Aber keine Sorge, wir haben nur wenige Fragen an Sie. Sie sind doch Andrea Palezki?"

Die junge Frau blickte ihn erschrocken an, wich automatisch vor ihm zurück und sofort schossen ihr Tränen in die Augen. Sie nickte stumm.

„Frau Palezki, es geht um Ihre Facebook-Seite. Besser gesagt, um den Mann auf dem Phantombild, den Sie mithilfe Ihrer Seite suchen. Er wurde am Sonntag tot aufgefunden."

Andrea Palezki starrte ihn einen Moment lang fassungslos an. Dann ging sie noch ein paar Schritte zurück, wie in Trance, setzte sich ganz langsam auf einen antiken Holzstuhl, nahm ihre Brille ab, sah Garcia mit leerem Blick und wässrigen Augen sekundenlang an und so plötzlich, dass die beiden Männer regelrecht zusammenzuckten, brach sie in hemmungsloses Weinen aus. Mit einer hilflosen Geste verbarg sie den Kopf in den Armen, ihr ganzer Körper wurde von den Schluchzern geschüttelt.

Markus blickte Garcia fragend an, doch dieser gab ihm ein Zeichen, abzuwarten.

Eine Weile lang war nur dieses Schluchzen zu hören, bis irgendwann Andrea Palezki ihr verheultes Gesicht hob. „Ist es wahr?“, stammelte sie. „Er ist tot? Wirklich?“

Sie sah die Kommissare mit ihren großen Augen an und in ihrem Blick lag etwas geradezu Flehendes. Ihre Reaktion wirkte echt, was wohl bedeutete, dass sie nicht Melanies Patientin sein konnte, da sie von dem Tod ihres Peinigers noch nichts gewusst hatte.

Garcia lächelte beruhigend. „Wir haben seine DNA überprüft. Es ist der Mann, der Sie damals überfallen hat. Nur müssen wir jetzt seine Identität klären und vielleicht können Sie uns dabei helfen.“

Die Frau wischte sich die Augen und wühlte in ihren Taschen nach einem Taschentuch. Markus kam ihr zuvor und reichte ihr eines.

„Ich weiß nicht, wer er war“, sagte sie, nachdem sie sich geschnäuzt hatte. „Er wurde ja nie gefunden.“

„Wir waren auf Ihrer Facebook-Seite“, erklärte ihr Markus. „Die Leute haben die Möglichkeit, entweder die Polizei oder Sie zu kontaktieren. Ich nehme an, Sie haben genau dokumentiert, wer sich an Sie mit welchen Informationen gewendet hat?“

„Ja, das habe ich“, sagte sie schnell. „Und ich habe jeden Kontakt an Herrn Wendling weitergeleitet.“

Etwas in ihrem gehetzten Blick ließ Garcia stutzen. Sie schlug die Augen nieder.

„Ist er wirklich tot?", fragte sie leise.

„Ganz sicher. Aber ich würde Sie bitten, mit dieser Information vertraulich umzugehen. Lassen Sie am besten die Facebook-Seite noch eine Weile stehen."

„Ihr Kollege Herr Wendling hat mich schon vor einiger Zeit gebeten, die Facebook-Seite zu deaktivieren", meinte sie. „Er war es wohl leid, ständig unbrauchbare Hinweise zu kriegen."

„Verstehe. Aber der Fall liegt jetzt bei mir und ich bitte Sie, die Seite noch nicht zu deaktivieren – jedoch nichts von dem, was wir hier besprechen, darauf zu posten. Und unternehmen Sie auch sonst nichts."

Andrea Palezki blickte Garcia in die Augen. „Was sollte ich schon unternehmen?", fragte sie.

In dem Moment betrat ein junges Pärchen den Laden.

„Geschlossen!", rief Markus ihnen zu.

Aber Frau Palezki winkte ab. „Lassen Sie nur. Ich bin okay."

Garcia reichte ihr die Hand. „Auf Wiedersehen, Frau Palezki. Ich würde mich gern nochmal in Ruhe mit Ihnen unterhalten. Sind Sie in nächster Zeit in München?"

„Ja, natürlich." Ihr Händedruck war sehr schwach und auch sonst sah sie erschöpft aus.

¶

„Hast du ihren Blick gesehen, als sie gesagt hat, sie habe alles an Wendling weitergeleitet?", grübelte Garcia, sobald sie wieder auf der Fraunhoferstraße waren.

„Sie hat gelogen!", rief Markus so laut, dass Garcia ihm ein Zeichen gab, leiser zu reden. „Wie sie dann die Augen so runter hat." Markus machte es nach. „Das war eindeutig. Polizeihochschule, Sozialpsychologie, erstes Semester."

Garcia musste lachen. Er nickte. „Ich frage mich nur, was das heißt. Schützt sie jemanden? Oder hatte sie einfach kein Vertrauen zu Wendling? Was ich übrigens sehr gut verstehen könnte."

„Das müssen wir unbedingt rauskriegen. Was tun wir als nächstes?“, fragte Markus voller Tatendrang.

„Feierabend“, meinte Garcia und klopfte ihm auf den Rücken.

Markus wollte schon protestieren, doch dann zuckte er die Schultern. „Auch recht“, brummte er. „Dann schaff ich es noch ins Kino, im Neuen Arena läuft ein total schräger Film, den meine Freundin unbedingt mit mir anschauen will. Irgendwas ganz Abgehobenes, wahrscheinlich sind wir die einzigen Zuschauer. Können wir besser knutschen.“

„Hast du etwa eine neue Freundin?“, wollte Garcia wissen.

„Nein, immer noch Patty“, erwiderte Markus. „Glaubst du vielleicht, dass man nach drei Jahren nicht mehr knutscht? Du solltest nicht immer von dir auf andere schließen.“

Garcia verzichtete auf eine Antwort, wünschte Markus viel Spaß bei welcher Beschäftigung auch immer und schlenderte dann langsam die Klenzestraße entlang in Richtung Gärtnerplatz zu seinem Wohnhaus. Sobald die Sonne weg war, wurde es schlagartig kühl und er registrierte, wie früh es nun schon dunkel wurde.

Auf einmal hörte er schnelle Schritte hinter sich, direkt neben ihm tauchte Andrea Palezki auf. „Hallo ... Entschuldigung, ich habe Ihren Namen vergessen“, stammelte sie.

„Alexander Garcia.“

Sie schien gar nicht hinzuhören. „Äh ... ja. Also ... Sie haben doch gesagt, dass Sie nochmal mit mir reden wollen. Und da dachte ich ... wenn es geht.“ Sie holte tief Luft. „Also, kann ich das jetzt gleich hinter mich bringen?“

Garcia musterte die junge Frau. Sie hatte ihre Lederjacke nur hastig über die Schultern geworfen und sich nicht die Mühe gemacht, in die Ärmel zu schlüpfen. So außer Atem wie sie war, musste sie die Kunden in aller Eile abgefertigt und den Laden geschlossen haben.

„Ich kann Sie verstehen“, sagte Garcia. „Allerdings muss ich gestehen, dass ich selber noch nicht genau weiß, welche Fragen auf uns – und damit auf Sie – zukommen werden. Das heißt, ich kann Ihnen nicht versprechen, dass ich Sie danach nie wieder befragen muss."

Die Frau blickte ihn fast flehentlich an. Also nickte er.

„Wenn Sie noch nicht zu Abend gegessen haben, schlage ich einen kleinen Imbiss gleich um die Ecke in der Deutschen Eiche vor. Ich denke, dort können wir ungestört reden."

Andrea Palezki versuchte zu lächeln, doch es gelang ihr nicht wirklich. „Ja, danke", erwiderte sie leise.

¶

Die Deutsche Eiche, einst Stammlokal der Münchner Künstlerszene, woran die Fotos legendärer Faschingsfeste an den Wänden erinnerten, war um diese Zeit noch fast leer. Garcia ließ den Blick schweifen, um einen möglichst abgelegenen Tisch auszusuchen und betrachtete dabei kurz die Fotos, obwohl er sie eigentlich auswendig kannte: fantasievoll kostümierte Paradiesvögel, lustiges Münchner Volk, Intellektuelle und Bohemiens, alle trinkend und rauchend, darunter Prominente wie Rainer Werner Faßbinder und Queen-Frontsänger Freddy Mercury, denen man ihre fast selbstzerstörerische Lebenslust förmlich ansehen konnte.

Er spürte, wie Andrea Palezki ungeduldig neben ihm auf und ab wippte, ihr stand mit Sicherheit nicht der Sinn danach, sich an den Fotos zu ergötzen. Garcia begrüßte den Kellner und wählte einen Tisch außer Hörweite der anderen Gäste. Andrea Palezki wollte sich auf keinen Fall zu einer Essensbestellung überreden lassen, sondern orderte lediglich eine Johannisbeerschorle und Garcia tat es ihr gleich.

Während der Kommissar darüber nachdachte, welche Fragen er eigentlich an die junge Frau hatte, versuchte er, etwas aus ihren Gesichtszügen herauszulesen. Hinter der riesigen Brille wirkten ihre hellblauen Augen wässrig-verschwommen. Ihr Gesicht hatte etwas Kantiges mit großen, fast eckig geschwungenen Lippen und die braunen, von dunkelroten Strähnen durchwirkten Haare hoben die Blässe ihres Teints noch hervor. Sie schien sich gefangen zu haben und blickte Garcia erwartungsvoll an.

Dieser lächelte freundlich. „Nachdem Sie mich ja etwas überrumpelt haben, falle ich auch gleich mit der Tür ins Haus, wenn es Ihnen recht ist."

Sie nickte.

„Gut", fuhr er fort. „Was mich gerade am meisten beschäftigt, ist die Tatsache, dass Sie ausgesagt haben, Sie hätten sich schon länger beschattet gefühlt. Würden Sie mir das nochmal genauer schildern?"

Abermals nickte sie. „Es ist nicht ganz leicht zu erklären. Weil es irgendwie so unkonkret ist. Kennen Sie das Gefühl, dass Ihnen jemand folgt? Nachts vielleicht, auf der Straße. Oder dass man irgendwo sitzt, im Café oder so, und plötzlich hat man den Eindruck, dass man beobachtet wird. Es war nicht so, dass es da diesen Typen gab, der immer wieder aufgetaucht ist. Es war nur manchmal so, dass ich das Gefühl hatte, da ist jemand. Aber gesehen hab ich meistens nichts und ich hab auch nicht groß darauf geachtet. Das kam erst danach ... Da hat sich dann plötzlich ein Bild zusammengefügt – groß, schlank, Jeans und Sweatshirt mit Kapuze. Jetzt weiß ich, dass er es war, aber mit Anfang zwanzig achtet man auf so was nicht. Typen gibt's überall ... Manchmal denke ich, wenn ich achtsamer gewesen wäre ..." Sie biss sich auf die Lippen.

„Machen Sie sich keine Vorwürfe. Dass Sie etwas bemerkt haben, zeigt, dass Sie sehr wohl achtsam waren. Man kann nicht alles verhindern im Leben. Leider ..."

„Ich weiß. Aber wissen Sie, was ich mich seither frage? Was ist das für ein Mensch? In meinen Gedanken nenne ich ihn den Schattenmann. Nicht das Arschloch oder das Schwein. Naja, manchmal doch. Aber mein Gefühl ist, dass er so ungreifbar ist. Dass er ein Schattendasein führt. Er beobachtet aus der Dunkelheit seine Beute, er umkreist sie, nähert sich ihr – und eines

Tages schlägt er zu. Nur um gleich danach wieder in seinem Loch zu verschwinden. Sonst hätte ihn doch mal jemand gesehen, so intensiv wie wir nach ihm gefahndet haben!"

Sie blickte zu Boden und murmelte so leise, dass Garcia sich etwas vorbeugen musste, um sie zu verstehen: „Ich habe mir immer vorgestellt, dass er in einem Kellerloch wohnt. Ich habe davon geträumt, immer wieder. Es ist wie im Gruselfilm. Er sitzt in seinem Kellerloch und sucht sich ein Mädchen aus. Dann verfolgt er sie und bald weiß er alles über sie ... Es bereitet mir bis heute schlaflose Nächte, dass da einer rumläuft, der alles über mich weiß. Es ist nicht nur die Vergewaltigung. Es ist dieser Eingriff in mein Leben. Die Angst, immer noch verfolgt zu werden ..."

„Dann wünsche ich Ihnen von Herzen, dass Sie ab heute Nacht besser schlafen werden", sagte Garcia mit Wärme in der Stimme. Er konnte das Szenario, das sie ihm gezeichnet hatte, sehr gut nachempfinden.

Andrea Palezki hob den Blick. „Was wissen Sie über ihn?", fragte sie unvermittelt.

„Leider nicht viel. Er hatte keine Papiere bei sich." Garcia taxierte die junge Frau und wog ab, wie viel Information er ihr geben sollte. „Vermutlich ist er nicht ertrunken. Er wurde ermordet."

Sie presste die Hand vor ihren Mund. „Oh mein Gott!", entfuhr es ihr. Nach einer kurzen Pause fügte sie leiser hinzu: „Wie wurde er ermordet?"

„Über Details darf ich nicht reden."

„War es der Tote, der gestern aus dem Wasser gefischt wurde? Ich habe nur die Schlagzeilen gelesen."

„In ein, zwei Tagen ist es offiziell", erwiderte Garcia ausweichend. „Bewahren Sie so lange bitte Stillschweigen über den Mord. Es sei denn, Ihnen fällt dazu etwas ein, dann sollten Sie sich an mich wenden. Nicht an Herrn Wendling, der Fall liegt jetzt bei mir in der Mordkommission", betonte er nochmals.

Die junge Frau blickte ihn mit ihren wässrigen Augen ganz benommen an. „Ich müsste jetzt erleichtert sein, nicht wahr? Aber irgendwie kann ich es nicht recht glauben."

„So etwas braucht Zeit. Seit Jahren leben Sie mit der Angst vor diesem Mann. Das Gefühl, dass Sie keine Angst mehr haben müssen, wird erst langsam kommen. Darf ich fragen, ob Sie therapeutische Hilfe hatten?"

„Ja, natürlich", erwiderte sie schnell. „Ich bin immer noch bei einem Psychologen. Außerdem habe ich einen sehr guten Freund, der mir auf einer spirituellen Ebene hilft, mit der Sache klarzukommen. Ich habe ihn in Indien kennengelernt. Ohne ihn hätte ich es nicht überlebt."

„Hat er Ihnen den Laden so ..." Garcia suchte nach dem passenden Wort, beinahe wäre ihm „esoterisch" rausgerutscht. „So indisch eingerichtet?"

„Indisch eingerichtet?" Sie zuckte die Schultern. „Gandhi lebt die Hälfte des Jahres in Goa am Strand und wenn er nach München kommt, bringt er immer ein paar Instrumente mit, die ich für ihn verkaufe." Als sie Garcias neugierigen Blick sah, fügte sie schnell hinzu: „Der verzollt das alles."

Aber den Kommissar interessierte etwas anderes: „Gandhi? Ist das sein Name oder seine Berufung?"

Zum ersten Mal lächelte Andrea Palezki, wenn auch nur kurz. „Weder noch. Gandhi ist nur sein Spitzname, aber eigentlich ist er mehr so was wie ein Schamane. Damals ... vor zwei Jahren, nachdem das passiert war ... da musste ich erst mal weg von den furchtbaren Erinnerungen hier. Ich bin viele Monate durch Indien gereist, ich wollte alles vergessen. Was ich dort erlebt habe, lässt sich kaum beschreiben, diese Buntheit, diese Größe und dabei diese unglaubliche Armut der Menschen, so viel Schönheit inmitten solchen Elends. Am schönsten aber ist ihr Glaube. Sie verlieren niemals den Glauben. Es ist ganz egal, an welchen Gott man glaubt, die einen nennen ihn Allah, die anderen Jahwe, im

Hinduismus nimmt er viele Gestalten an, aber es gibt nur einen großen Gott für alle ..."

„Und Gandhi?"

„Gandhi hat mir beigebracht, wie man seinen Schmerz überwindet. Ich bin über glühende Kohlen gelaufen, es funktioniert tatsächlich."

„Und dann sind Sie doch wieder zurückgekommen?", wollte Garcia wissen.

„Ja. Gandhi hat mir gesagt, dass ich hier noch eine Aufgabe zu erledigen habe. Ich war vor etwas davongelaufen, dem ich mich stellen musste. Als ich zurückkam, habe ich die Facebook-Seite erstellt."

Garcia ließ sich diese Informationen durch den Kopf gehen.

„Als ich in Ihr Geschäft kam, war vorhin ein Mann da, der eine Klangschale ausprobiert hat. War das zufällig Ihr Freund Gandhi?"

Ihre Stirn legte sich in Falten. „Nein, das war irgendein Kunde, der war jetzt schon zum zweiten Mal da und hat die Klangschalen ausprobiert, aber er kann sich wohl noch nicht zum Kauf durchringen."

„Ist Gandhi denn gerade in München?"

„Keine Ahnung. Wir stehen nicht in so regelmäßigem Kontakt und er weigert sich, ein Handy anzuschaffen. Er schneit manchmal einfach so in den Laden rein, dann ist er wieder wochenlang verschwunden, er hat keinen festen Wohnsitz hier." Sie schien dieses Thema nicht vertiefen zu wollen und erhob sich ziemlich plötzlich. „Dürfte ich jetzt nach Hause gehen? Ich bin sehr müde."

Sie kramte nach ihrem Geldbeutel, aber Garcia winkte ab. „Sie sind mein Gast. Verraten Sie mir noch, wie Gandhis richtiger Name lautet?"

Sie zögerte, die Frage schien ihr nicht zu gefallen. „Er mag es nicht, wenn man seinen richtigen Namen kennt ..."

Der Kommissar sah sie abwartend an.

Sie seufzte. „Er heißt eigentlich Wolfi. Wolfgang Schlier. Und jetzt gute Nacht."

„Gute Nacht, Frau Palezki."

Garcia blickte ihr nach, wie sie hastig das Lokal verließ, und fragte sich, ob sie mit seinen Fragen einfach nur überfordert war oder ob sie wohl einen konkreten Anlass hatte, so überstürzt aufzubrechen.

¶

Beinahe hätte er es vergessen, doch als Garcia zu Hause ankam, fiel sein Blick als erstes auf die beiden Karten auf seinem Küchentisch. Jean Genet: *Die Zofen*, in den Kammerspielen, Vorstellungsbeginn war um 19.30 Uhr. Das Theater war zwar nicht unbedingt seine Leidenschaft, schon gar nicht die Stücke, die in den letzten Spielzeiten an der städtischen Bühne inszeniert worden waren, doch nachdem seine Tochter Greta nun schon seit längerer Zeit von ihrem Wunsch sprach, Schauspielerin zu werden, hatte er sich vorgenommen, sie dabei zu unterstützen, und zwei Theaterkarten besorgt.

Er hatte dieses Stück ausgewählt, um Greta etwas Besonderes bieten zu können, schließlich hatte die lokale Presse geschrieben, der Abend sei nicht zuletzt wegen der multimedialen Installationen „vor allem eine Orgie der Opulenz, ein Rausch der delikatesten Obszönitäten, eine präzise Choreographie der ausgestellten Gesten oder Blicke" – das klang zwar nicht unbedingt jugendfrei, dafür aber spannend und vor allem modern.

Er schickte Greta eine SMS, um sie an ihre Verabredung zu erinnern, sprang kurz unter die Dusche und hastete dann wieder los, ohne sich die Zeit zu nehmen, vorher etwas zu essen.

Kaum hatte er seine Wohnung verlassen, erreichte ihn der Anruf seiner Tochter, die kleinlaut um eine Entschuldigung rang: „Bitte, bitte sei nicht böse, ich hab morgen Matheschulaufgabe und ich kapier gar nichts. Ich muss den ganzen Abend lernen, sonst schaffe ich es nicht ..."

Garcia vermutete zwar, dass Greta den Abend genauso vergessen hatte wie er, bemühte sich jedoch, sich seine Enttäuschung nicht anmerken zu lassen, und bestärkte sie in ihrem Eifer, die Klausur morgen noch zu retten. „Nächstes Mal kommst du vorher damit zu mir. Mathe müsste ich noch hinkriegen. Sag Mama, sie soll sich das mit dir anschauen."

Greta unterdrückte ein Gähnen. „Mach ich, auf alle Fälle!"

Garcia wünschte ihr viel Glück und legte auf. Die Floskel „Auf alle Fälle" kannte er von Greta zur Genüge und wusste, dass das so viel wie „Vergiss es" hieß.

Als er auf seine Uhr schaute, erschrak er: In einer halben Stunde begann die Vorstellung und er musste die Karte von Greta noch los werden! Einen Augenblick lang dachte er an Verena, die immer gern kurzfristig einsprang und für jedes Kulturprogramm zu haben war, doch dann fiel ihm ein, wie brüskiert sie nach dem abgebrochenen Tangokurs gewesen war, und so ließ er es lieber bleiben. Er beschleunigte seinen Schritt, lief quer über den Viktualienmarkt, am Weißen Bräuhaus und durch die Ledererstraße an der Bar Centrale vorbei und erreichte kurz darauf die prachtvolle Maximilianstraße mit all ihren kommerziellen Luxustempeln, in deren Schaufenster einen Blick zu werfen er sich heute nicht die Zeit nahm.

Vor den Kammerspielen angelangt, begann er das leicht demütigende Spielchen, möglichst souverän zu erscheinen und seine Karte in der mittleren Preislage in dem nur halb gefüllten Schauspielhaus an den Mann oder besser an die Frau zu bringen. Mit einem aufgesetzten Lächeln, nach dem ihm gar nicht war, hielt er seine Karte in die Höhe, doch die Menschen, die ins Theater strömten, ignorierten ihn allesamt. Die 41 Euro, die er für die Karte berappt hatte, waren ihm bald nebensächlich geworden, ebenso die Hoffnung, einer Frau den Vorrang zu geben. Nach zehn Minuten freundlichen Schauens sprach ihn ein Student an, dem er etwas verlegen die Karte in halber Höhe zum Verkauf anbot. Aber der Preis von 20 Euro war dem jungen Mann immer noch zu hoch. Schließlich verschleuderte er Gretas Ticket im letzten Moment vor Beginn des Stücks an einen seltsam zerstreut wirkenden älteren Herren in verblichenem, hellem Anzug mit osteuropäischem Akzent. Mit dem Erlöschen des Saallichts schlich er sich unter dem Gemurre der bereits Sitzenden, die nochmals aufstehen mussten, um ihn vorbeizulassen, auf den unbequemen Sitz in der 13. Reihe, eingequetscht zwischen dem seltsamen Vogel und einer generös parfümierten Dame, deren schwerer Duft sofortiges Kopfweh bei ihm auslöste.

Schon zehn Minuten nach Vorstellungsbeginn sah Garcia sich in sämtlichen seiner Vorurteile dem modernen Regietheater gegenüber bestätigt und musste sich wieder einmal eingestehen, dass diese Art Schauspiel nichts für ihn war: Vor ihm breitete sich ein sadomasochistisches Rollenspiel aus, das immer mehr wie die Planung eines wirklichen Mordes erschien. Die beiden Zofen steigerten sich derart heftig zwischen winselnder Devotion und kreischender Wildheit in schrille Hysterie, dass sein ohnehin schon schmerzender Kopf davon dröhnte. Das Ganze wurde durch Zitatfetzen und Videoeinspielungen überhöht, deren symbolischer Charakter sich seinem Verständnis entzog und ihm ziemlich artifiziell vorkam. Durch den Auftritt der „gnädigen Frau" driftete das Stück vollends ins Clowneske und Garcia brach der Schweiß aus, als er im Programmheft las, dass dieses nervenstrapazierende Spektakel fast zwei Stunden ohne Pause dauern würde. Er fühlte eine gewisse Erleichterung darüber, dass Greta sich das nicht mitansehen musste, und nahm sich vor, nächstes Mal Karten für das Volkstheater zu besorgen.

Mit dem ersten Saallicht verließ er mit den Nerven am Ende und vom Hunger getrieben den Zuschauerraum und suchte, so schnell er konnte, das Weite in Richtung Tal, wo er in einem kürzlich neu eröffneten Wirtshaus mit Stehausschank in der Vorhalle landete und erst mal ein Aspirin in Wasser auflöste.

DIENSTAG, NACHT

Sie zwang sich, langsam zu gehen. Nur nicht zeigen, dass sie Angst hatte. Aber das Gefühl war wieder da. Das Gefühl, das sie kannte, seit Monaten. Das Gefühl, dass jemand ihr folgte. Sie lauschte angestrengt, versuchte, Schritte auszumachen, hörte aber nur das Klacken ihrer eigenen Absätze.

Trotzdem, sie hatte ihn gesehen, gerade als sie an einer Bäckerei vorbeigegangen war. Er hatte mit dem Rücken zu ihr gestanden und so getan, als würde er die Plakate anschauen, die in der Glastüre des geschlossenen Geschäfts hingen und für Choraufführungen oder Flohmärkte warben. Aus den Augenwinkeln hatte sie ihn wahrgenommen, hatte sein Gesicht sich in der dunklen Scheibe spiegeln sehen. Er konnte irgendein Passant sein, versuchte sie sich zu beruhigen. Er hatte sich nicht nach ihr umgedreht, beim Geräusch ihrer schnellen Schritte nicht darauf reagiert. Aber genau das war es gewesen. Genau dieses unbewegliche Verharren hatte ihr gesagt, dass dieser Mann nicht die Plakate studierte, sondern dass er wartete. Auf sie.

Nach einigen Metern hatte sie einen Blick über die Schulter riskiert und gesehen, wie der Mann aus dem Eingang der Bäckerei herausgetreten war und ihr nachblickte. Es war genau so gewesen wie immer. Und jetzt folgte er ihr und was sie spürte, war die nackte Angst.

Denn es gab nur eine Erklärung: Ihr Verfolger war nicht tot. Und wenn ihr Verfolger nicht tot war, dann war dieser Tote aus dem Auer Mühlbach nicht der Mann, der es auf sie abgesehen hatte.

Sie hatte nun ihren Hauseingang erreicht, aber bis sie aufgeschlossen hätte, wäre er bei ihr. Sie ging weiter, spürte die Kälte im Nacken, den kalten Angstschweiß, der ihr den Rücken hinunter rann. Noch nie in ihrem Leben hatte sie solche Angst verspürt, noch nie hatte sie sich dem Tod so nahe gefühlt. Denn diesmal war sie alleine, ganz auf sich gestellt. Sie wartete darauf, dass er jeden Moment von hinten über sie herfallen würde. Warum war niemand auf der Straße, niemand weit und breit?

Da erblickte sie die Lichter eines Autos, das ihr entgegenkam. Aus einem Impuls heraus stürzte sie auf die Straße und machte dem Auto wilde Zeichen. Mit quietschenden Reifen legte der Wagen eine Vollbremsung hin, doch es war zu spät. Sie wurde von der Stoßstange erfasst, flog über die Fronthaube, rollte dann auf die Straße und blieb reglos dort liegen.

Der Autofahrer blieb einen Moment lang benommen sitzen, dann stieg er aus und schrie hinter dem Mann her, der sich mit schnellen Schritten entfernte. Dieser Mann wäre sein Zeuge gewesen, dieser Mann hätte bestätigen können, dass die junge Frau ihm einfach ins Auto gerannt war. Aber sein Zeuge verschwand in der Dunkelheit und mit zitternden Händen wählte der Autofahrer den Notruf.

MITTWOCH, MORGEN

Kaum hatte Garcia an diesem Morgen sein Büro betreten, klopfte es bereits und Steffi Holtzhaus steckte ihren Kopf zur Tür herein. „Servus, Alexander. Ich hätt da die gsammelten Hinweise aus der Bevölkerung. Interessiert?“

„Nur an sachdienlichen Hinweisen“, frotzelte Garcia.

„Ja mei, wenn man des vorher genau wüsst, dann würd man sich an Haufen Arbeit sparn. Ehrlich gsagt gibt's nur einen einzigen Hinweis, dem wir, denk ich, direkt nachgehn sollten. A Frau aus Herrsching am Ammersee. Sie glaubt, dass sie ihrn Mann wiedererkannt hat.“

Garcia blickte Steffi zweifelnd an. Irgendwie hatte er sich innerlich schon auf das Bild des Schattenmanns im Kellerloch eingestellt und eine Ehefrau in Herrsching am Ammersee passte gar nicht in dieses Bild.

„Hast du mit ihr gesprochen?“

„Ja. Derf ich mich setzen oder muss ich's im Stehn referiern?“

„Du kriegst sogar einen Kaffee“, erwiderte Garcia.

„Mei! I woaß gar ned, warum du koa Frau findst, du bist doch so a netter Kerl. Also pass auf, die Frau aus Herrsching: Ihr Mann arbeitet für a Computerfirma in München und hat da a kloane Wohnung, wo er unter der Woch auch öfter mal übernachtet. Es is auch scho vorkommen, dass er sich ein, zwei Tag nicht meldet. Aber diesmal is es anders gwesen. Letzten Mittwoch hat sie ihn zuletzt gsehen. Er hätt am Freitagabend heimkommen solln, aber sie hat des Wochenend bei ihrer Mutter zuabracht mitsamt ihrm Kind und hat des nicht überprüft …“

„Die beiden haben ein Kind?“, unterbrach Garcia ungläubig.

„Ja, so hab ich des jedenfalls verstanden. Redst du mit ihr? Da is ihr Nummer.“ Steffi reichte ihm einen Zettel. „Ah ja, und die Nasn auf dem Phantombild stimmt nicht überein, hat sie gmeint. Der Rest scho. Und er is halt nicht erreichbar.“

Garcia blickte auf den Zettel. „Esther Kaup“, las er laut vor. „Esther klingt gar nicht nach Herrsching am Ammersee. Passt irgendwie alles nicht zusammen.“

MITTWOCH, MITTAG

Vor dem Eingang des Rechtsmedizinischen Instituts setzte Garcia sich auf eine Stufe und wartete.

Er hatte Esther Kaup gebeten, direkt dorthin zu kommen und die Leiche zu identifizieren, denn er konnte sich nicht wirklich vorstellen, dass es sich bei dem toten Vergewaltiger um ihren Mann handelte, und wollte schnell Gewissheit haben. Seine Nachfrage bei Wendling, ob es jemals einen Hinweis auf einen gewissen Herrn Kaup aus Herrsching am Ammersee gegeben habe, hatte dieser verneint.

Er rechnete mit einer längeren Wartezeit, weswegen er sich einen Kaffee im Becher mitgenommen hatte. Doch schon nach fünf Minuten wurde er nervös und betrat das Institut. Er gab am Empfang Bescheid, dass sie ihn anrufen sollten, wenn die Dame eintraf, und ging hinauf in Bernauers Büro.

„Könntest du dir vorstellen, dass es sich bei dem Toten um einen netten Familienvater aus Herrsching handelt?", fragte Garcia seinen väterlichen Freund.

Bernauer wiegte den Kopf nachdenklich hin und her. „Warum nicht? Weißt du, Bub, wir leben doch eigentlich in sehr friedlichen Zeiten. Klar, die Gewalt nimmt zu und in der U-Bahn wird geschlägert und unsere natürlichen Ressourcen gehen allmählich zur Neige." Er machte eine Handbewegung, als wolle er all das beiseite wischen. „Aber uns geht es doch allen gut. Ich wohne in einem schönen Haus, du in einer schicken Wohnung und der Tote aus dem Auer Mühlbach eben in einem hübschen Häuschen in Herrsching. Er grillt mit den Nachbarn, fährt mit seinem Kind zum Baden an den Ammersee und geht jeden Tag zur Arbeit, um seine Familie zu ernähren. Aber weißt du was? Vielleicht ist das alles nur ein verzweifelter Versuch, seiner dunklen Seite zu entkommen. Vielleicht versuchen wir alle einfach nur verzweifelt, unserer dunklen Seite zu entkommen."

Garcia sah ihn erstaunt an. „Das klingt ja trostlos", meinte er, doch bevor er Bernauer fragen konnte, ob das eine seiner theoretischen Spielmöglichkeiten war oder ob es da einen wahren Kern gab, läutete das Telefon und Frau Kaup wurde angekündigt.

Garcia ging zur Pforte hinunter, um sie in Empfang zu nehmen.

Esther Kaup war noch jung, vielleicht Ende zwanzig, höchstens Anfang dreißig. Sie hatte schulterlanges, wasserstoffblond gefärbtes Haar, das einen dicken schwarzen Ansatz erkennen ließ, und war leger modisch gekleidet mit einem schwarz-weiß gestreiften T-Shirt über einer sehr engen schwarzen Jeans. Sie blickte Garcia eingeschüchtert an, ihre Haut war fahl, ihr Händedruck schwach und ihre Hand zitterte.

„Frau Kaup, sind Sie okay?", fragte Garcia. „Wollen Sie vielleicht noch etwas warten, bevor wir hineingehen?"

„Nein, lieber gleich", stammelte sie mit leicht rauer Stimme und folgte dem Kommissar in das Institut zu Bernauers Büro.

Aus dem zweifelnden Blick des Professors las Garcia heraus, dass dieser sich die Frau aus Herrsching am Ammersee anders vorgestellt hatte oder bei ihrem Anblick zumindest an seiner eigenen soeben entworfenen Theorie über die dunkle Seite des Menschen zweifelte.

Und auch Garcia selbst kam das alles so abwegig vor: Wäre der Tote einfach ein Ertrunkener gewesen, hätte er sich vorstellen können, dass es sich um ihren Mann handelte. Aber ein Vergewaltiger, verheiratet mit dieser Frau, die so normal wirkte, so durchschnittlich aussah und die nun mit unsicheren Schritten, aber doch gefasst neben den beiden Männern hertrottete, das war schwer vorstellbar.

Während sie mit dem Aufzug hinunter in das Untergeschoss fuhren, betrachtete Garcia sie aus den Augenwinkeln. Er hätte nicht einmal sagen können, ob sie hübsch war, das einzig Auffällige an ihr war das zu stark blondierte, strohige Haar und das wiederum schien ihm auch wieder so extrem gewöhnlich.

Als sich endlich die Aufzugtüren im Untergeschoss öffneten, stieg ihnen sofort der Geruch von Formalin in die Nase. Bernauer lief mit schnellen Schritten voraus, auch ihn schien die Situation zu beklemmen. Noch immer sprach keiner ein Wort und auch sonst war kein menschlicher Laut zu hören, lediglich ihre Schritte hallten durch den Korridor, der Garcia viel zu lang erschien.

Im künstlichen Licht der Neonröhren sah die Haut der Frau noch fahler aus als im Sonnenlicht und auf einmal kam sich der Kommissar so vor, als führe er ein unschuldiges Lamm zum Schlachthof. Er suchte nach beruhigenden Worten, die er ihr hätte sagen können, aber ihm fiel nichts ein, was nicht nach schrecklichen Plattitüden geklungen hätte. Im Angesicht einer solchen Situation war es wohl besser, einfach zu schweigen.

Vor ihnen schloss Bernauer die Tür des großen Obduktionsraums auf und obwohl es im gesamten Gebäude kühl war, schlug ihnen hier noch eine ganz andere Kälte entgegen. Garcia fröstelte, doch Esther Kaup nahm die Kälte offenbar gar nicht wahr und auch der süßlich-beißende Geruch, den nur Leichen verströmen und der sich nun mit dem Formalingeruch mischte, schien sie nicht zu stören. Sie ging einige Schritte in den Raum hinein und blieb dann stehen, mit hängenden Armen, blickte kurz auf den großen, stählernen Seziertisch, der exakt in der Mitte des Raums stand, und sah dann fragend zu den beiden Männern.

Bernauer nahm vorsichtig ihren Arm und führte sie langsam, Schritt für Schritt, zu einer Liege, die etwas abseits stand und mit einer weißen Plastikplane abgedeckt war, unter der sich deutlich die Umrisse eines menschlichen Körpers abzeichneten.

„Das wird jetzt nicht leicht werden“, sagte der Rechtsmediziner sanft. „Vielleicht setzen Sie sich erst mal.“

Doch die Frau blieb stehen und starrte auf die Plane. Aus ihrer Brust löste sich ein Laut, der wie ein unterdrückter Schluchzer klang.

„Wie Sie ja wissen, ist der Mann im Auer Mühlbach getrieben. Das bedeutet, dass sein Körper in Mitleidenschaft gezogen wurde.

Auch sein Gesicht. Das heißt, es könnte sein, dass Sie ihn nicht auf den ersten Blick erkennen. Sehen Sie ihn sich bitte in Ruhe an. Wir sind da und kümmern uns um Sie, falls es Ihnen nicht gut geht."

Frau Kaup schloss kurz die Augen. Dann öffnete sie sie wieder und nickte tapfer.

Bernauer schlug vorsichtig das Plastiklaken vom Gesicht des Toten zurück. Die Frau starrte darauf und den beiden Männern erschien es wie eine kleine Ewigkeit, bis sie endlich etwas sagte.

„Ja." Es klang fast tonlos.

„Ja? Heißt das, Sie erkennen Ihren Mann wieder?", fragte Garcia zweifelnd. Er war eigentlich überzeugt gewesen, dass sie das Gegenteil sagen würde.

„Ja. Das ist Fred." Dann begann sie am ganzen Körper zu zittern. Garcia war sofort bei ihr und drückte sie auf einen Stuhl, während Bernauer den Toten wieder zudeckte. In letzter Sekunde fing Garcia die Frau auf, als sie ohnmächtig zu Boden sackte.

¶

Eine Stunde später hatte sich Esther Kaups Zustand so weit stabilisiert, dass Garcia ihr in der Uniklinik schräg gegenüber vom Rechtsmedizinischen Institut, in die der herbeigerufene Notarzt sie gebracht hatte, einen Besuch abstatten konnte. Er hatte Franzi gebeten, ihn zu begleiten, und nun saßen die beiden der blassen Frau auf ihrem Krankenbett gegenüber. Sie wussten, dass ihnen keine leichte Aufgabe bevorstand, denn sie hatten sich dazu entschlossen, sie über die verbrecherische Seite ihres Mannes zu informieren, bevor sie es aus der Presse erfuhr.

„Ich kann nicht glauben, dass er ertrunken ist." Esther Kaup sah die Kommissare fast flehend an. „Wie konnte das passieren?"

„Frau Kaup", begann Garcia vorsichtig, „bevor wir über Details reden, würde ich Sie bitten, mir ein möglichst umfassendes Bild von Ihrem Mann zu geben. Wir wissen nicht einmal wie er heißt."

„Fred. Also Frederik Kaup. Er arbeitet bei Bignetters, das kennen Sie sicher?"

Garcia machte eine vage Geste, er würde das in Ruhe recherchieren. Gehört hatte er von dieser Firma noch nie etwas.

„Computerzeug halt", fuhr Esther Kaup fort und es klang wie eine Mischung aus Stolz und Resignation. „Fred ist der totale Experte." Sie lächelte kläglich. „Eigentlich war er ein richtiger Computernerd, bis wir uns getroffen haben. Wir haben uns auch übers Internet kennengelernt. Ich steh dazu, ich erzähl das jedem. Ich meine, ist doch besser, als wenn man sich besoffen in irgendeiner Bar anquatscht. Ich hatte so ein Probeabo bei einem Datingportal für ein halbes Jahr, zum Sonderpreis." Wieder lächelte sie, diesmal fast nostalgisch. „Ich habe mit ein paar Typen hin und her gemailt, aber ich habe mich nie mit einem getroffen. Hatte gerade so eine blöde Beziehung hinter mir mit einem total eifersüchtigen Typen und eigentlich war ich ganz froh, Single zu sein. Aber dann ist das Probeabo ausgelaufen und ich habe gedacht, ich muss das doch irgendwie ausnützen und habe mich mit einem von denen getroffen. Einem einzigen. Und das war Fred ..."

Plötzlich schwieg Esther Kaup und blickte Garcia und Franzi völlig verloren an. Der Tod ihres Mannes schien ihr Bewusstsein noch nicht ganz erreicht zu haben.

„Wie lange ist das jetzt her?", fragte Garcia.

„Sieben Jahre. Wir hatten vor zwei Wochen Siebenjähriges. Das verflixte siebte Jahr haben wir jetzt auch noch überstanden, hat er gesagt. Und jetzt ..." Sie versuchte etwas hilflos, sich aufzurichten, sackte aber dann wieder auf das Krankenbett zurück. Ihre Augen füllten sich mit Tränen.

„War das siebte Jahr denn so verflixt?", wollte Franzi wissen.

„Nein, gar nicht, wir haben uns immer noch geliebt. Es war halt manchmal nicht so einfach, weil wir unser Haus abbezahlen müssen. Es ist nur ein Reihenmittelhaus, aber trotzdem. Wir arbeiten beide Vollzeit und Fred ist eben auch öfter in München geblieben, er hat da ein Zimmer in der Wohnung von einem Freund, weil er so viel Arbeit hatte. Aber seit unsere Tochter im

Hort ist, ist es viel einfacher. Alba ist jetzt fünf. Als sie kleiner war, hatten wir immer Au-pairs, das war eine schreckliche Zeit! Aber die letzten zwei Jahre ging es uns eigentlich wirklich gut." Esther Kaup begann zu schluchzen. Franzi reichte ihr ein Taschentuch, das sie schon die ganze Zeit bereitgehalten hatte.

Während die junge Frau ihr Gesicht in dem Tuch vergrub, wechselten die beiden Kommissare einen zweifelnden Blick. Konnte das wirklich die Ehefrau des Vergewaltigers sein?

Garcia seufzte. „Frau Kaup, es gibt etwas, was Sie über den Toten wissen sollten."

Die Frau schneuzte sich in das Tuch und sah den Kommissar schniefend an.

„Ihr Mann ist nicht ertrunken. Der Tote, der aus dem Auer Mühlbach gezogen wurde, ist ermordet worden." Esther Kaup richtete sich auf und blickte Garcia verständnislos an.

„Außerdem haben wir anhand von DNA die Gewissheit, dass dieser Mann ein polizeilich gesuchter Vergewaltiger war."

In den weit geöffneten Augen der Frau las Garcia noch immer nichts als Unverständnis.

„Aber doch nicht mein Mann", sagte sie schließlich, als habe der Kommissar sich in seinem Gegenüber vertan.

Garcia zog es vor, zu schweigen und abzuwarten, bis diese Nachricht sich gesetzt hatte. Esther Kaup sah hilfesuchend zu Franzi, doch diese erwiderte ruhig den Blick und nickte leicht.

„Das kann gar nicht sein", rief die Frau mit einem schrillen Unterton in ihrer Stimme. „Das kann gar nicht sein!"

Garcia holte ein Foto hervor, auf dem die beiden Gegenstände abgebildet waren, die Andrea Palezki auf ihrer Internetseite gepostet hatte: die weiße Kordel und das Zippo-Feuerzeug. „Können Sie uns sagen, ob etwas davon Ihrem Mann gehört hat?", fragte er. „Die Kordel stammt von der Kapuze einer Sweatshirtjacke. Hatte er vielleicht eine Sweatshirtjacke, bei der die Kordel fehlte?"

Esther Kaup starrte fassungslos auf das Bild.

Und dann geschah etwas Unvorhergesehenes: Sie riss ihre Decke weg, sprang aus dem Bett auf und ging auf Garcia los. Mit beiden Fäusten schlug sie auf den Kommissar ein und schrie laut: „Das kann nicht sein! Nein! Nein! Nein!"

Garcia, der nicht mit diesem hysterischen Ausbruch gerechnet hatte, sprang ebenfalls auf und versuchte, die Arme der Frau zu greifen, doch sofort fing diese an zu treten und trat auch nach Franzi, die Garcia zu Hilfe geeilt war. Franzi drückte die Notklingel, und wenige Sekunden später war schon ein Pfleger zur Stelle. Gemeinsam mit Garcia gelang es ihm, die Frau festzuhalten und wieder auf das Bett zu drücken. So plötzlich wie der Anfall gekommen war, ebbte er wieder ab. Esther Kaup saß nun völlig in sich zusammengesackt auf dem Bett. Das wasserstoffblonde Haar stand ihr wirr vom Kopf ab, ihr Gesicht war stark gerötet, die schwarze Schminke unter ihren Augen verwischt. Ihr Blick hatte etwas Wahnsinniges. Der Pfleger holte die diensthabende Ärztin, die der verwirrten Frau eine Beruhigungsspritze setzte.

„Sie wird jetzt schlafen", informierte die Ärztin danach die Kommissare. „Bis morgen früh tut sich hier nichts mehr. Sie braucht vor allem Ruhe."

Garcia hätte gerne noch weiter mit Esther Kaup geredet, doch diese schlummerte langsam ein und die Ärztin stand bereits auffordernd an der Tür des Krankenzimmers und hielt sie den Kommissaren auf.

„Alles klar", wandte Garcia sich an die Ärztin. „Bitte entlassen Sie Frau Kaup unter keinen Umständen. Hören Sie? Morgen früh komme ich wieder her, bis dahin lassen Sie bitte niemanden zu ihr hinein."

Der Ärztin schien es nicht zu gefallen, Anweisungen entgegenzunehmen, sie nickte nur widerwillig und schloss hinter den Kommissaren die Tür mit Nachdruck. Nachdem es hier zunächst nichts mehr zu tun gab, fuhren Garcia und Franzi von dem soeben Erlebten noch etwas benommen zurück ins Präsidium.

MITTWOCH, NACHMITTAG

„Nun ist es amtlich: Der Tote war sowohl der gesuchte Vergewaltiger als auch ein scheinbar ehrenhafter Ehemann und Vater aus Herrsching am Ammersee. Sein Name war Frederik Kaup. Die Suche nach dem Mörder kann beginnen."

Garcia blickte in die gespannten Augen seiner Teamkollegen. Franzi war die einzige, die die Information gelassen hinnahm, sie war ja bereits im Bilde, und Steffi nickte bestätigend, als habe sie sich das gleich gedacht – schließlich hatte sie ihrem Chef den sachdienlichen Hinweis übermittelt. Markus wippte ungeduldig mit dem Fuß, der Satz, dass die Suche nach dem Mörder beginnen könne, hatte ihn geradezu elektrisiert. Der einzige, der gar nicht richtig zugehört zu haben schien, war Florian, der nachdenklich vor sich hin blickte und Notizen auf einen Block kritzelte.

„Wir haben in aller Eile den Zahnarzt von Frederik Kaup ermittelt, einen sofortigen Abgleich mit dem Zahnabdruck des Toten aus dem Auer Mühlbach veranlasst und somit letzte Gewissheit erhalten", fuhr Garcia fort. „Frederik Kaup, geboren 1981 in Salzgitter, vor neun Jahren nach München gezogen, wo er sich bei der Firma Bignetters vom Praktikanten zum Systemadministrator hochgearbeitet hat. Er war seit 2007 verheiratet mit Esther Kaup und die beiden haben ein gemeinsames Kind. Eine fünfjährige Tochter."

„Und wohnen in einem Reihenmittelhaus in Herrsching am Ammersee", fügte Franzi hinzu. „Gekauft, aber noch nicht abbezahlt."

„Schöne heile Welt", seufzte Steffi.

„Diese Welt werden wir jetzt so richtig auf den Kopf stellen", nahm Garcia den Faden auf. „Denn irgendwer hat Frederik Kaup vor schätzungsweise einer Woche eine tödliche Dosis Pentobarbital gespritzt und die Leiche anschließend im Auer Mühlbach entsorgt. Und ich befürchte, dass Kaup ein Mehrfachtäter war."

Die Nachricht war für alle neu.

„Gibt es denn mehrere Opfer?“, wollte Franzi wissen.

„Offiziell bisher nur eines. Andrea Palezki.“ Garcia zögerte, er wollte Melanie Landers Namen ungern ins Spiel bringen. „Es gibt die Aussage einer Gynäkologin, deren Patientin glaubt, in dem Bild, das wir anlässlich der Fahndung veröffentlicht haben, ihren Vergewaltiger erkannt zu haben. Leider weiß ich nichts Genaues, die Gynäkologin beruft sich auf das Arztgeheimnis.“

„Die spinnt doch!“, empörte sich Steffi, was Garcia als despektierlich seiner Exfreundin gegenüber empfand, jedoch nicht laut äußerte.

„Ich werde nochmals mit ihr reden, wenn etwas dran ist, kriege ich es raus.“

Er erhob sich, ging zum Flipchart und nahm einen Stift. „Wir haben zunächst vier konkrete Punkte, an denen wir ansetzen können. Erstens: das Reihenhaus in Herrsching. Also das offizielle Privatleben des Toten. Was wussten die Nachbarn über ihn, seine Ehe, seine Gewohnheiten? Zweitens: die Firma Bignetters. Also das offizielle Arbeitsleben. Drittens: die Wohnung in München. Dieser Kaup hatte nämlich ein Zimmer bei einem Freund in München, wo er öfter nach der Arbeit geblieben ist. Das könnte schon ein Schritt zu seinem inoffiziellen Privatleben sein, auf die Aussage seines Freundes bin ich ziemlich gespannt. Und viertens: die Facebook-Seite von Andrea Palezki.“

Bei diesem Stichwort erhob Florian Löscher sich halb von seinem Sitz. „Dazu würde ich gern etwas sagen“, rief er aus. Als er alle Blicke auf sich gerichtet sah, setzte er sich etwas verlegen wieder hin, zu viel Aufmerksamkeit war ihm immer unangenehm. „Tschuldigung, ich wollte nicht unterbrechen“, nuschelte er.

„Ich war sowieso fertig“, ermutigte ihn Garcia. „Was hast du herausgefunden?“

„Es wurden Einträge gelöscht. Die Facebook-Seite gibt es ja seit einem Jahr und alle Inhalte und Bemerkungen stehen noch drauf, vom ersten Tag an bis heute. Aber dazwischen ist immer wieder etwas gelöscht worden. Das ist jetzt erst mal ganz normal, es gibt ja Leute, die so ein Forum nutzen, um ihre Naziparolen abzulassen. Ich hatte noch keine Zeit, zu versuchen, die gelöschten Daten wiederherzustellen. Aber mir ist etwas aufgefallen." Florian zögerte, als suche er nach den richtigen Worten. „Vor einem halben Jahr ist plötzlich ganz viel gelöscht worden. Also, sonst ist mal irgendwo dazwischen ein Beitrag von ein paar Zeilen rausgeflogen. Aber vor etwa sechs Monaten muss ein ganzer Dialog von Beiträgen stattgefunden haben, der über mehrere Tage ging. Und dann ist alles auf einmal gelöscht worden. Äh ... versteht ihr, was ich meine?"

„Du meinst, da hat es Hinweise auf den Vergewaltiger gegeben und Andrea Palezki hatte Grund, das zu löschen?", fragte Markus.

Florian zuckte mit den Schultern. „Möglich wär's doch, oder?"

„Wie hast du feststellen können, dass etwas gelöscht wurde?", hakte Garcia interessiert nach.

Florian zögerte und errötete leicht. „Ich habe das aus den Kommentaren der anderen herausgelesen, die auf die gelöschten Beiträge reagiert haben", erklärte er ausweichend.

Garcia beschlich einmal mehr der Verdacht, dass der junge Kollege über Möglichkeiten verfügte, sich auf nicht ganz legale Weise ins Netz einzuhacken, und diese Antwort nur eine Notlüge war, aber er ließ sie ihm durchgehen.

„Hast du denn die Möglichkeit, die gelöschten Beiträge zu rekonstruieren?", fragte Franzi.

„Ich kann's versuchen. Angeblich bleibt ja alles auf Facebook, was man da je gepostet hat, offen oder verdeckt."

„Vielleicht kann das Landeskriminalamt dir dabei helfen", schlug Garcia vor.

Florian grinste etwas schief. „Das mach ich dann doch lieber allein. Geht schneller."

Garcia lächelte ihm zu und nickte, doch bevor er etwas sagen konnte, meldete Markus sich zu Wort: „Wollen wir mal die Locations aufteilen? Ich könnte zu den Bignetters gehen. Ich glaube, außer Florian bin ich der einzige hier, der ein bisschen was von Computern versteht."

„Okay." Garcia schrieb hinter den zweiten Punkt auf seinem Flipchart ein „M".

Dann blickte er zu Franzi. „Ich würde mir gern die Münchner Wohnung und den Freund vornehmen. Würde es dir was ausmachen, nach Herrsching zu fahren? Nimm am besten einen Kollegen mit."

„Ich schaff das schon allein", widersprach Franzi.

„Emanze", konterte Steffi. „Ich würd übrigens vorschlagen, dass ich derweil amal dem Wendling an Besuch abstatt."

Garcia fiel fast der Stift aus der Hand. „Dem Wendling? Wieso denn, der ist doch raus aus dem Fall!"

Steffi grinste. „Mach dir ned glei in d'Hosn", meinte sie ziemlich respektlos. „Ich würd mir halt gern an genauen Überblick über alle Fälle von Vergewaltigung, versuchter Vergewaltigung oder sonstigen Übergriffen auf Frauen verschaffen. Vielleicht finden sich Parallelen, die bis jetzt nicht in Zusammenhang mit dem Kaup bracht wordn sind."

Garcia sah sie zögernd an.

„Und wenn die nervtötende Steffi beim Wendling aufkreuzt, traut der sich nimmer den Großkotz spieln. Der wird heilfroh sein, wenn ich wieder weg bin! Und zwar mit allen Infos!"

Garcia musste lächeln. „Ich beneide ihn nicht um diesen Besuch. Eine Bitte hätte ich noch, Steffi: Andrea Palezki hat mir von einem Freund erzählt, der ihr so etwas wie seelischen Beistand leistet. Es würde mich interessieren, mich mit ihm zu unterhalten. Er heißt Wolfgang Schlier und kommt nur sporadisch nach München, die Hälfte des Jahres lebt er in Indien. Er hat wohl nicht mal ein Handy, aber nachdem er jedes Mal allerlei Musikinstrumente und anderes indisches Zeug durch den Zoll bringt, könntest du dort vielleicht ansetzen."

„Ich versuch's, aber versprechen kann ich nix", meinte Steffi, während sie sich den Namen notierte. „Aber mein Schwiegervater hat beim Zoll garbeitet, dem is eh so fad, seit der in Pension is, der gfreit sich, wenn er amal a sinnvolle Aufgabe hat. Der klemmt sich bestimmt dahinter."

„Das wäre großartig. Sein Spitzname lautet übrigens Gandhi."

„Gandhi? Wer gibt sich denn freiwillig so einen Spitznamen?", wunderte sich Markus.

„Vielleicht hat der sich den gar nicht ausgsucht", mutmaßte Steffi. „Wenn ihr wüsstet, wie ich in der Schul gnannt worden bin ... Sag ich euch aber nicht." Sie schlug sich mit der flachen Hand auf ihre runden Hüften. „Nur so viel: Hat mit meim Körperfett zu tun ghabt." Steffi stand zu ihren überschüssigen Pfunden, hielt nichts von Diäten und betonte angesichts der wählerischen Kollegen gern, sie sei ein Allesfresser.

Garcia blickte auf die Uhr: „Lasst uns loslegen. Viel Glück euch allen. Wir sehen uns morgen früh. Franzi und Markus, ihr meldet euch bitte spätestens heute Abend bei mir. Und Franzi, auch wenn du es ganz sicher alleine schaffst, so wie du ja alles im Leben alleine schaffst: Nimm einen Kollegen mit. Das ist eine Dienstanweisung."

¶

Der Türsummer ging augenblicklich, nachdem Garcia an der Haustür des Mietshauses beim Namen „Haas" geläutet hatte.

Es hatte eine Weile gedauert, bis er die Wohnung gefunden hatte. Der gelb gestrichene Neubau lag inmitten lauter anderer, ähnlich gesichtslos gestalteter mehrstöckiger Appartementhäuser auf dem ehemaligen Messegelände und dem Kommissar war das vor etwa 15 Jahren völlig neu entstandene Viertel auf der Schwanthalerhöhe oberhalb der Theresienwiese völlig fremd. Er kannte auch niemanden, der hier wohnte, obwohl er sonst eigentlich in jedem Münchner Stadtteil Bekannte oder Freunde hatte.

Garcia hatte es vermieden, zum großen Wiesn-Areal hinunterzusehen, auf dem die Reste des Oktoberfests abgebaut wurden und das in diesem Zustand auf ihn furchtbar trostlos wirkte. Allein die Geräusche – das Hämmern und Klopfen der Arbeiter, die Fahrgeschäfte zerlegten und Bierzelte in kahle Gerippe verwandelten – drangen schon so deprimierend an seine Ohren.

Er sprintete, wie es seine Gewohnheit war, zwei Stufen auf einmal nehmend in den 3. Stock hinauf, wo er bereits an der Tür erwartet wurde. Gero Haas war klein, schmächtig und auffällig blass mit unreiner Haut. Sein Haar stand etwas struppig und leicht fettig vom Kopf ab und schon an der Türschwelle konnte Garcia den muffigen Geruch einer ungelüfteten Wohnung wahrnehmen.

„Ich dachte schon, Sie hätten was vergessen. Aber Sie sind ja ein anderer. Sind Sie auch von der Polizei?", empfing Gero Haas den Kommissar.

Einen Augenblick lang war Garcia verwirrt, doch bereits während er antwortete, gingen in ihm die Alarmglocken los: „Was soll das heißen? War schon jemand hier?"

„Ja, gerade eben. Sind Sie Ihrem Kollegen nicht begegnet? Er hat Freds Computer mitgenommen."

Ohne zu antworten, machte Garcia auf dem Absatz kehrt und rannte das Treppenhaus wieder hinunter.

Auf der Straße spähte er in alle Richtungen, konnte aber niemanden entdecken. Am Ende der Straße bog gerade ein Wagen um die Ecke, doch das konnte irgendjemand sein. Dennoch prägte Garcia sich ein, dass es sich um einen weißen BMW älteren Modells handelte. Um das Nummernschild zu erkennen war die Distanz allerdings zu groß. Er überquerte die Straße und ging bis zur nächsten Kreuzung vor, doch ebenso gut hätte er in die andere Richtung laufen können.

Innerlich ärgerte er sich darüber, dass er sich, nachdem er Gero Haas telefonisch über seinen baldigen Besuch informiert hatte, auf ein Schwätzchen mit seiner Sekretärin eingelassen hatte. Das waren womöglich die entscheidenden Minuten gewesen, in denen der Unbekannte den Computer hatte wegtragen können. Zur Sicherheit rief Garcia bei der Spurensicherung an und erkundigte sich, ob jemand zu Gero Haas gefahren war, aber die Antwort kannte er schon, schließlich hätte dies auf seine eigene Anweisung hin geschehen müssen und die hatte er nicht gegeben. Das holte er jetzt nach, allerdings versprach er sich davon nicht mehr allzu viel.

Er stampfte wütend auf und ging dann zurück zum Mietshaus. Die Tür war zugefallen und so läutete er abermals bei „Haas".

¶

Die Firma Bignetters hatte ihren Sitz in einem großen Bürogebäude in dem etwas grauen und eher wie ein Vorort wirkenden Münchner Stadtteil Mittersendling, eingekeilt zwischen S-Bahngleisen und der stark befahrenen Plinganserstraße. Markus war erstaunt darüber, dass diese Firma, die darauf spezialisiert war, Surfterminals in Internetcafés einzurichten und zu betreuen, lediglich die oberste Etage des vierstöckigen Hauses in Anspruch nahm.

Durch die verglaste Tür im 4. Stock konnte er erkennen, dass der Empfangstresen verwaist war, und es erschien ihm wie eine halbe Ewigkeit, bis sich auf sein mehrmaliges ungeduldiges Läuten hin Schritte näherten. Ein junger Mann in Jeans und schwarzem Langarm-Shirt, der rein äußerlich ein jüngerer Bruder von Florian Löscher hätte sein können, öffnete die Tür und ließ Markus herein.

„Markus Ott, Kripo München", stellte Markus sich knapp vor. „Haben Sie keine Empfangsdame?"

Der Mann grinste ein wenig spöttisch. „Die bin ich."

Markus nickte wissend. „Klar, Computer. Männerwelt."

„Vielleicht sind ja auch nur Ihre Vorstellungen von Emanzipation etwas antiquiert", konterte der Mann. „In der Kripo arbeiten wohl nur Damen am Empfang?"

„In der Kripo gibt's keinen Empfang", erwiderte Markus. „Nur eine Pforte. Und da sitzt traditionell ein Mann. Könnte ich jetzt mal Ihren Vorgesetzten sprechen? Oder Ihre Vorgesetzte?"

Wieder grinste der junge Mann. „Dann kommen Sie mal mit." Er drehte sich um und ging voraus durch ein Großraumbüro, in dem überall einfache Tische mit Flachbildschirmen standen.

In dem kargen Raum, der durch die heruntergelassenen Stahljalousien im Halbdunkel lag, herrschte Stille bis auf das regelmäßige Summen der Festplatten, Kabel liefen kreuz und quer über den dunkelgrauen Teppichboden, alles war grau in grau gehalten und es stand nicht einmal der obligatorische Gummibaum in einer Ecke, der zumindest für die Existenz von Natur gebürgt hätte. Vor einigen der Rechner saßen junge Männer und stierten auf die Bildschirme oder tippten etwas auf ihren Tastaturen.

Am Ende des Raums öffnete der Mann eine Tür und ließ Markus in ein Büro treten, das aussah wie ein kleines Abbild des Großraumbüros.

¶

Der Kollege, den Franzi angefordert hatte, war ein schlaksiger, stiller Mann um die vierzig, den sie zwar schon lange, jedoch nicht näher kannte. Die Hälfte der Fahrt hatte er geschwiegen und Franzi hatte nach ein paar müßigen Versuchen, ein Gespräch anzufangen, aufgegeben, diesen Hannes Ziegler als Langweiler abgestempelt und es dann genossen, keinen Smalltalk führen zu müssen.

Doch plötzlich, nachdem sie die Lindauer Autobahn bei Oberpfaffenhofen verlassen hatten und entlang des kleinen Pilsensees, der einen Teil des sogenannten Fünf-Seen-Lands ausmachte, gefahren waren, hatte Hannes Ziegler das Schweigen gebrochen. Aus dem Nichts heraus hatte er begonnen, ein Herbstgedicht zu rezitieren. Zunächst war Franzi völlig irritiert gewesen und hatte den uniformierten Kollegen fast erschrocken gemustert, so absurd war ihr die Situation im ersten Moment vorgekommen. Doch dann hatte sie sich ihr Lachen verkniffen und zugehört.

Leise, ganz ohne Pathos und so anrührend, dass es Franzi fast das Herz zuschnürte, hatte er es aufgesagt und sie hatte stumm seinen Worten gelauscht über die Götter, die eine zögernde Stunde die Waage anhalten, über Beschwörung und Bann, das alte Werden, das unter den sterbenden Flügeln brütet, und den Sommer, der den Schwalben zusah, wie sie die Fluten streiften.

Danach schwiegen beide wieder, doch nun war es ein gemeinsames, gelassenes Schweigen durch die herbstliche Landschaft, über der die Sonne in ihrer roten Färbung sich anschickte, bald am Horizont unterzugehen.

In dieser friedlichen Stimmung fuhren sie in der Kleinstadt Herrsching ein. Ohne nennenswertes Zentrum war dieser Ort eigentlich nur wegen seiner Uferpromenade am Ammersee, von der aus der Dampfer nach Diessen oder Stegen abfuhr, beliebt. Ruhiger und einheimischer ging es hier zu als am prominenten Nachbarsee zwischen Starnberg und Seeshaupt, fast spießig mutete die Atmosphäre an.

Am südöstlichen Himmel konnte Franzi die Silhouette der Klosterkirche von Andechs erkennen. Als Kind war sie oft mit ihren Eltern dort oben am „Heiligen Berg“, dem ältesten Wallfahrtsort Bayerns, zu unzähligen Sonntagsausflügen gewesen. Wie lange das her war!

Sie fragte sich, warum sie nie mehr hierher zurückgekehrt war – vermutlich weil sie diese Sonntagsausflüge damals als quälend langweilig empfunden hatte und sich ihr die Schönheit der Landschaft und die Liebe zur Natur erst in den letzten Jahren immer mehr erschlossen hatten. Wie gerne wäre sie jetzt einfach ausgestiegen und hätte sich Wege und Pfade gesucht, die sie auf den Berg geführt hätten, wie gerne hätte sie wieder einmal die

Kirche betreten und die farbenprächtigen Rokoko-Fresken mit neuen Augen betrachtet.

Als sie ein Stück am Ammersee zum nördlichen Ortsteil entlangfuhren und sich die beginnende rötliche Abenddämmerung zauberhaft im See spiegelte, die dunkle Bergkette der Alpen im Hintergrund, fühlte Franzi eine seltsame Sehnsucht, die sich als leises Ziehen im Brustkorb manifestierte, und hätte ihren mittlerweile wieder schweigsamen Kollegen am liebsten gebeten, ihr das Gedicht noch einmal aufzusagen.

Doch da hatten sie bereits das Ortsende erreicht, die imposanten Häuserreihen am See – einige noch im Stil der Jahrhundertwende, andere im modernen, aber geschmacklosen Toskanastil – gingen in belanglosere Einfamilienbauten über, bis schließlich ein Neubaukarree rechts der Straße begann. Hinter hohen Palisaden hatte man ein komplettes Viertel mit immer gleichen Reihenhäusern oder Doppelspännern in die Landschaft gesetzt.

Vor eines dieser Reihenhäuser leitete sie nun das Navi, genau wie Franzi es sich vorgestellt hatte: schmal gebaut mit einem winzigen Vorgarten, von Straße und Nachbarn fein säuberlich durch einen kniehohen Holzzaun abgetrennt. Sie hielten vor dem Haus der Kaups und nachdem Franzi wusste, dass Esther Kaup im Tiefschlaf in der Klinik lag, entschloss sie sich, es zunächst bei den direkten Nachbarn zu versuchen. Sie bat Hannes Ziegler, im Auto auf sie zu warten, da sie befand, dass damit Garcias Dienstanweisung Genüge geleistet worden war.

Im Reihenhaus links von dem der Kaups nahm sie eine Bewegung hinter dem Küchenfenster wahr und entschied sich, gleich dort bei ‚Steuber' zu läuten. Eine junge und schlanke, jedoch etwas zu auffällig geschminkte Frau mit schulterlangen, blondierten und sorgfältig zu einer Föhnfrisur aufgeplusterten Haaren öffnete die Tür und blieb abwartend im Türrahmen stehen. Franzi lächelte freundlich, hielt ihr ihren Ausweis hin und bat um ein Gespräch.

Die Frau schien unschlüssig, blickte zum Polizeiauto, in dem Franzis uniformierter Kollege saß, ließ sie aber schließlich eintreten. „Entschuldigen Sie die Unordnung", beeilte sie sich zu sagen. „Ich bin heute noch nicht zum Aufräumen gekommen."

An der Schwelle zum Wohnzimmer blieb Franzi einen Augenblick lang perplex stehen. Dass der Satz mit der Unordnung nur eine Floskel gewesen war, hatte sie sich schon gedacht. Alles hier hatte seinen genauen Platz, doch wirklich frappierend war nicht so sehr die Ordnung, als vielmehr der Prunk und Protz, den man eher in einer Neobarock-Villa als in diesem Reihenhaus vermutet hätte. Vor den Fenstern hingen schwere Brokatvorhänge, eine überdimensionale Lampe aus Muranoglas glitzerte in allerlei Kitschfarben, die Regale glänzten golden und bogen sich unter den Unmengen Nippes. Da standen Moriskentänzer neben Porzellanpuppen, groteske Vasen neben Indianermasken, goldene Kaminuhren neben bronzefarbenen Buddhafiguren, eine Mischung aus Disneyland und Ethno-Tand, wie sie schauerlicher nicht hätte sein können. Franzis Blick blieb an einem kleinen mumifizierten Kopf hängen, der auf einem Stab aufgespießt war und sie anzustarren schien.

¶

Es war genau so, wie Garcia vermutet hatte: Ein Mann hatte sich gegenüber Gero Haas als Polizeibeamter ausgegeben, hatte sogar einen Ausweis gezückt, den Herr Haas jedoch nicht genauer angesehen hatte, da die Kripo ja ihren Besuch angekündigt hatte, war schnurstracks in Frederik Kaups Zimmer marschiert und hatte dessen Freund die Tür vor der Nase zugeschlagen. Wenig später war er mit dem Computer wieder abgezogen, ob er sonst noch etwas mitgenommen hatte, vermochte Gero Haas nicht auf Anhieb zu sagen.

In der Wohnung roch es muffig und stickig, wie Garcia es schon im Gang aufgefallen war, nur viel extremer: nach ungelüfteten Betten und ungewaschenen Socken. Außerdem nahm Garcia ganz deutlich den Geruch von Cannabis wahr. Er folgte Gero Haas einen schmalen Gang entlang, dessen brauner Laminatboden mit Parkettstruktur fleckig und vor allem klebrig war, sodass die Schuhe des Kommissars bei jedem Schritt leicht haften blieben und fast unanständige Schmatzgeräusche von sich gaben. An den Wänden hingen selbst zusammengesetzte und gerahmte Riesenpuzzles mit Spaceshuttle- und anderen Flugobjekt-Motiven.

Das Zimmer, das Frederik Kaup unter der Woche bewohnt hatte, war nicht besonders groß und machte auf Garcia einen deprimierenden Eindruck: In einer Ecke stand ein Bett, das ebenso gut in einem Jugendzimmer hätte stehen können und dessen Lärchenholzrahmen halb abgerissene Aufkleber zierten. Hier hingen keine gerahmten Puzzles an den Wänden, offenbar war dieses Hobby Gero Haas vorbehalten. Der Schreibtisch bestand aus einer überdimensionalen, schwarz laminierten Platte auf zwei Holzböcken, der Flachbildschirm stand noch unberührt da, der Fremde hatte also nur die Festplatte mitgenommen.

„Hat Ihr Freund auch einen Laptop?", fragte Garcia hoffnungsvoll. Er hatte Gero Haas bisher noch nichts vom Tod seines Mitbewohners erzählt und wollte erst dessen Aussage abwarten.

„Klar. Den hat der Typ allerdings auch mitgenommen."

„So ein Mist!" Garcia sah sich im Zimmer um. Der Schreibtisch war bis auf den Bildschirm leer und ihm fiel auf, dass hier nicht einmal Papier und Stift lagen. Entweder hatte der Dieb auch hier zugeschlagen oder im digitalen Zeitalter wurde nicht mehr per Hand geschrieben. Im Regal standen ein paar Ordner und der Kommissar entschloss sich, diese gleich mitzunehmen, bevor ihm wieder jemand zuvorkam. Allmählich wurde die Sache verzwickt.

„Wie gut kennen Sie Frederik Kaup?", fragte Garcia, nachdem sie ins Wohnzimmer hinübergewechselt hatten, in dem es leider nicht besser roch.

Aus einer Docking-Station, in der ein Ipod stand, dröhnte Musik, die nach einer hochenergetischen Fusion aus Jazz und

Rock klang und Garcia eigentlich ganz gut gefiel. Dennoch bat er Gero Haas, die Musik leiser zu drehen, um sich auf das Gespräch konzentrieren zu können.

„Miles Davis“, kommentierte Gero Haas, während er der Bitte des Kommissars nachkam. „*Bitches Brew*. Chillt mich runter.“

Der Kommissar warf ihm einen befremdeten Blick zu. „Bei *Kind of Blue* könnte ich das ja verstehen ...“, murmelte er vor sich hin. Er hatte diese Miles-Davis-Schallplatte in seinem Schrank, besaß aber leider keinen funktionierenden Plattenspieler mehr, was er sich still vornahm, möglichst bald zu ändern.

Die schwarze Couch war so versifft, dass Garcia lieber am Fenster stehen blieb und erleichtert war, als Gero Haas ihm nichts zu trinken anbot. Er wiederholte seine Frage.

„Naja. Gut. Also zumindest ewig lang. Peanut ... so nennen wir den Fred ... und ich sind vor ...“ Haas rechnete mit den Fingern nach. „Neun Jahre müsste das jetzt her sein. Da sind wir nach München gezogen. Er von irgendwo im Norden. Ich bin aus Brannenburg. Nicht Brandenburg. Brannenburg, in Bayern.“

Garcia nickte und fragte sich, wo dieser Haas seinen bairischen Dialekt gelassen hatte.

Haas fuhr fort: „Wir hatten zusammen eine WG. Noch mit einem Dritten, dem Toni. Irgendwann sind die beiden ausgezogen. Also erst der Toni, dann später der Fred. Ich hab die Wohnung behalten und der Fred hat sein Zimmer behalten.“

„Ist er direkt nach Herrsching gezogen?“

„Ja. Der hat diese Esther geheiratet. Ich hab sie nur ein paar Mal gesehen. Eigentlich ganz nett. Aber immer bisschen ungechillt.“

„Hat Fred letzte Woche hier übernachtet?“

„Nein, ich hab den Fred seit vorletzter Woche nicht mehr gesehen. Aber das ist normal, der kann ja kommen und gehen wann er will und wir reden nicht viel miteinander. Äh, jetzt sagen Sie mal. Was ist denn mit dem Fred? Hat der Scheiße gebaut?“

„Wie kommen Sie darauf?“, hakte Garcia nach.

„Schon klar. Sie wollen jetzt ganz geschickt was aus mir rauskriegen."

Gero Haas kratzte an seinen Pickeln am Kinn und Garcia musste sich regelrecht zwingen, nicht wegzusehen.

„Wenn ich etwas aus Ihnen rauskriegen wollte, würde ich Sie direkt mit aufs Revier nehmen. Da ich aber davon ausgehe, dass Ihnen Ihre Zeit ebenso kostbar ist wie mir meine, schlage ich vor, dass Sie mir erzählen, was Ihrer Meinung nach die Kripo über Frederik Kaup interessieren könnte."

Es dauerte ein Weilchen, bis die Bedeutung dieses Satzes Gero Haas erreicht hatte, zumindest ließ sein leerer Gesichtsausdruck darauf schließen. Er kratzte sich noch einen Pickel am Kinn blutig und wischte das Blut mit dem Handrücken ab.

„Äh. Ich weiß nicht. Der Fred, der ist halt eigentlich gar nichts Besonderes. Also ich kann Ihnen da jetzt nichts Gefährliches sagen. Halt nichts Schlimmes. Der ist ganz normal. Nee, eigentlich ist der nicht ganz normal, der ist ganz zurückgezogen. Der redet nicht viel und Freunde hat der sowieso nicht. Nie eingeladen, auch nicht zu WG-Zeiten. Und Frauen auch nicht." Er begegnete kurz Garcias abwartendem Blick, dann senkte er die Augen. „Naja. Also kiffen tut der halt. Nicht so oft, aber ... naja, schon meistens. Aber sonst ... Mehr als Bier trinkt der nicht. Und Erdnussflips."

„Erdnussflips?", echote Garcia verwirrt.

„Ja, der ernährt sich hauptsächlich von Erdnussflips. Deshalb haben der Toni und ich ihn damals Peanut getauft. Ich nenn ihn bis heute so. Obwohl der in Herrsching jetzt, glaub ich, was Gesünderes essen muss."

Garcia musterte Haas und fragte sich, ob dieses unbekümmerte Gerede vielleicht gespielt war. Konnte es sein, dass der angebliche Polizist nur eine Erfindung war und Gero Haas selber die Rechner seines Mitbewohners weggeschafft hatte, bevor ihm die Spurensicherung zuvor kam? Weil er mehr wusste, als er zugeben wollte?

Er entschloss sich, auf das Eintreffen der Kollegen zu warten und sie auch anzuweisen, Kellerräume sowie das Auto von Haas zu untersuchen. Die verbleibende Zeit würde er nutzen, um Gero Haas über den Mord an seinem Mitbewohner in Kenntnis zu setzen. Dabei könnte er auch versuchen, herauszubekommen, ob Haas irgendetwas von dessen Schattenseite geahnt hatte.

¶

Im Büro von Bignetters ging der Mann, der die „Empfangsdame" gespielt hatte, hinter dem Schreibtisch herum und setzte sich dort auf den Chefsessel. Mit einer Geste wies er Markus einen Drehstuhl ihm gegenüber zu.

Dieser schüttelte leicht den Kopf. „Und wo ist Ihr Chef?"

„Das bin ebenfalls ich", erklärte der Mann. „Juniorchef der Bignetters GmbH."

Markus verzog keine Miene. „Wäre es möglich, auch den Seniorchef zu diesem Gespräch hinzuzuziehen?" Die obercoole Art seines jungen Gegenübers ging ihm allmählich ziemlich auf die Nerven.

„Der Senior ist gerade in den USA, Silicon Valley."

„Aha. Und wie heißen Sie, wenn ich fragen darf?"

„Boris Hintermeier. Der Senior ist übrigens mein Kumpel und nur drei Jahre älter als ich. Wir haben die Firma gemeinsam gegründet. Sind Sie von der Internetkriminalität?"

„Mordkommission. Ich muss Ihnen leider mitteilen, dass Ihr Mitarbeiter Frederik Kaup verstorben ist."

„Hä?" Boris Hintermeier blickte Markus verständnislos an. „Wieso denn das?"

Innerlich freute Markus sich, dass er den supercoolen Juniorchef ein wenig aus der Fassung gebracht hatte, aber auch jetzt ließ er sich nichts anmerken. Ungeduldig wie immer fiel seine Antwort knapp aus: „Wieso wissen wir nicht. Die Details entnehmen Sie am besten morgen der Zeitung. Wann haben Sie Frederik Kaup denn zuletzt gesehen?"

Boris Hintermeier überlegte: „Der hatte Gleitzeit, der ist nicht immer den ganzen Tag hier rumgesessen. Wir haben Stempeluhren und Hauptsache, die Bilanz stimmt am Ende des Monats. Aber jetzt, wo Sie es sagen ... Ich habe ihn tatsächlich seit Tagen nicht mehr hier gesehen. Warten Sie, ich prüfe das mal eben ..." Er tippte auf seinem Rechner herum. „Da kann ich es einsehen", erklärte er. „Also, der Fred hat letzte Woche Mittwoch hier eingecheckt, am 15. Oktober in der Früh um 8.27 Uhr. Da war ich selber noch gar nicht im Büro. Und ausgecheckt um 17.12 Uhr. Das war das letzte Mal, dass er seine Stempelkarte benutzt hat."

„Gut. Dann wüsste ich jetzt von Ihnen gern alles über Ihren Mitarbeiter, was Sie mir sagen können."

Es folgte ein ziemlich zähes Frage-Antwort-Spiel, bei dem Markus allmählich den Eindruck bekam, dass das Verhältnis des Juniorchefs zu seinen Mitarbeitern genauso unpersönlich war wie deren Arbeitsplatz. Er wusste schlicht gar nichts über diesen Kaup zu berichten und über Kaups Verhältnis zu Frauen wusste er erst recht nichts. Sie hatten sich nie privat getroffen.

Schließlich gab Markus auf und erhob sich. „Würden Sie mir bitte noch kurz den Arbeitsplatz von Herrn Kaup zeigen?", bat er.

Der Juniorchef zuckte die Schultern. „Der hatte keinen festen Arbeitsplatz. Hier setzt jeder sich an irgendeinen freien Rechner und ruft seine Programme auf, an denen er gerade arbeitet."

„Auch das noch", seufzte Markus.

Doch plötzlich fiel dem Juniorchef etwas ein: „Jetzt, wo Sie fragen ... Vorgestern war einer da. Genau, ja, am Montag, gleich in der Früh. Der wollte von mir genau dasselbe wissen. Wo der Kaup seinen Arbeitsplatz hat."

„Wer war das?"

„Einer von der Internetkriminalität. Er hat gesagt, es ginge nicht um unsere Firma, nur um den Kaup persönlich. Als ich ihm gesagt habe, dass der keinen eigenen Rechner hatte, war der ziemlich enttäuscht ... Nein, eigentlich war er fast sauer und hat gesagt, ich solle mal besser aufpassen, weil meine Mitarbeiter ja dann völlig anonym irgendeinen Scheiß bauen könnten. Scheiß bauen, genau das hat er gesagt. Komischer Typ."

„Wie hieß er?"

„Weiß ich doch nicht. Der hat irgendeinen Ausweis gezückt und war ja dann auch gleich wieder weg."

„Na toll", entfuhr es Markus. „Können Sie mir den Mann wenigstens beschreiben?"

Die junge Frau hatte sich als Jeanette Steuber vorgestellt und auf die Nachricht von Frederik Kaups Tod völlig fassungslos reagiert, sodass Franzi es vorgezogen hatte, nichts von der Ermordung zu erzählen, sondern lediglich, dass der Nachbar ertrunken sei.

Sie hatte lange geduldig gewartet, bis Jeanette Steuber ihre Tränen einigermaßen getrocknet hatte, wobei diese sehr darauf bedacht gewesen war, ihr sorgfältig aufgetragenes Make-up nicht zu verschmieren, und ihr dann geschickt möglichst viele private Informationen über das Ehepaar Kaup entlockt. Was sich ihr präsentierte, war eine heile Welt, wie sie harmloser nicht hätte sein können.

„Esther ist ja nicht nur meine Nachbarin, sondern meine Schulfreundin. Nein, stimmt gar nicht, meine Kindergartenfreundin. Und dann haben wir im gleichen Jahr geheiratet und dann auch noch diese beiden Reihenhäuser hier nebeneinander gefunden, ist das nicht toll?", jubelte Frau Steuber nun geradezu euphorisch. „Also unter uns: Wir haben ja das Eckhaus und die nur das Mittelhaus. Ein bisschen neidisch ist die Esther schon manchmal. Aber Zickenalarm gehört dazu. Oder wie ist das bei Ihrer besten Freundin?"

Franzi blickte die junge Frau etwas verwirrt an und fragte sich gerade, ob diese die Nachricht vom Tod ihres Nachbarn schon wieder vergessen hatte. Doch just in diesem Moment begann die Frau wieder zu schluchzen. „Oh Gott, der Fred! Ertrunken! Das ist ja so schrecklich. Die arme Esther! Ich muss sofort zu ihr! Wo ist sie denn?"

„Sie ist im Krankenhaus, es geht ihr gut", log Franzi. „Sie war bestimmt sehr glücklich mit ihrem Fred, nicht wahr?"

„O ja, das war Big Love! Naja, ganz ehrlich? Die beiden haben sich in irgendeinem Chat kennengelernt. Die Esther war ein bisschen panisch, weil ich mich verlobt hatte und sie selber zu der Zeit Single war. Deswegen hat sie plötzlich so Gas gegeben."

Wieder begann sie zu schluchzen und Franzi reichte ihr geduldig ein weiteres Taschentuch. Sie wusste, dass Frau Steubers Mitteilungsbedürfnis größer war als der Schmerz, den ihr die Nachricht bereitete, und so übte sie sich innerlich in Geduld. Offensichtlich hatte sie bei der richtigen Nachbarin geläutet, um möglichst viel über das Privatleben des Ermordeten zu erfahren.

„Sind Ihr Mann und Fred auch befreundet?", fragte sie, um die Frau wieder auf die Spur zu bringen.

„Ja, schon. Also so, wie Männer eben befreundet sein können. Die reden dann über die Hecke, die geschnitten werden muss, oder über Fußball. Wobei der Fred sich gar nicht für Fußball interessiert hat, der war ja eher so ein Computerchecker. Der hat uns das hier alles installiert mit W-Lan und so, ich kenn mich da nicht so aus. Am Lustigsten war es, als wir unsere Männer in den Schwangerschaftsvorbereitungskurs mitgenommen haben. Wir waren nämlich auch noch gleichzeitig schwanger." Jeanette Steuber kicherte hinter vorgehaltener Hand. „Wenn man so eng ist wie wir, hat man ja auch den gleichen Zyklus."

„Und Fred war im Schwangerschaftskurs dabei?", hakte Franzi etwas erstaunt nach.

„Ja. Wirklich, der war ein Netter. Und fleißig, der hat ganz viel gearbeitet. Also das ist das einzige, was ich wirklich nicht verstanden habe, dass die Esther dann diese schrecklichen Au-pairs hatte. Ich würde nie jemand Fremdes in meinem Haus wohnen lassen. Aber die verdienen nicht so gut wie mein Mann, der ist in der Pharmabranche. Naja, da musste die Esther dann eben auch arbeiten, die ist Sekretärin. Entschuldigung, Assistentin heißt das ja heutzutage, Sekretärin darf ich nicht sagen, da regt sich die Esther dann immer so auf. Dabei ist das doch das Gleiche, oder? Naja, jedenfalls arbeiten beide voll, das ist schon stressig." Sie beugte sich vertraulich zu Franzi vor und flüsterte: „Deswegen hat der Fred ab und zu heimlich im Garten geraucht, um zu entspannen. Im Haus ging das ja gar nicht, da hab ich die Esther auch bestärkt, dass das nicht geht. Er hat dann fast aufgehört zu rauchen, aber ab und zu hab ich ihn im Garten gesehen, hinten bei der Hecke. Ich hab auch mal was zu ihm gesagt, aber verpfiffen hab ich ihn nie. Man kann über mich sagen, was man will, aber eins ist sicher: Ich bin total verschwiegen!"

Franzi ließ die Frau noch eine Weile über ihr enges Verhältnis zu Esther Kaup plaudern, doch als Jeanette Steuber wieder in lautes Schluchzen ausbrach, beschloss sie, die Befragung ein anderes Mal fortzusetzen. Sie verabschiedete sich und stieg zu Hannes Ziegler, der geduldig gewartet hatte, in den Wagen.

Auf der Heimfahrt bat Franzi ihren Kollegen, das Herbstgedicht noch einmal aufzusagen, doch zu ihrer Überraschung schüttelte dieser den Kopf. „Das passt jetzt nicht mehr", meinte er schlicht. „Das wirkt nur, wenn die richtige Stimmung ist."

Franzi nickte. Sie wusste genau, was er meinte.

„Es ist von Gottfried Benn", fügte er hinzu. „Es heißt *Astern.* Am besten, Sie lernen es auswendig, dann können Sie es jederzeit hervorholen."

„Wenn die richtige Stimmung ist", ergänzte Franzi.

MITTWOCH, ABEND

Die weitere Unterhaltung mit Gero Haas hatte keine neuen Erkenntnisse ans Tageslicht gebracht: Haas hatte fassungslos auf den Mord und geradezu empört auf die Nachricht reagiert, Kaup sei ein Vergewaltiger gewesen. In seinen Augen war sein Kumpel immer noch der harmlose, uncoole Peanut, der seine Zeit mit Computern zubrachte, nicht mit Frauen.

Garcia war gerade zu Hause angekommen, als Steffi sich auf seinem Handy meldete und ihm die Telefonnummer ihres Schwiegervaters durchgab, dem es tatsächlich gelungen war, einige Informationen über besagten Wolfgang Schlier alias Gandhi zu sammeln.

Garcia wählte sogleich die Nummer und bereits nach dem ersten Läuten wurde abgehoben. Er war etwas irritiert, weil der Mann, der sich mit: „Dieter Holtzhaus" meldete, so klang, als habe er ihn gerade aus dem Tiefschlaf geholt. Doch dann fiel ihm ein, dass Steffis Ehemann genau die gleiche Stimme hatte und das Lethargische wohl in der Familie lag.

„Die Steffi hat mich auf den Wolfi Schlier angesprochen und da hat bei mir gleich was geklingelt", informierte ihn der Mann. „Allerdings bin ich jetzt schon einige Jahre pensioniert, also hab ich ein bisschen bei den jüngeren Kollegen nachgefragt: Der war bis vor Kurzem noch auf Bewährung."

Garcia war sofort alarmiert. „Was hat er denn verbrochen?"

„Der war schon zu meiner Zeit aktiv dabei mit illegalem Schmuggel."

„Drogen?"

„Nein, von Drogen weiß ich nichts. Der hat sich auf geschützte Tiere spezialisiert. Seltene Käfer und Schmetterlinge."

„Käfer?", fragte Garcia etwas verwundert. „Lohnt sich so was?"

„Sie werden lachen, aber auf dem Schwarzmarkt werden die mit über 200 Euro das Stück gehandelt, Schmetterlinge bringen sogar noch mehr ein. Offiziell hat er Musikinstrumente und Deko-Ware eingeführt."

„Jetzt wird mir einiges klar." Garcia dachte an die Waren, die er bei Andrea Palezki im Geschäft gesehen hatte. „Hat der eine Adresse in München?"

„Zumindest hat er hier einen Wohnsitz angemeldet. Bei einem gewissen Gerwin Kazianka. Ein Österreicher. Der stand im Verdacht, die geschmuggelten Tiere vertickt zu haben, aber es konnte ihm nicht nachgewiesen werden. Wollen Sie die Adresse?"

Garcia notierte sich die Adresse in Eichenau, bedankte sich überschwänglich bei Steffis Schwiegervater und überlegte dann, ob er noch an diesem Abend hinfahren sollte. Er rief in der Uniklinik an und erkundigte sich nach Esther Kaups Zustand. Nachdem ihm garantiert worden war, dass diese schlief und die Klinik nicht vor dem nächsten Tag verlassen würde, schmierte er sich in aller Eile ein Brot und machte sich dann wieder auf den Weg.

Sein Navi führte ihn durch die Stadtteile Laim und Pasing im Westen Münchens und dann weiter Richtung Fürstenfeldbruck, der großen Kreisstadt nördlich des Ammersees. Die relative Nähe zu Herrsching ließ in ihm eine vage Ahnung hochkommen, dass er da womöglich eine interessante Spur verfolgte.

Nach der Kreisstadt Germering ging es eine Zeit lang an flachen Wiesen und Feldern vorbei. Das Erste, was von dem Ort Eichenau wahrnehmbar wurde, war das etwas unscheinbare Gewerbegebiet, in das sein Navi ihn geradewegs hinein lotste. An einem Bauhof vorbei folgten Lagerhallen und Schreinereien, dazwischen eine mit Stahljalousien verschlossene Imbissbude und ein nicht enden wollendes Aldi-Logistikzentrum. Als Garcia zum zweiten Mal am unverkennbaren orange-blauen Logo mit der weißen Aufschrift vorbeifuhr, wurde ihm klar, dass das Navi aufgegeben hatte, die eingegebene Adresse zu finden. Er schaltete es ab und kurvte auf gut Glück kreuz und quer durch das Areal, konnte aber weder das richtige Straßenschild noch die

Hausnummer entdecken. Endlich entschloss er sich, vor dem einzigen Haus zu parken, das nicht nach Firma aussah: eine Art Betonklotz mit schmucklosen, betonierten Balkonen.

Auf einem Balkon im 1. Stock stand ein Mann, der trotz der Kälte nur ein ausgeblichenes, orangefarbenes T-Shirt trug und rauchte. Was Garcia sofort stutzig werden ließ, war die Perlenkette mit den kleinen bunten Elefanten, die dort als Deko aufgehängt worden war. Er sprang aus seinem Auto und blickte zu dem rauchenden Mann hinauf, doch bevor er ihn ansprechen konnte, schnippte dieser seine Zigarette vom Balkon und verschwand fluchtartig im Inneren des Hauses.

Die Glastüre, die zum Treppenhaus des Wohnblocks führte, war verschlossen und Garcia konnte keine Klingeln finden. Er rüttelte vergeblich an der Tür und wollte gerade zum Auto zurücklaufen, um etwas zu finden, womit er sie hätte aufhebeln können, da ging im Treppenhaus das Licht an und aus einer Erdgeschosswohnung kam eine Frau im Bademantel und mit Lockenwicklern im Haar. Garcia war erstaunt, dass es so etwas heutzutage tatsächlich noch gab – Frauen, die sich abends Lockenwickler ins Haar drehten und vermutlich damit schliefen –, doch das war nur ein kurzer Gedanke. Er zückte seinen Kripoausweis und hielt ihn gegen die Glastüre. Die Frau schlurfte viel zu langsam zu der Glasscheibe hin, nestelte eine Lesebrille aus der Tasche ihres Bademantels, studierte durch die Scheibe hindurch den Ausweis und schlurfte dann wieder zurück in ihre Wohnung. Wütend trat Garcia gegen die Tür, doch kurz darauf kam die Frau wieder mit einem Schlüssel zurück und sperrte ihm auf.

„Danke und entschuldigen Sie bitte die Störung", rief Garcia ungeduldig. „Wohnt hier ein gewisser Gerwin Kazianka?"

Die Frau deutete nach oben. „1. Stock, zweite Tür rechts." Sie schien sich über den Besuch des Kommissars keineswegs zu wundern und schlurfte wieder zu ihrer Wohnung zurück, aus der man in voller Lautstärke den Fernseher dröhnen hörte.

Garcia rannte die Treppe hinauf und nachdem auch an den Wohnungstüren keine Klingeln angebracht waren, klopfte und rüttelte er einfach an der Tür, die die Frau ihm beschrieben hatte. Er erschrak fast, als sie sich kurz darauf öffnete.

Vor ihm stand ein Mann im schwarzen Muskelshirt, der eindeutig nicht derjenige war, den er auf dem Balkon gesehen hatte – dieser hier war über 1,90 Meter groß und trug seine langen Haare zu einem Zopf gebunden, der Mann auf dem Balkon war kleiner gewesen und hatte kurzes braunes Haar gehabt.

„Gerwin Kazianka?“

Der Mann nickte, blieb aber unbeweglich in der Tür stehen.

Garcia überlegte nicht lange, schob ihn einfach zur Seite und lief in die Wohnung hinein. Sie bestand aus einem Wohnzimmer, einer Küche und zwei Schlafzimmern, die kaum Verstecke für einen erwachsenen Mann boten, und wie erwartet war der Raucher vom Balkon nirgends zu finden. Es roch nach billigem Rasierwasser, einer Mischung aus Räucherstäbchen und abgestandenem Zigarettenrauch, Joints und Schweiß und die Inneneinrichtung war ärmlich und abgewohnt, als seien die paar Möbel vom Sperrmüll geholt worden. Allerdings war die Dekoration umso beeindruckender: Überall hingen die Ketten mit den Elefanten, die Garcia bereits auf dem Balkon gesehen hatte, große Patchwork-Tücher mit Elefantenmotiven waren an die Wände genagelt und über die Möbel gebreitet worden. Auf dem Boden fanden sich sehr ausgetretene, aus bunten Baumwollresten gewebte Flickenteppiche in gedeckten Farben und vor den Fenstern hingen die bunten Seidentücher, die er auch in Andrea Palezkis Geschäft gesehen hatte und die den tristen Betonbau in allerlei fahle Farben tauchten. So hatte er sich die Höhle des Schamanen nicht vorgestellt.

Gerwin Kazianka war Garcia gefolgt und baute sich ziemlich bedrohlich vor ihm auf. Er war einen halben Kopf größer als der Kommissar und machte offensichtlich Bodybuilding, wie seine

Oberarme und diverse Hanteln, die überall herumlagen, vermuten ließen.

„Was willst'n du?", schnauzte der Mann ihn mit österreichischem Akzent an.

„Ich suche Wolfgang Schlier. Er stand gerade noch auf dem Balkon." Garcia ging vom Wohnzimmer auf den Balkon und blickte nach unten. Es war nicht sehr hoch und wenn man über die Brüstung stieg und sich fallen ließ, konnte man mit hoher Wahrscheinlichkeit unverletzt davonkommen.

„Der ist in Goa", erwiderte der Mann. „Bist du ein Bulle?"

„Nein", log Garcia. Er befand es für besser, den wahren Grund seines Besuchs nicht zu nennen, sonst würde dieser Gandhi sich sicherlich niemals bei ihm melden. „Ich muss ihm nur was ausrichten. Und ich weiß, dass er hier war. Ich habe ihn auf dem Balkon gesehen."

„Hier war niemand", erwiderte Gerwin Kazianka ungerührt. „Und ich riech Bullen hundert Meter gegen den Wind. Du bist doch vom Zoll!"

Garcias Augen verengten sich zu Schlitzen. „Sehe ich etwa aus wie ein Zollbeamter?"

Nachdem Kazianka darauf nichts erwiderte, beschloss Garcia, seine Strategie zu ändern. Vielleicht würde eine Drohung am ehesten wirken: „Der soll sich bei mir melden. Ganz dringend, sonst wandert er beim nächsten Mal direkt in den Knast. Aber ich kann ihm vielleicht helfen. Haben Sie was zum Schreiben?"

Der Mann kramte unmotiviert in den Schubladen einer alten Holzkommode und holte schließlich einen Filzschreiber hervor.

„Papier find ich keins."

„Dann geben Sie mir Klopapier."

Gerwin Kazianka zuckte die Schultern. „Auch keins."

Kurzerhand ging Garcia zum Wohnzimmerfenster, schob ein grünes Seidentuch zur Seite und schrieb seine Handynummer auf die Scheibe. „Ich nehme an, hier wird nicht so oft geputzt.

Lassen Sie das hier stehen, bis Gandhi sich bei mir meldet. Sonst komm ich wieder. Und dann bring ich Verstärkung mit. Verstanden?“

Der Mann nickte stumm und Garcia verließ die Wohnung.

Bevor er in sein Auto stieg, suchte er die Wiese nach dem Zigarettenstummel ab, den der Mann vom Balkon geschnippt hatte. Wenn Wolfgang Schlier erkennungsdienstlich behandelt worden war, konnte man vielleicht die DNA abgleichen und so feststellen, ob es sich tatsächlich um Gandhi gehandelt hatte.

MITTWOCH, NACHT

Am späten Abend stahl Esther Kaup sich aus dem Krankenhaus davon, nachdem der diensthabende Arzt sich geweigert hatte, sie vor dem nächsten Morgen zu entlassen. Das einzige, was sie jetzt wollte, war Ruhe und ihre Mutter hatte sich bereit erklärt, Alba noch eine Nacht bei sich zu behalten.

Esther hatte ihr kein Wort über die Sache mit Fred gesagt, sie hatte das Gefühl, ihr sei die Sprache genommen, und nach Worten zu suchen, das alles auszusprechen, hätte sie wohl um den Verstand gebracht.

Ihr Auto stand noch da, wo sie es tagsüber abgestellt hatte, worüber sie sich wunderte – es kam ihr vor, als sei es eine Ewigkeit her, seit sie sich auf den Weg ins Rechtsmedizinische Institut gemacht hatte. Sie fröstelte und nachdem sie den Wagen angelassen hatte, drehte sie die Heizung auf. Während der Fahrt dachte sie an nichts. Sie konzentrierte sich darauf, den Weg in der Dunkelheit zu finden, und gab sich dem dumpfen Gefühl hin, dass es ihr besser gehen würde, wenn sie erst einmal in ihren eigenen vier Wänden war.

Als sie vor ihrer Reihenhaussiedlung vorfuhr, sah sie, dass bei ihrer Nachbarin im Haus nebenan Licht brannte. Esther Kaup stellte den Wagen einige Meter vor dem Haus auf der anderen Straßenseite ab, stieg möglichst leise aus und schlich sich dann vorsichtig zu ihrer Haustüre. Neugierige Nachbarn konnte sie jetzt nicht brauchen, am allerwenigsten die missgünstige Jeanette. Sie verharrte kurz vor ihrer Tür und lauschte in die Dunkelheit, dann drehte sie den Haustürschlüssel lautlos im Schloss und schlüpfte hinein, ohne Licht zu machen.

Es roch alles so vertraut, einen Moment lang fühlte sie fast so etwas wie Erleichterung, endlich zu Hause zu sein. Sie ging in die Küche, wagte es aber noch immer nicht, das Licht anzuschalten. Also versuchte sie, sich mit zitternden Händen im Dunkeln eine

Tasse Tee zu machen. Sie füllte den Wasserkocher und setzte ihn in Gang. Er hatte eine blaue LED-Beleuchtung und im fahlen Widerschein dieses kalten Lichtstreifens erblickte sie ein Gespenst.

Es dauerte nur den Bruchteil einer Sekunde, bis ihr bewusst wurde, dass diese gespenstische Fratze mit den tiefen schwarzen Augenringen ihr eigenes Gesicht war, das sich im Schwarz der Fensterscheibe spiegelte.

Sie fror plötzlich erbärmlich und zitterte so sehr, dass sie sich bei dem Versuch, das kochende Wasser in die Teetasse zu schütten, die Hand verbrühte. Sie unterdrückte einen Schrei und hielt die Hand unter den kalten Wasserstrahl des Küchenwaschbeckens. Minutenlang stand sie da, unbeweglich, leer, ließ sich das eiskalte Wasser über die Hand rinnen und spürte es nicht.

Alles was sie spürte, war, wie es in ihrem Kopf hämmerte, als sei dort ein Presslufthammer installiert worden. Das Hämmern hatte in dem Moment eingesetzt, als der Kommissar ihr dieses Schreckliche gesagt hatte. Sie wagte kaum, es zu denken. Fred, ein gesuchter Vergewaltiger. Dann hatte die Ärztin ihr eine Spritze gegeben und das Hämmern hatte nachgelassen. Doch jetzt, ganz plötzlich, war es wieder da, zusammen mit diesem schrecklichen Satz. Es hämmerte und hämmerte und mit jedem dieser Schläge, der ihren ganzen Kopf erschütterte, hämmerte sich in ihr Bewusstsein ein, dass das einfach nicht sein konnte. Jeder Schlag war ein lautes „Nein“ und jedes darauf folgende „Nein“ noch etwas lauter, heftiger und schmerzhafter. Und mit jedem „Nein“ traf sie die Erkenntnis ein wenig mehr, dass vielleicht doch etwas dran war. Fred. Ein Vergewaltiger. Fred. Tot. Fred wie er da lag, im Obduktionsraum, auf dieser Bahre. Was war mit seiner Nase passiert? Er hatte doch so eine schöne gerade Nase. Die hatte auf dem Phantombild nicht gestimmt. Dann konnte es also nicht stimmen.

Nein. Nicht Fred. Bitte nicht.

Mitten in der Nacht wachte Esther Kaup auf. Es war stockfinster. Wie spät mochte es sein? Wann war sie eingeschlafen?

Sie hatte sich die Treppe hinaufgeschleppt, sich ihr Nachthemd angezogen und sich ins Bett gelegt, aber das Hämmern hatte nicht nachgelassen. Auch nicht, nachdem sie eine Kopfschmerztablette genommen hatte. Also hatte sie noch eine genommen, aber es hatte nichts geholfen. Dann noch eine und noch eine, damit dieses Hämmern endlich aufhörte, damit der Presslufthammer in ihrem Kopf endlich Ruhe gab. Aber gegen dieses Hämmern half keine Schmerztablette. Und dann musste sie doch irgendwie eingeschlafen sein.

Und jetzt war jemand im Haus. Sie wusste es. Woher sie es wusste, konnte sie nicht sagen. Sie lauschte angestrengt, doch sie hörte keinerlei Geräusche bis auf das regelmäßige, leise Ticken des Weckers auf ihrem Nachtkasten.

Sie setzte sich auf und sofort begann es wieder, in ihrem Kopf zu hämmern. Doch da war noch etwas anderes. Schritte? Das Rascheln von Kleidung?

„Fred?“, flüsterte sie. Dann wiederholte sie etwas lauter: „Fred?“

Sie lauschte, aber es blieb still. Sie wollte aufstehen, doch ihre Beine gehorchten ihr nicht, sie fühlte sich wie gelähmt. Und dann überkam sie die Angst, wie ein lauerndes Tier, das plötzlich auf seine Beute springt. Die Angst packte sie im Nacken, lief ihr wie ein Schauer über den Rücken und sie begann am ganzen Körper zu zittern. Ganz deutlich hörte sie jetzt einen Menschen die Treppe heraufkommen.

DONNERSTAG, MORGEN

Die Nachricht, die Garcia am nächsten Morgen aus dem Bett holte, schlug in seinem Kopf ein wie ein Bombe: In Herrsching hatte es einen Mord gegeben, die Adresse war das Anwesen der Kaups. Garcias erster Anruf galt dem Krankenhaus, dem er abends zuvor extra nochmal die Anweisung gegeben hatte, ihn umgehend zu informieren, sollte Esther Kaup aus der Klinik entlassen werden. Ein ziemlich betretener Arzt teilte ihm mit, dass Frau Kaup offensichtlich heimlich aus der Klinik fortgegangen war, ohne sich abzumelden. Wann das gewesen war, konnte der Arzt nicht genau sagen, wohl irgendwann zwischen Abendbrot und Frühstück.

Fluchend machte Garcia sich in aller Eile fertig, rief während seiner Katzenwäsche im Bad auf Franzis Handy an und bereits eine Viertelstunde später hielt er vor ihrer Wohnung in Untergiesing und hupte zwei Mal kurz, das Erkennungszeichen. Gleich darauf kam Franzi aus dem Hauseingang gelaufen, ihre nassen Haare tropften ihr ins Gesicht, während sie ihre Bluse noch fertig zuknöpfte. Garcia bemühte sich, seine erotischen Gedanken zu unterdrücken.

„Du hast mich direkt aus der Dusche geholt", sagte sie statt einer Begrüßung.

„Ich seh's", erwiderte er und fuhr so schnell los, dass Franzi, die noch nicht richtig saß, mit aller Kraft nach hinten in den Sitz gedrückt wurde.

„Was weißt du über den Mord in Herrsching?", fragte sie ihn.

„Leider nur Dinge, die mir sehr missfallen. Erstens: Es ist die Adresse von Frederik und Esther Kaup. Zweitens: Die Tote ist eine Frau. Drittens: Esther Kaup hat gestern Nacht noch heimlich die Klinik verlassen. Viertens: Ich fürchte, ich habe einen großen Fehler begangen."

„Welchen Fehler?"

„Irgendein mysteriöser Typ gibt sich als Polizist in Zivil aus und versucht, Spuren zu verwischen. Zuerst dachte ich, der sei vielleicht nur eine Erfindung von Kaups Mitbewohner Gero Haas. Aber Markus hat ähnliche Infos wie ich bekommen: Ein fremder Mann war nicht nur in Kaups Wohnung, sondern auch an seinem Arbeitsplatz und hat seinen Laptop und vielleicht andere private Dinge von ihm mitgehen lassen. Ich hatte gestern den Gedanken, das Haus der Kaups in Herrsching überwachen zu lassen. Aber dann schien mir das doch zu übertrieben." Er dachte kurz nach. „Ich glaube, es lag an meinem Gedanken, dass das Mordopfer ein Vergewaltiger war. Verstehst du, ich bin einfach davon ausgegangen, dass da auch das Mordmotiv liegen muss. Aber vielleicht gibt es ja ganz andere Zusammenhänge."

Eine Zeit lang schwiegen beide und dachten darüber nach, was dieser zweite Mordfall wohl für die Ermittlungen zu bedeuten hatte. Im Münchner Westen hinter Laim wurde der Morgennebel immer dichter und bald fuhren sie durch eine weiße Wand, sodass Garcia die Geschwindigkeit drosseln musste.

Als sie den Ammersee erreichten, erinnerte Franzi sich an das Herbstgedicht, das ihr Kollege Hannes Ziegler so plötzlich rezitiert hatte, und ihr fiel ein, dass sie vorgehabt hatte, es zu Hause herauszusuchen – es dann jedoch wieder völlig vergessen hatte. Einen Moment lang verlor sie sich gedanklich mit einem Anflug von Melancholie in den wabernden Herbstnebeln, dann holte Garcias Stimme sie schlagartig zurück in die Realität: „Wir sind in Herrsching. Soll ich das Navi programmieren oder magst du mich leiten?"

Franzi wies ihm den Weg bis zum Reihenmittelhaus der Kaups und schon von Weitem sahen sie die Kollegen von der Spurensicherung und der örtlichen Dienstelle dort stehen. Als Franzi ausstieg, entdeckte sie unter den Schaulustigen die Nachbarin, mit der sie tags zuvor die aufschlussreiche Konversation geführt hatte. Jeanette Steuber hatte sich in den Armen eines glatzköpfigen

Mannes vergraben und schluchzte. Franzi nahm sich vor, später zu ihr zu gehen, dann folgte sie Garcia unter dem Absperrband hindurch zum Haus. Sie streiften routinemäßig Plastiküberschuhe über ihre Straßenschuhe und betraten das Haus von Frederik Kaup.

Ihnen bot sich ein Bild, das auf einen klassischen Einbruch hinzuweisen schien: geöffnete Schubladen, Dokumente und allerlei Nippes am Boden, sodass die Kommissare Slalom laufen mussten, um nichts zu zertreten. Garcia fiel auf, dass die Inneneinrichtung wirkte, als sei sie komplett bei Ikea gekauft worden, und wieder fand er diese Durchschnittlichkeit frappierend, die ihm schon bei der Begegnung mit Esther Kaup ins Auge gestochen war und die ihn angesichts der Taten von Frederik Kaup so verwirrte.

Doch er hatte nicht lange Zeit, darüber zu grübeln, es wimmelte von Spurensicherern und dazwischen entdeckte Garcia einen schwitzenden, beleibten Kollegen der Dienststelle Herrsching. „Wo liegt das Opfer?“, fragte er ihn.

Der Beamte deutete stumm nach oben und die beiden Kommissare eilten die enge, gewundene Treppe hinauf in den 1. Stock.

Esther Kaup lag rücklings auf ihrem Bett im Schlafzimmer, bekleidet mit einem blauen Nachthemd, das ziemlich weit hochgerutscht war und oberhalb der sehr blassen Beine den pinkfarbenen Schlüpfer erkennen ließ. Garcia und Franzi, die gleichzeitig das Schlafzimmer betraten, fuhr der Anblick der toten Frau, die sie tags zuvor noch im Krankenhaus hatten beruhigen müssen, tiefer in die Glieder, als sie bei ihrer Routine gewohnt waren.

„Sie hat eine Fraktur der Halswirbelsäule“, erklärte der Notarzt, der seinen Koffer bereits wieder gepackt hatte und nur noch auf den Abtransport der Leiche zu warten schien. „Dabei muss das Rückenmark so heftig gequetscht worden sein, dass die Frau daran gestorben ist.“

„Also gab es einen Kampf?“, fragte Garcia.

„Das wird wohl erst die Obduktion klären können. Mir scheint, das ging alles ziemlich schnell, ein Mal Knacks, Schluss.“

Garcia blickte ihn etwas befremdet an, dann fühlte er vorsichtig die eiskalte Hand der Toten. „Können Sie mir etwas zum Todeszeitpunkt sagen?“, fragte er den Arzt.

„Die Leichenstarre hat noch nicht eingesetzt, keine Leichenflecken. Irgendwann im Laufe dieser Nacht, vielleicht so gegen ein, zwei Uhr morgens.“

„Gibt es irgendwelche Hinweise auf ein Sexualverbrechen?“, erkundigte sich Franzi.

Der Arzt schüttelte den Kopf. „Auf den ersten Blick nicht. Wobei ich auch da der Obduktion nicht vorgreifen möchte.“

„Schau mal, Alexander.“ Franzi deutete auf einen weißen Schminktisch mit ovalem Spiegel, der an der Stirnseite des Schlafzimmers stand. „Siehst du die rechteckige Spur auf dem Staub? Da muss etwas gelegen sein, das jetzt weg ist …“

„Ein Laptop“, ergänzte Garcia und bei dem Gedanken wurde ihm heiß. Warum nur hatte er nicht sofort nach seinem Besuch bei Gero Haas die Durchsuchung des Wohnhauses angeordnet?

Unten im Wohnzimmer stand der dicke Kollege aus Herrsching noch immer am selben Fleck, folgte mit den Blicken dem geschäftigen Treiben der Spurensicherer, wich aus, wenn er im Weg stand, und machte einen ziemlich überforderten Eindruck. Doch die Tatort-Organisation schien auch ohne seine Anweisungen bestens zu funktionieren.

„Wer hat den Mord gemeldet?“, fragte Garcia ihn.

„Die Nachbarin“, brachte der Beamte mühsam hervor. „Steubner.“

„Steuber. Ohne N. Ich habe gestern schon mit ihr geredet, sie stand vorhin draußen, zusammen mit ihrem Mann“, sagte Franzi. „Ich kann sie übernehmen.“

Während Garcia sich vom Herrschinger Kollegen Details geben ließ, machte Franzi sich auf den Weg zum Haus von Jeanette Steuber.

¶

Wieder fiel Franzi auf, wie sorgsam Jeanette Steuber hergerichtet war. Ihre Kleidung unterschied sich von Esther Kaups eher billigem Modegeschmack durch eine gewisse Eleganz, wobei Franzi den Verdacht hegte, dass die Louis-Vuitton-Handtasche, die im Eingang hing, ein Fake war.

Diesmal nahm sie nicht im Wohnzimmer Platz, sie hatte nicht vor, länger zu bleiben, und bat Jeanette Steuber im Hausflur, ihr zu schildern, was genau passiert war.

„Heute früh habe ich gesehen, dass Esthers Auto da stand. Komischerweise hatte sie es nicht vor ihrer Haustür abgestellt, wie sonst immer, sondern weiter vorne auf der anderen Straßenseite. Ich habe geläutet, aber es hat niemand geöffnet. Ich habe mir natürlich Sorgen gemacht, die arme Esther, und weil ich ihren Schlüssel habe, bin ich ins Haus gegangen. Und da war alles total durchwühlt, totales Chaos, Sie können sich das nicht vorstellen!"

„Haben Sie die Leiche von Esther Kaup gefunden?"

„Um Gottes Willen, nein!", rief Jeanette Steuber entsetzt. „Ich bin erst mal zurückgerannt und habe meinen Mann geholt!" Sie rief die Treppe hinauf: „Berndi! Berndi, komm runter! Was versteckst du dich denn da oben?"

Der glatzköpfige Mann, den Franzi zuvor schon mit Jeanette Steuber draußen stehen gesehen hatte, kam die Treppe herunter. Er hatte einen leichten Bauchansatz und war auch sonst nicht besonders attraktiv. Franzi hätte sich an der Seite dieser gestylten Frau, die so auf Äußerlichkeiten bedacht war, einen protzigeren Typen vorgestellt.

„Er hat's nicht so mit Menschenmengen", erklärte Jeanette Steuber. „Deswegen hat er sich nach oben verzogen."

Der Mann war mittlerweile im Hausflur angelangt und reichte Franzi eine feuchte Hand. Sein Händedruck war schwach, seine kugelrunden, leicht geröteten Augen wanderten aufgeregt von rechts nach links. „Bernd Steuber", stellte er sich vor.

„Das ist die Frau von der Kripo, von der ich dir schon erzählt habe“, klärte seine Frau ihn auf. „Erzähl ihr doch, wie du Esther gefunden hast. Das ist ja alles so grauenhaft, gut, dass unsere Tochter das nicht gesehen hat, die hat noch geschlafen.“

„Wo ist denn Ihre Tochter jetzt?“

„Im Kindergarten natürlich. Normalerweise bringt Berndi sie und fährt dann direkt weiter in die Arbeit. Aber ich habe ihm gesagt, heute muss er wieder herkommen, alleine steh ich das nicht durch.“ Jeanette langte sich etwas theatralisch an die Stirn. „Ich muss mich setzen, kommt doch rüber ins Wohnzimmer, bitte.“

Sie ging voraus, aber Franzi blieb stehen und wandte sich an Herrn Steuber: „Sie haben Ihre tote Nachbarin gefunden?“

„Ja, Jeanette hat mich geholt, weil drüben alles durchwühlt war. Ich bin dann die Treppe raufgegangen, da stand die Schlafzimmertüre offen. Und auf dem Bett lag die Esther, so seltsam verkrümmt und reglos und ganz ohne Decke. Da hab ich mir gleich gedacht, dass sie tot ist. Oder vielleicht ohnmächtig. Ich bin hin und habe sie ein bisschen geschüttelt ...“

Franzi verdrehte innerlich die Augen, das würde der Spurensicherung sicherlich die Arbeit erschweren.

„Und dann habe ich den Notarzt gerufen. Da war zwar kein Blut, aber sie war so kalt, sie konnte nur tot sein.“ Kleine Schweißperlen hatten sich auf Bernd Steubers Glatze gebildet, er zog ein sauber gebügeltes Stofftaschentuch aus seiner Hosentasche und wischte sich damit die Stirn.

„Waren Sie auch so gut mit den Kaups befreundet wie Ihre Frau?“, wollte Franzi wissen.

„Gut befreundet ...“ Herr Steuber machte eine vage Handbewegung. „Am Anfang haben wir öfter mal zusammen gegrillt, als wir hergezogen sind. Aber wie das so ist, das ändert sich im Laufe der Zeit. Jeder ist beschäftigt und Fred und ich, wir waren doch sehr unterschiedlich. Naja, und unsere beiden Frauen, das hat Ihnen Jeanette sicher gesagt ...“

Bevor er weitersprechen konnte, war Jeanette vom Wohnzimmer zurück in die Diele geeilt und fiel ihm schnell ins Wort: „Ich habe erzählt, dass wir schon so lange befreundet sind, und wie gut wir uns verstehen!“ Sie sagte dies mit Nachdruck und warf dabei ihrem Mann eindeutige Blicke zu, die besagten, er solle sich bloß nicht einfallen lassen, etwas anderes zu behaupten.

Herr Steuber wischte sich erneut die Glatze und die Stirn ab, er war immer mehr ins Schwitzen geraten.

„Können Sie sich denn ein Mordmotiv vorstellen?“, fragte Franzi und wandte sich dabei an beide. „Einen Grund, weshalb jemand erst Frederik Kaup und dann seine Frau umbringen würde? Jemand, der sie bedroht hat, Ängste vielleicht, die sie mal geäußert haben? Geldprobleme? Es kann auch nur eine kleine Bemerkung gewesen sein. Fällt Ihnen etwas ein?“

Das Ehepaar Steuber wechselte einen Blick, doch beide schwiegen und Herr Steuber schüttelte nur stumm den Kopf. Franzi kam diese Reaktion seltsam vor, es würde sich bestimmt lohnen, diese Nachbarn ein weiteres Mal zu befragen oder auch bei den anderen Reihenhaus-Bewohnern Auskünfte einzuholen. Sie reichte ihnen ihre Visitenkarte mit der Bitte, sie anzurufen, wenn ihnen etwas Bemerkenswertes einfiel, bedankte sich und ging zurück zu ihrem Chef.

DONNERSTAG, MITTAG

Auf der Rückfahrt nach München telefonierte Franzi mit Markus und bat ihn, die Befragung der anderen Nachbarn in der Herrschinger Reihenhaussiedlung zu übernehmen. Sie riet ihm, als Verstärkung Hannes Ziegler mitzunehmen, ihr Gefühl sagte ihr, dass dieser Kollege mit seiner ruhigen und unaufgeregten Art den Leuten beiläufig die Informationen aus der Nase ziehen könnte. Markus wollte alle Details über den Mord in Herrsching wissen, aber Franzi würgte ihn ziemlich schnell ab, lieber wollte sie sich mit ihrem Chef darüber unterhalten, welchen Eindruck sie von den Steubers gewonnen hatte. Zum einen kam es ihr so vor, als halte Jeanette irgendeine Information zurück oder als habe sie ein Problem mit Esther Kaup gehabt, einen Streit vielleicht. Zum anderen dachte sie laut über die Person Bernd Steuber nach – dieser leicht schwitzende, unsicher wirkende Mann mit der Glatze und den kugelrunden Augen, dem seine Frau offenbar die Stofftaschentücher bügelte und der doch so wenig zu ihr passte.

„Er hat was von einem armen Loser", sprach sie ziemlich direkt aus. „Wahrscheinlich scheffelt er die Kohle ran, die seine Frau dann für ihre Louis-Vuitton-Taschen und die skurrile Wohnzimmereinrichtung braucht. Und für den Friseur."

Garcia fuhr schweigend, er war durch dieses dumpfe Gefühl, nicht rechtzeitig das Richtige getan zu haben, um den Mord an Esther Kaup zu verhindern, irgendwie abgelenkt.

„Hörst du mir überhaupt zu?", fragte Franzi.

„Ja, klar", murmelte er. „Herr Steuber. Ich habe ihn ja kurz draußen gesehen. Hat mich an Gert Fröbe erinnert, in dem Film *Es geschah am hellichten Tag.*"

Franzi schüttelte etwas verwundert den Kopf. „Keine Vorverurteilungen, das bläust du uns doch immer ein!"

Dann wechselte sie das Thema. Sie hatte von Jeanette die Adresse von Esther Kaups Mutter bekommen, eine gewisse Irmgard

Schnabel, wohnhaft in Trudering im Münchner Osten, und nun stand ihnen die unangenehme Aufgabe bevor, dieser die Nachricht vom Tod ihrer Tochter – und womöglich ihres Schwiegersohns, falls sie es noch nicht anderweitig erfahren hatte – zu überbringen.

Doch kurz bevor sie von der Autobahn auf den Mittleren Ring einbogen, der heute wieder einmal mehr einer endlosen Autoabstellpiste als einer Stadtautobahn glich, erreichte sie ein Anruf von Steffi aus dem Präsidium über die Freisprechanlage: „Alexander, hier hat ein Herr Haas angrufen. Er hätt was gfunden bei den Sachen vom Kaup, des von Bedeutung für dich sein könnt. Er sitzt zwischen 13 und 14 Uhr in der Wiesn-Baukantine, du sollst unbedingt kommen!"

„Danke, ich fahr gleich hin." Garcia wandte sich an Franzi: „Am besten, ich hüpfe am Heimeranplatz raus, dann lauf ich rüber zur Wiesn. Könntest du mein Auto zurückfahren und den Besuch bei Esther Kaups Mutter zusammen mit Markus übernehmen?"

Franzi war über diese Aussicht nicht sehr erfreut, in solchen Situationen war die Souveränität ihres Chefs Gold wert. Aber ihr blieb wohl nichts anderes übrig als zuzustimmen und sobald sie den Heimeranplatz erreicht hatten, fuhr Garcia rechts ran und überließ ihr das Steuer.

Der Kommissar nutzte den kleinen Spaziergang durch das Westend, das immer interessante Schaufenster mit allerlei Kram, Second-Hand Klamotten und jungem Design zu bieten hatte, um etwas Luft zu schnappen nach den unangenehmen Ereignissen des Vormittags. Als er einen Laden passierte, in dem Saxophone in der Auslage hingen, blieb er kurz stehen und spähte durch die großen Schaufenster. Drinnen sah es gemütlich aus, die Lampen spendeten ein weiches orangefarbenes Licht, an der Wand hingen alte Schwarz-Weiß-Fotografien von Jazzmusikern und ein sympathisch wirkender junger Mann mit grauer Schürze saß an einem überdimensionalen Arbeitstisch, auf dem allerlei akkurat angeordnetes Werkzeug lag, und schraubte an einem messingfarbenen Saxophon herum. Garcia hob den Blick: „Die Sax-Werkstatt“ stand in großen Lettern über dem Laden.

Eigentlich hatte der Kommissar es eilig, doch etwas bannte ihn an dieser Szenerie. Einen kurzen Moment lang verspürte er den Impuls, die Werkstatt zu betreten, mit dem Mann zu reden, in eine ganz andere Welt einzutauchen. Ja, vielleicht zu flüchten. Angesichts der dringlichen Aufgabe, die auf ihn wartete, blieb ihm das natürlich versagt und plötzlich spürte er den Druck der Verantwortung, der fast immer auf ihm lastete, den er jedoch schon so gewohnt war, dass er selten darüber nachdachte. Wie so viele Sachen in seinem Leben verschob er den Wunsch, seinem Impuls nachzugeben, auf unbestimmte Zeit – wie er es mit all den anderen Sehnsüchten machte, die in ihm schlummerten und sich manchmal sekundenlang Bahn brachen, nur um sofort wieder der Realität zu weichen. Gerade Musik war für ihn eine Parallelwelt, in der er sich gerne verlor, und er dachte wehmütig an seine Plattensammlung, die seit so vielen Jahren unberührt im Schrank vegetierte. Vielleicht fand sich ja hier im Westend ein Laden, in dem man gebrauchte Plattenspieler erstehen konnte.

Er warf einen letzten sehnsüchtigen Blick in die Sax-Werkstatt, überließ den jungen Mann, der sich ganz seiner Aufgabe gewidmet und nicht einmal den Kopf gehoben hatte, seinem Instrument und ging endlich weiter, vorbei am Marais, wo man so nett im Fenster sitzen und köstliche Gemüsequiche essen konnte. Direkt gegenüber lag das feinere Abendlokal Marais Soir und Garcia kam die Idee, Franzi einmal dorthin zum Essen einzuladen. Vielleicht war dies zumindest einer der realisierbaren Wünsche.

Er eilte weiter und nach 15 Minuten hatte er die Theresienwiese erreicht, die er eigentlich nicht mehr betreten wollte, solange hier der trostlose Abbau des großen Fests nicht abgeschlossen worden war. War doch der alljährliche Abschied vom Sommer schwer genug, galt ihm dann das Ende dieser besonderen Münchner

Jahreszeit als endgültiger Sturz in die öde Zeit, die frühestens durch die adventliche Betriebsamkeit wieder enden würde. In Gedanken sah er die große Fläche im Sommer vor sich, die dann mit wilden Blumenwiesen aus Kamille, Mohn und Kornblumen ganz andere Gefühle vermittelte als dieser stinkende, feuchte Platz voller Baugerüste, brummender Fahrzeuge und müder Arbeitergesichter.

Zwischen halb abgebauten Bierzelten ging er hinüber zur Augustinerkantine, einem Baucontainer, der den Arbeitern, aber auch melancholischen Bummlern, die sich nicht verabschieden konnten von ihrer Wiesn, oder Studenten, die billig Schweinswürstel essen wollten, einen Imbiss und eine Halbe Bier bot. Aus den Zelten stank es nach abgestandenem Bier und Schweiß. Gerade hatten hier noch Menschen aus aller Welt gelacht, getrunken, getanzt und geweint, schon war der ganze Zauber, der ganze Spuk, der ganze Wahnsinn wieder vorüber. Und kurz durchflossen den Kommissar die eigenen Erlebnisse der vergangenen Tage auf der Festwiese noch einmal wie im Zeitraffer.

Garcia betrat den Container und sah sich um: drei Bauarbeiter mit Helm, ein Rentner vor einem Bier und ganz hinten an einem leeren Biertisch Gero Haas, der an einer Weißwurst zuzelte.

„Grüß Gott, Herr Haas, lassen Sie sich's schmecken", sagte Garcia und ignorierte die tropfende Hand, die Haas gerade noch im Mund gehabt hatte und jetzt dem Kommissar entgegenstreckte.

Während Garcia sich ihm gegenüber setzte, nahm Haas wieder seine halb ausgezuzelte Wurst, tunkte sie in den süßen Senf, saugte das weiße Fleisch aus der Haut und wischte sich anschließend die Finger an einem Papiertaschentuch ab.

„Kurz nach Ihrem Besuch haben Ihre Leute ja alles in meiner Wohnung auf den Kopf gestellt. Ich hätte nicht gedacht, dass sie etwas übersehen. Aber heute früh, als ich aus der Dusche kam, da bin ich in den Bademantel vom Fred geschlüpft." Plötzlich schien ihm dieses Geständnis peinlich, er fügte erklärend hinzu: „Der hing halt da gerade so praktisch an der Badezimmertür und mir war kalt. Und als ich die Hände in die Taschen gesteckt habe, da hab ich was entdeckt." Er holte einen kleinen USB-Stick aus seiner Lederweste hervor und legte ihn auf den Tisch. „Ich hab ihn an meinem Laptop kurz durchgesehen. Es ist nichts drauf."

„Ah. Und warum denken Sie dann, es könnte für mich von Bedeutung sein?"

„Ich dachte nur, weil Ihre Leute den übersehen haben."

„Aber wenn nichts drauf ist ..."

„Das heißt noch lange nichts. Ich würde das an Ihrer Stelle mal von einem Experten prüfen lassen. Wenn da mal Daten drauf waren, die gelöscht worden sind, dann lassen die sich mit ziemlicher Wahrscheinlichkeit wieder rekonstruieren."

„Einen Versuch ist es wert. Vielen Dank, Herr Haas." Garcia nahm den Stick, erhob sich und lief schnell in Richtung Zeltausgang, bevor Gero Haas ihm abermals seine Weißwurst-Hand entgegenstrecken konnte. Doch nach einigen Schritten besann er sich und drehte sich nochmal um: „Ich nehme an, letzte Nacht waren Sie zu Hause?"

Gero Haas schüttelte etwas verwirrt den Kopf. „Nein. Ich arbeite in einer Tankstelle ... die Agip am Stachus ... Gestern hatte ich Nachtschicht."

Der Kommissar nickte, hob die Hand zum Gruß und verließ das Zelt. Dieses Alibi würde er direkt auf dem Rückweg zum Präsidium überprüfen.

DONNERSTAG, NACHMITTAG

„Wir stehen vor einer neuen Situation“, erklärte Garcia seinem Team, das – bis auf Florian – komplett versammelt war, nachdem er allen vom Mord an Esther Kaup berichtet hatte. „Bisher sind wir davon ausgegangen, dass die Vergewaltigung mit hoher Wahrscheinlichkeit auch das Mordmotiv sein könnte. Jetzt suchen wir einen Doppelmörder. Und das Motiv liegt womöglich ganz woanders.“

„Suchen wir wirklich einen Doppelmörder?“, überlegte Franzi laut. „Vielleicht suchen wir ja auch zwei Mörder. Mit zwei Motiven.“

„Jetzt wird's kompliziert“, seufzte Steffi.

„Danke übrigens für deine persönlichen Bemühungen, was diesen Gandhi angeht“, wandte sich Garcia an sie.

„Hast ihn gfunden?“

„Ich bin mir nicht sicher. Dein Schwiegervater hatte nur die Adresse eines Freundes, bei dem Wolfgang Schlier wohl mehr zum Schein gemeldet war. Ein gewisser Gerwin Kazianka, der behauptet hat, Schlier sei in Goa. Aber es könnte sein, dass er sich nur vor mir versteckt hat. Ich habe eine Zigarettenkippe ins Labor bringen lassen, die sich diesem Gandhi vielleicht zuordnen lässt. Das wäre der Beweis, dass er doch da war – ich habe einen Mann fliehen sehen, als ich Gerwin Kazianka gestern aufgesucht habe.“

„Auf alle Fälle suchen wir einen Mann, der Spuren verwischt.“ Markus brannte vor Ungeduld, seine Informationen loszuwerden. „Er gibt sich als Fahnder in Sachen Internetkriminalität aus und hat in Kaups Münchner Wohnung und an seinem Arbeitsplatz rumgeschnüffelt.“

„Und blöderweise hat er Kaups Laptop und Festplatte aus der Münchner Wohnung gestohlen“, ergänzte Garcia. „Kaups Mitbewohner Gero Haas hatte übrigens tatsächlich keinen Schimmer vom Doppelleben seines Kumpels. Er ist zwar ein seltsamer Vogel, aber der Typ scheint mir sauber zu sein. Für gestern Nacht hat er ein wasserdichtes Alibi. Und die Beschreibung, die er uns über den Computerdieb gegeben hat, deckt sich mit der, die wir von Kaups Chef Boris Hintermeier bekommen haben. Andererseits könnte sie aussageloser nicht sein: ein Mann mittleren Alters, Haas schätzte ihn auf Mitte dreißig, Hintermeier auf Ende vierzig. Dennoch ist es wohl derselbe Mann gewesen, beide beschrieben ihn als mittelgroß, hellbraunes Haar, schmaler Schnurrbart und normal aussehend. Was auch immer das heißen mag. Ich fürchte, bei den Zeugen handelt es sich nicht um Mitmenschen mit einer besonders scharfen Beobachtungsgabe."

„Wir könnten Irene bitten, ein Phantombild zu erstellen", schlug Franzi vor.

„Das mit den Phantombildern ist so eine Sache", entgegnete Garcia. „Die beiden Phantombilder von Kaup glichen einander sehr, aber mit dem eigentlichen Gesicht von Frederik Kaup hatten sie nicht besonders viel gemein."

„Dann sollten wir uns überlegen, wo dieser geheimnisvolle Mann als nächstes aufkreuzen könnte", schlug Markus vor.

„Ich habe angeordnet, das Reihenhaus in Herrsching bewachen zu lassen, obwohl ich befürchte, dass der Mann dort schon war. Das Haus wurde komplett durchwühlt und vermutlich ein Notebook entwendet. Was den Schluss nahelegt, dass der Mörder von Frau Kaup mit dem falschen Polizisten identisch sein könnte."

„Derjenige, der das Haus durchwühlt hat, muss nicht unbedingt der Mörder sein", gab Franzi zu bedenken.

„Hab ich doch gsagt, jetzt wird's kompliziert", sagte Steffi. „Und um's noch a bisserl komplizierter zu machen: Ich hab in Wendlings Akten was Interessants entdeckt."

„Hat der wirklich seine Akten rausgerückt?", fragte Garcia ungläubig.

„Natürlich nicht", erwiderte Steffi. „Ich hab ihm dann ganz freundlich vorgschlagen, mich in seim Büro einzuquartiern und dort die Akten durchzusehn, des würd sicher nur a paar Wochen dauern. Um zu unterstreichen, was für a schöne Bürogemeinschaft des wär, hab ich dabei noch a Leberwurschtsemmel auspackt und mir die Finger an seim schicken ledernen Besucherstuhl abgwischt. Du glaubst gar nicht, wie schnell der mir seine Ordner in die Hand drückt hat. Und als er mir fast freiwillig beim Runtertragen gholfen hat, hab ich die restlichen Ordner einfach auch mitgehn lassen. Der wollt mich nämlich mit den alten Akten abspeisen und die aktuellen behalten. Wahrscheinlich hat der Angst, dass wir ihm noch mehr Fälle klaun."

„Und, was hast du Spannendes entdeckt?", fragte Markus, den Wendlings Befindlichkeiten wenig interessierten.

„Es gibt an Fall, den der Wendling protokolliert und als erledigt eingstuft hat, über den ich gstolpert bin. Kein Fall von Vergewaltigung. Da geht's um a junge Frau, a gwisse ..." Steffi blickte auf ihre Unterlagen und las den Namen vor: „Alice Wahlin heißt sie. Diese Frau hat a Anzeige aufgeben, weil sie sich verfolgt gfühlt hat. Irgendwie gleichen sich manche Äußerungen mit dem Protokoll von dieser Andrea Palezki. Ein Typ wär mehrmals aufkreuzt, an ihr vorbeigangen, hätt sie dabei beobachtet, einmal hätt er sie sogar gstreift. Alles a bisserl unkonkret, aber da sind doch gewisse Parallelen." Sie reichte Garcia eine Kopie des zweiseitigen Protokolls. „Leider wohnt sie nimmer unter der angebenen Adresse, hat sich aber auch nicht woanders gmeldet. Dürft also nicht ganz leicht werden, sie zu finden."

Bei den letzten Sätzen von Steffi hatte Florian den Raum betreten und meldete sich gleich zu Wort: „Vielleicht ist sie ja hier drauf abgebildet." Er hielt einen Computerstick hoch.

„Der Stick von Gero Haas", rief Garcia hoffnungsvoll aus. „Hast du was gefunden?"

Florian nickte bescheiden. „Ja, zum Glück. Ich war nämlich schon total frustriert, weil ich es einfach nicht geschafft habe, die gelöschten Facebook-Einträge von Andrea Palezki zu rekonstruieren. Und die beim LKA haben gesagt, das könne man vergessen. Aber mit dem Stick hatte ich mehr Glück. Ich konnte die gelöschten Daten zurückholen. Ich hab‘s euch ausgedruckt. Es handelt sich um Fotos.“

„Großartig, das ging ja schnell“, lobte Garcia. Er hatte Florian den Stick sofort bei seiner Ankunft im Präsidium übergeben, sich jedoch nicht so bald ein Ergebnis erhofft. „Lass mal sehen.“

Florian reichte Garcia mehrere Fotos und die anderen scharten sich sogleich um ihren Chef.

„Das ist ja Andrea Palezki“, rief Markus als erstes aus.

Das Foto zeigte die Frau, wie sie gerade ihren Laden zuschloss.

„Sieht aus, als habe ein Privatdetektiv die gemacht“, murmelte Garcia.

Gemeinsam blätterten sie die Fotos durch: Andrea in einem Café mit einer Freundin, die nur von hinten zu sehen war. Andrea ziemlich unscharf beim Rollerbladen. Andrea durch das Fenster ihrer Wohnung, mehr als Schatten. Andrea hinter einem Verkaufsstand auf einem Markt.

Doch hier hielt Garcia inne. „Schaut mal genau hin. Die am Verkaufsstand, das ist gar nicht Andrea Palezki. Oder täusche ich mich?“

Die Kommissare steckten die Köpfe noch enger zusammen.

Franzi nahm das Bild an sich, studierte es genau und rief dann aus: „Stimmt! Die sieht ihr zwar sehr ähnlich, aber die hat eine andere Figur. Ein breiteres Becken, seht ihr?“

Es folgten zwei weitere Fotos dieser anderen Frau am Verkaufsstand, die sich auch darin von Andrea Palezki unterschied, dass sie keine Brille trug. Die Fotos waren an unterschiedlichen Tagen aufgenommen worden, was an den wechselnden Outfits der Frau zu erkennen war. Langsam blätterte Garcia das nächste Foto hin.

„Das ist ja schon wieder eine andere!“, riefen Franzi und Markus fast gleichzeitig.

„Der hat drei verschiedene Frauen verfolgt und fotografiert", bestätigte Florian. „Die sehen sich total ähnlich, aber die Dritte ist noch jünger, glaube ich."

Tatsächlich entsprach auch die dritte Frau auf den Fotos dem Typ von Andrea Palezki – lange dunkle Haare, großer Mund –, war aber eindeutig jünger und etwas pausbackiger. Vielleicht war sie sogar noch ein Teenager und irgendwie erinnerte sie Garcia an seine eigene Tochter Greta, vor allem, was die unsichere Körperhaltung betraf. Von dieser dritten Frau gab es ebenfalls drei Fotos: Zwei waren irgendwo auf der Straße im Vorbeigehen aufgenommen worden und nicht besonders scharf. Das Dritte zeigte sie hinter einer Fensterscheibe und es sah aus, als blicke sie geradewegs hinunter in die Augen ihres Beobachters. Darauf war das Gesicht des Mädchens am deutlichsten erkennbar.

„Drei verschiedene Frauen im Visier des Vergewaltigers", sprach Garcia aus. „Und wir kennen nur eine."

„Vielleicht is ja eine davon diese Alice Wahlin", mutmaßte Steffi.

„Vielleicht hat eine von denen ja auch Andrea Palezki auf ihrer Facebook-Seite kontaktiert?", überlegte Markus.

Garcia blickte ihn nachdenklich an. „Das würde sie uns aber nicht erzählen."

„Einen Versuch ist es wert", meinte Markus. „Ich zeige ihr die Fotos und wenn sie verneint, beschatte ich sie einfach eine Weile. Vielleicht sucht sie ja die anderen Frauen auf, um ihnen zu erzählen, dass die Polizei nach ihnen sucht."

„Vielleicht ruft sie die aber einfach an und du kannst ja wohl schlecht ihre Leitung abhören", gab Franzi zu bedenken.

„Ich kann aber behaupten, dass ich ihre Leitung abhöre. In Zeiten der NSA glaubt das doch jeder. Aber davor fahre ich nach Herrsching und rede mit den Nachbarn. Kommst du mit?"

„Danke, ich war heute schon in Herrsching, einmal am Tag reicht." Franzi wandte sich an Garcia: „Die Mutter von Frau Kaup haben wir übrigens nicht angetroffen und auch telefonisch nicht erreicht. Soll ich heute nochmal hinfahren?“

Garcia überlegte kurz, er wusste genau, wie sehr diese Gespräche mit Angehörigen Franzi ans Herz gingen. „Ich mach das“, bot er an. „Ich rufe da nachher nochmal an, ansonsten probiere ich es morgen früh. Dann hat die arme Frau wenigstens noch einmal eine ruhige Nacht.“

DONNERSTAG, ABEND

Irgendwie konnte Garcia seinen Blick nicht von Melanies rechter Hand lösen. Er sah nicht der Frau zu, wie sie das Ultraschallgerät ausschaltete, den Vorhang der kleinen Umkleidekabine zurecht zupfte, die Stores vor dem Fenster zuzog, sich endlich an ihren Schreibtisch setzte, die Computermaus nahm und fahrig damit hin und her fuhr. Er sah nur ihrer rechten Hand zu, deren Bewegung ihn so faszinierte, weil er sie immer noch genau kannte: die langen Finger, die gebogene Form der Fingernägel, der schmale Handrücken und jede Vene, die sich darauf abzeichnete. Nur der Ehering kam ihm seltsam fremd daran vor.

„Ich dachte, du wärst geschieden", sprach er in die Stille.

Melanie blickte irritiert von ihrem Computerbildschirm hoch. Sie war über seinen späten Besuch überrascht gewesen, hatte ihn erst im Wartezimmer platziert und ihn schließlich in ihr Behandlungszimmer gebeten, in dem sie noch letzte Handgriffe vor dem Feierabend erledigen musste.

„Ja, bin ich auch", erwiderte sie und folgte seinem Blick auf den Ehering. „Ich finde den Ring aber immer noch hübsch. Und außerdem hält er einem die Männer vom Leib."

„Mich nicht, wie du siehst."

Melanie seufzte. „Alexander, du bist ja wohl kaum hergekommen, um mit mir zu flirten. Ich hätte dir gar nichts erzählen sollen. Es war ein Fehler ..."

„Warum reagierst du so gestresst?", wollte Garcia wissen. „Ich habe dich doch nur gefragt, ob deine Patientin vielleicht Andrea Palezki heißt."

„Ja, und dann hast du gesagt, dass du an meiner Reaktion merkst, dass sie nicht so heißt. Und mir ist klar, dass du jetzt keine Ruhe geben wirst, bis du den Namen meiner Patientin erfahren hast. Und die Adresse am besten auch noch."

„Heißt sie vielleicht Alice Wahlin?"

„Nein.“

„Melanie, lüg mich nicht an.“

„Ich lüge nicht“, fuhr sie ihn an. „Ich finde nur, dass das ein sehr leidiges Frage-Antwort-Spiel ist.“

„Dann sag mir doch endlich den Namen und ich gebe Ruhe. Versprochen.“

Mit einem letzten Mausklick fuhr Melanie den Computer herunter. „Und wenn du auf der Schwelle meiner Praxistür schläfst, ich gebe dir gar nichts.“

„Und wenn ich dich ins Kommissariat bestelle?“

„Das würdest du nicht tun“, empörte sich Melanie, aber in ihrer Stimme schwang eine Spur Unsicherheit mit.

„Du bist ja noch sturer geworden, als du es damals schon warst“, entfuhr es Garcia.

„Dann sei doch froh, dass du mich abserviert hast.“

„Ich hab dich nicht abserviert. Du bist nach Berlin gegangen.“

„Wegen einer Stelle an der Charité. Nicht wegen eines anderen Typen. Du hast meinen Platz an deiner Seite allerdings sofort ersetzt“, stieß sie heftiger hervor, als Garcia es erwartet hätte.

„Das war ein One-Night-Stand“, sagte er beschwichtigend.

„Toll. Und das Ergebnis war Greta.“

Garcia blickte Melanie stumm an. Was sollte er zu seiner Verteidigung sagen? Melanie hatte recht, die Geschichte war 16 Jahre her und während ihrer einjährigen Trennungsphase hatten sie jedes Detail von Schuld, Unschuld, Zufall und Notwendigkeit durchgekaut. Und Greta war nun mal seine Tochter.

Melanies Gesicht entspannte sich, sie lächelte sogar leicht. „Ich mache dir einen Vorschlag“, wechselte sie das Thema. „Ich gebe dir den Vornamen meiner Patientin. Lediglich den Vornamen. Wenn du sie über deine Recherchewege findest, weißt du, um wen es sich handelt. Dann kannst du mich nochmal aufsuchen. Wenn nicht, behelligst du mich nicht mehr damit. Und du schwörst, dass du mich keine Aussage machen lässt.“

Garcia ließ sich das Angebot durch den Kopf gehen. „Melanie, ganz ehrlich, was habe ich von einem Vornamen?“

Melanie verschränkte die Arme vor der Brust. „Das musst du wissen. Ein Vorname ist auch eine Information.“

„Also gut, wie heißt deine traumatisierte Patientin?“

„Sie ist nicht bloß eine traumatisierte Patientin. Sie ist ein Vergewaltigungsopfer. Und sie heißt Daphne.“

„Daphne wie noch?“, wagte Garcia einen letzten Versuch.

Melanie erhob sich, ging zur Tür und machte einfach das Licht aus. „Raus mit dir“, sagte sie fast zärtlich.

Garcia erhob sich ebenfalls. Im Türrahmen blieb er dicht vor ihr stehen und blickte ihr in die Augen. Mehr noch als ihren Blick nahm er ihren Duft wahr, frisch und leicht süßlich und so voller Erinnerungen an eine längst vergangene Zeit, dass er eine Sekunde lang die Luft anhalten musste.

„Schön mit dir, so im Dunkeln“, sagte er schließlich mit rauer Stimme.

„Raus mit dir“, sagte Melanie abermals. „Und zwar schnell, bevor ich die Polizei rufe.“

Es kostete ihn einige Überwindung, sich von diesem Moment loszureißen. Bevor er die Praxis verließ, drehte er sich noch einmal nach ihr um wie sie so im Türrahmen lehnte und ihm nachblickte. Sie sah auf einmal sehr müde aus.

„Gute Nacht“, flüsterte er.

Sie lächelte stumm und wartete unbeweglich, bis er die Tür hinter sich geschlossen hatte.

¶

Als Franzi hoch blickte, war es bereits nach 20 Uhr. Über zwei Stunden lang hatte sie sich nun mit den Fotos der drei Frauen beschäftigt und jetzt erst merkte sie, wie ihr die Augen brannten. Jedes Detail hatte sie angeschaut, sich das Aussehen dieser Mädchen genau eingeprägt, versucht, irgendetwas zu erkennen. Am meisten wurmte es sie, dass sie den Verkaufsstand, an dem die zweite Frau stand, die sie anfänglich für Andrea Palezki gehalten hatten, nicht zuordnen konnte. Das Bild war zu unscharf und sie konnte nicht erkennen, was an diesem Stand feilgeboten wurde. Vom Dach hingen irgendwelche langen Fäden oder Schnüre, vielleicht auch Knoblauchzöpfe, schwer zu sagen. Um den Viktualienmarkt handelte es sich jedenfalls nicht, da war sie sich sicher. Ebenso sicher war sie sich, dass die Frau auf dem Foto als Verkäuferin an diesem Stand arbeitete, und das wäre ihre Chance gewesen, sie zu finden.

Zwischendurch hatte sie das Protokoll von Andrea Palezki nochmal gelesen, dann das von Alice Wahlin und war wie Steffi zu dem Schluss gekommen, dass die beiden Beschreibungen sich ähnelten: Beide hatten sich über längere Zeit hinweg von einem Mann in Kapuzenjacke beschattet, ja verfolgt gefühlt. Außer, dass der Mann im Fall von Alice nicht zugeschlagen hatte. Der Fall von Andrea lag nun zwei Jahre zurück, der von Alice ein halbes Jahr. Wäre sie das nächste Opfer gewesen?

Franzi räumte die Fotos weg und erhob sich. Für heute hatte sie genug gegrübelt, wenn auch ohne nennenswertes Ergebnis.

Der lange Gang war verwaist, ihre Kollegen waren alle längst heimgegangen und so fuhr sie mit dem Paternoster hinunter und trat hinaus in die kühle Abendluft. Auf dem Hof des Polizeipräsidiums wäre sie beinahe mit Robert Wendling zusammengestoßen. Sie erkannte ihn sofort, er allerdings schien sich nicht gleich zu entsinnen, doch dann schenkte er ihr ein strahlendes Lächeln. „Ah, Franziska Lorenz, die schöne Mörderjägerin!“, rief er aus.

Franzi fand diese Anrede zwar etwas albern, sein Lächeln jedoch äußerst ansprechend. „Wollten Sie zu uns?“, fragte sie etwas verwirrt.

„Eigentlich zu Ihrem Chef, aber Sie sind mir bei Weitem die liebere Variante“, entgegnete er charmant. „Ich suche nämlich meine Ordner, die Ihre reizende Kollegin wohl versehentlich mitgenommen hat. Ohne diese Akten kann ich schlecht weiterarbeiten. Rosige Zeiten für Sexualverbrecher.“

Franzi nickte. „Verstehe. Ich kann leider nicht einfach in den Sachen meiner Kollegin wühlen. Wenn es Ihnen recht ist, sorge ich gleich morgen früh dafür, dass die Ordner an Sie zurückgehen."

„Sehr nett von Ihnen", bedankte Wendling sich.

Kurz standen die beiden etwas unschlüssig voreinander, dann wandte Franzi sich zum Gehen. „Dann schönen Abend noch", sagte sie.

Wendling blieb stehen, sah ihr nach und besann sich dann.

Mit drei großen Schritten hatte er sie eingeholt. „Ich gehe kurz um die Ecke ins Tabacco. Daheim erwartet mich sowieso nur ein trostlos leerer Kühlschrank. Wie steht's bei Ihnen?"

„Ähnlich, was den Kühlschrank betrifft."

„Prima, dürfte ich Sie dann dazu einladen, gemeinsam mit mir der trostlosen Leere unserer Kühlschränke zu entkommen?"

„Klar, warum nicht?", erwiderte Franzi spontan.

¶

Erst als sie Wendling im Lokal gegenüber saß, meldete sich Franzis schlechtes Gewissen und zwar bei dem Gedanken, dass sie genau an diesem Tisch manchmal mit Alexander Garcia saß.

Gleichzeitig ärgerte sie sich über sich selbst. Sie war ihrem Chef nichts schuldig und außerdem saß sie hier nur und aß Bratkartoffeln, daran war schließlich nichts verwerflich. Zudem fühlte sie sich in Wendlings Gegenwart entspannter als in Garcias. Vielleicht auch, weil sie Wendling mit seiner übertriebenen Gestik, die etwas eitel Selbstdarstellerisches hatte, und seinen mitunter etwas platten Komplimenten weniger ernst nahm. Aber sie fand das Gespräch mit ihm auch durchaus anregend und war ganz erstaunt darüber, wohin er in der Welt schon überall gereist war.

Vor allem beim Thema Australien fanden sich die beiden, denn bis vor Kurzem hatte Franzi dort noch einen Freund gehabt und war in den letzten Jahren etliche Male dorthin gereist. Tatsächlich kannte Wendling sogar das kleine Surfparadies Coffs Harbour, das Franzi so wildromantisch fand. Und als er die Insel

Mutton Bird mit den speziellen Vögeln dort erwähnte, war das Eis endgültig gebrochen. Sie klärte ihn darüber auf, dass diese Vögel Sturmtaucher hießen, und daraufhin bot er ihr das „Du“ an.

Der Zusammenhang war vielleicht nicht zwingend, aber die Nähe hatte sich eingestellt und Franzi bestellte ein zweites Glas Wein.

¶

Nachdem Garcia die Praxis am Sendlinger Tor verlassen hatte, schlenderte er langsam die Sonnenstraße entlang. Es war empfindlich kalt geworden, mit einer Hand hielt er seine Lederjacke zu, die andere vergrub er tief in der Hosentasche.

Ihm war nach dieser Begegnung mit Melanie, die ihn auf eigenartige Weise berührt hatte und längst vergangen geglaubte Zeiten emotional hatte hochkommen lassen, noch nicht danach, sich hinter seinen eigenen vier Wänden zu verschanzen. Und nachdem im Büro genügend Arbeit auf ihn wartete, schlug er diesen Weg ein, zumal sein Auto auch noch dort stand. Hunger verspürte er keinen, doch gedachte er, zuvor noch einen kurzen Schlenker an die Bar ins Tabacco zu machen, ein Bier zu trinken und mit dem Wirt oder irgendwelchen Bekannten zu plaudern, von denen immer mindestens ein, zwei am Tresen hockten.

Schon von Weitem sah er das Paar, das vor der Kneipe auf dem Bürgersteig stand. Ein Mann und eine Frau, so dicht voreinander, dass sie sich hätten küssen können. Der Mann nahm gerade die Hand der Frau und führte sie zu seinen Lippen. Die Frau lachte und dieses Lachen ließ Garcias Herz für einen Moment schneller schlagen. Dieses Lachen hätte er aus tausend anderen sofort herausgehört: Franzi stand da. Mit einem anderen Mann, vor seiner Stammbar, und Garcias erster Impuls war es, schnell kehrtzumachen.

Doch es war zu spät, genau in diesem Moment drehte Franzi den Kopf und erblickte ihn. Und jetzt erst sah er, dass der Mann, der noch immer Franzis Hand hielt, Robert Wendling war.

„Alexander, was machst du denn hier?", rief Franzi erschrocken und entzog Wendling schnell ihre Hand.

Garcia, der nun bei ihnen angelangt war, bemühte sich, den hochsteigenden Ärger zu unterdrücken, doch als Wendling ihm zuraunte: „Ganz falscher Moment", spürte er eine solche Wut, dass er den Kollegen am liebsten weggestoßen hätte.

Franzi schaute von einem zum anderen und musste plötzlich lachen. Sie war ziemlich beschwipst und schien die Situation mit einem Mal äußerst komisch zu finden.

Einen Moment lang überlegte Garcia, die beiden einfach stehen zu lassen und weiterzugehen, aber er befürchtete Schlimmstes, wenn er die angeheiterte Franzi jetzt mit diesem aufdringlichen Wendling allein ließ. „Ich wollte nur mein Auto holen", erwiderte er möglichst ruhig und blickte Franzi direkt in die Augen. „Soll ich dich vielleicht heimfahren?"

Mit diesem Vorschlag hatte Franzi nicht gerechnet und zu Garcias Ärger sah sie Wendling fragend an.

„Ich dachte, wir gehen noch was trinken", meinte dieser und nahm wieder ihre Hand, die Franzi ihm diesmal allerdings sofort entzog.

„Ein andermal", sagte sie schnell. „Ich muss morgen früh raus."

Triumphierend sah Garcia zu Wendling, doch dieser grinste nur süffisant und zuckte die Schultern. „Bestimmt dein Chef jetzt schon über dein Privatleben?", fragte er Franzi. Dann zog er sie kurz an sich, drückte ihr einen Kuss auf die Wange und raunte ihr ins Ohr: „Ich komme darauf zurück."

Er ließ sie wieder los, klopfte Garcia auf die Schulter, drehte sich wortlos um und schlenderte davon. Und obwohl Franzi nun mit Garcia mitging, hatte dieser das dumpfe Gefühl, der Verlierer dieses Tauziehens um Franzi zu sein.

Schweigend trotteten sie zum Präsidium, wo Garcias Auto geparkt war. Ihm gingen tausend Fragen durch den Kopf, nur wusste er nicht, wie er sie formulieren sollte, ohne dass es eifersüchtig oder platt geklungen hätte. Ein leichter Regen hatte eingesetzt, Franzi fröstelte, doch er widerstand dem Impuls, seinen Arm um sie zu legen und sie zu wärmen.

„Bald ist es Winter", sagte sie, als sie in sein Auto stieg.

Dieser Satz machte ihn irgendwie traurig, während er den Wagen aus der Parkbucht heraus und durch das nächtliche München lenkte.

Der Herbstregen trommelte mittlerweile auf die Scheibe, die Lichter brachen sich in den Wagenfenstern und Garcias Gedanken kehrten zurück ins Halbdunkel bei Melanie, während er gleichzeitig Franzis schweigende Präsenz mit jeder Faser seines Körpers spürte. So viele Fragen bewegten ihn, darunter natürlich auch die, was da zwischen Franzi und Robert Wendling – ausgerechnet diesem Idioten! – war. Doch ihm fiel keine passende Einleitung ein und nachdem auch Franzi nicht das Wort ergriff, verlief die ganze Fahrt bis nach Untergiesing schweigend.

Vor dem Mietshaus in der Voßstraße, in der Franzis Dachgeschosswohnung lag, hielt Garcia am Straßenrand, ohne den Motor abzuschalten. Ein paar Sekunden lang rührte sich keiner der beiden, dann langte Franzi mit einer entschlossenen Handbewegung zum Steuer hinüber und drehte mit dem Schlüssel den Motor ab.

Sie wandte sich ihm zu und im Dämmerschein des Außenlichts sah er in ihre dunklen Augen, in die ein paar nasse Haarsträhnen hingen. So nah hatte er ihr schönes Gesicht selten gesehen, die ebenmäßige Haut, die großen Augen, die leicht arrogant geschwungen Lippen, dieser unglaublich ernste Blick.

„Es war Zufall", sagte sie leise. „Robert Wendling ist ins Büro gekommen und wollte seine Ordner zurück. Und wir hatten beide Hunger. Mehr nicht."

Garcia blickte sie an. Aus einem Impuls heraus strich er ihr eine nasse Haarsträhne aus dem Gesicht, dann beugte er sich zu ihr vor und nachdem sie nicht zurückschreckte, waren ihre Gesichter nun ganz dicht voreinander. Und wie von selbst fanden sich ihre Lippen zu einem ganz vorsichtigen Kuss, zart, suchend, erkundend.

Franzis Oberkörper neigte sich ihm näher zu, beide überkam die Lust nach etwas, was schon so lange in ihnen gegoren hatte, seine Hände fuhren in ihr Haar, sie umklammerte seinen Hals, allmählich wurde der Kuss leidenschaftlicher und so küssten sie sich minutenlang, als wollten sie einander verschlingen.

Garcia hätte sie einfach nur weiter geküsst, ohne an etwas anderes zu denken, spürte ihre weichen Lippen, kostete sie, schmeckte sie. Es war Franzi, die einen Schritt weiter ging, mit ihrer linken Hand geschickt die drei oberen Knöpfe seines schwarzen Hemdes öffnete und über seinen wohltrainierten Oberkörper fuhr.

Garcias Hand lag auf Franzis Oberschenkel und tastete sich langsam an dessen Innenseite immer höher. Sie bebte und stöhnte leise auf. Beide hatten die Augen geschlossen und Garcias Hand glitt unter Franzis Bluse ihren schlanken Rücken hinauf bis zum Verschluss ihres BHs. Es gelang ihm nicht sofort, ihn zu öffnen, und das schien der Moment zu sein, in dem Franzi sich besann. Abrupt löste sie ihren Körper von seinem und strich sich schwer atmend die Haare aus dem Gesicht. Einen Augenblick lang sahen sie sich in die Augen. Garcia beugte sich sanft zu ihr und wollte sie gerade wieder an sich ziehen, da öffnete sie die Beifahrertür. Bevor er etwas sagen konnte, hauchte sie ihm einen Kuss auf die Lippen, flüsterte: „Gute Nacht“, schnappte sich ihre Tasche und stieg aus.

„Warte“, rief Garcia. „Ich begleite dich noch zu deiner Tür.“

Franzi lächelte: „Nicht nötig. Ich bin bewaffnet.“ Dann schlug sie die Autotür zu und lief mit schnellen Schritten zu ihrem Haus.

Garcia sah ihr im Rückspiegel nach, wie sie die Haustür aufschloss und seinem Blick entschwand. Er lehnte sich zurück und blieb noch einige Minuten reglos so sitzen, noch immer Franzis Duft atmend, der ihn an eine Meeresbrise denken ließ, und den letzten Momenten nachspürend.

DONNERSTAG, NACHT

Sie hatte alle Lichter gelöscht, stand hinter dem Vorhang am Fenster ihres Wohnzimmers und blickte vom ersten Stock hinaus auf die Straße. Es war nun schon die zweite Nacht, in der sie da stand und die Straße beobachtete.

Wie durch ein Wunder war sie unverletzt geblieben, hatte aber eine Nacht im Klinikum rechts der Isar verbringen müssen. Erst nachdem sie eingehend chirurgisch untersucht worden war und das Gespräch mit einer ziemlich forschen Psychiaterin über sich hatte ergehen lassen, die ihr nicht glauben wollte, dass sie versehentlich vor das Auto gelaufen war, war sie vormittags entlassen worden. Sie hatte sich krankschreiben lassen, war mit einem Taxi direkt nach Hause gefahren, hatte die Tür verriegelt, eine Kommode vor die Tür geschoben, die Vorhänge vor die Fenster gezogen und sich ins Bett gelegt.

Aber der Schlaf hatte sich nicht einstellen wollen. Manchmal war sie in einen kurzen Sekundenschlaf gefallen, aus dem sie sofort wieder hochgeschreckt war. Und immer noch spürte sie den kalten Angstschweiß.

Die Nachmittagsstunden hatten sich ewig hingezogen, nur langsam war es draußen dunkel geworden und erst als völlige Dunkelheit herrschte, hatte sie sich aus ihrem Bett gewagt und war die ganze Nacht hier verharrt, hinter dem Vorhang, auf die Straße spähend. Bei jeder Bewegung da draußen hatte sie wieder diese prickelnde Kälte im Nacken gespürt. Doch gesehen hatte sie nichts.

Der nächste Tag war nicht viel anders verlaufen, tagsüber hatte die Angst etwas nachgelassen und sie war immer wieder in einen kurzen, unruhigen Schlaf gefallen.

Und nun stand sie wieder Wache, seit Stunden stand sie da, angestrengt in die Dunkelheit starrend, flach atmend, lauschend auf jedes Geräusch, jeden Schritt im Treppenhaus und der kalte Schweiß ließ ihren Rücken brennen.

Und dann sah sie ihn. Sie wusste nicht, von welcher Seite er gekommen war, obwohl sie so angestrengt gespäht hatte. Plötzlich stand er da, unbeweglich, im Hauseingang auf der anderen Straßenseite und blickte geradewegs zu ihr herauf. Ihr Herz klopfte wie wild, sie wagte es nicht, sich zu regen. Konnte er sie sehen? Es kam ihr vor, als blicke er ihr direkt in die Augen. Und dann ließ sie sich fallen. Sie krümmte sich auf dem Boden zusammen und weinte, hilflos, lautlos.

Er war wieder da. Er wartete auf sie.

Jetzt konnte ihr niemand mehr helfen.

FREITAG, MORGEN

Das kleine Mädchen, das so sauber und adrett gekleidet und mit einer rosa karierten Umhängetasche auf den Stufen vor dem Einfamilienhaus aus den sechziger Jahren stand, war genauso hellblond wie Greta einst gewesen war.

Einen Augenblick lang spürte Garcia die Nostalgie, die dieses Bild in ihm hervorrief, in Erinnerung an die Zeiten, zu denen er Greta nach den Papa-Wochenenden am Montag in der Früh in den Kindergarten gebracht hatte, mit Tupperdosen in der Umhängetasche, die er zuvor mit frischen Bio-Apfelschnitzen und Vollkorn-Pausenbroten befüllt hatte.

Das Mädchen blinzelte in die Sonne und sah zu Garcia hinüber, der aus seinem Wagen gestiegen war und auf den umzäunten Vorgarten zuging.

Vor dem hohen, ziemlich morschen Holzzaun blieb er stehen und lächelte das Kind freundlich an. „Hallo", sagte er. „Bist du die Alba?"

„Ja", sagte das Mädchen. „Und wer bist du?"

„Ich heiße Alexander", erwiderte er. „Wohnt hier deine Oma?"

„Ja, aber ich nenne sie Mommi. Weil sie die Mama von meiner Mami ist."

Das Mädchen lächelte so vertraulich und Garcia brach der Gedanke fast das Herz, dass dieses Kind schlagartig zur Vollwaise geworden war und davon noch gar nichts ahnte. Er hatte die Großmutter des Mädchens weder am Abend noch in der Früh telefonisch erreicht, was ihn ziemlich verwundert hatte. Umso erleichterter war er jetzt, dass doch jemand zu Hause war.

Aus der halb geöffneten Haustür trat nun eine ältere, knochige Dame, die ihre grauen Haare zu einem strengen Dutt nach hinten gekämmt hatte. Sie musterte Garcia argwöhnisch und nahm schnell die Hand ihrer Enkeltochter.

„Suchen Sie etwas?", rief sie ziemlich abweisend zu ihm hinüber.

„Sind Sie Irmgard Schnabel?", fragte dieser. „Mein Name ist Garcia, von der Kripo München. Dürfte ich Sie wohl einen Moment sprechen?"

Schnell zog die Frau die Tür hinter sich ins Schloss. „In mein Haus lasse ich niemanden", sagte sie, ließ die Hand des Mädchens los und kam etwas näher zum Gartenzaun. „Was wollen Sie hier?"

Garcia blickte auf Alba. „Das würde ich ungern in Gegenwart des Kindes besprechen", meinte er. „Ich versuche seit gestern, Sie telefonisch zu erreichen."

„Ich gehe nicht ans Telefon, wenn ich die Nummer nicht kenne", sagte die Frau mit einem strengen Gesichtsausdruck. „Können Sie sich ausweisen?"

Garcia zeigte ihr seinen Ausweis und sie nahm sich die Zeit, ihn genau zu studieren. Dann musterte sie den Kommissar eingehend. Sie wirkte auf ihn gar nicht ängstlich, eher dezidiert und vielleicht auch stur.

„Hier in Trudering hat es in letzter Zeit öfter Einbrüche gegeben. Daher bin ich vorsichtig. Worum geht es?"

„Dürfte ich vielleicht ins Haus kommen? Das lässt sich nicht so leicht auf der Straße besprechen. Es geht um Ihre Tochter Esther."

Als ahne sie etwas, begannen die Hände von Esther Kaups Mutter leicht zu zittern. Sie kramte ihren Schlüssel hervor, doch er fiel ihr auf den Boden. Alba lief zu ihr hin und hob ihn auf. „Ich mach das schon, Mommi", sagte sie und schloss dem Kommissar das hölzerne Gartentor auf.

Garcia bedankte sich bei dem Mädchen und hielt Frau Schnabel die Hand zur Begrüßung hin, doch diese ignorierte das, ging voraus zur Haustür und schloss auf. „Alba, geh nochmal kurz nach oben und spiel fünf Minuten, ja?", wandte sie sich an das Mädchen.

„Wir kommen zu spät zum Kindergarten!", maulte Alba. „Dann verpasse ich den Morgenkreis."

Doch die Frau schob das Kind nur stumm in Richtung Treppe und führte dann den Kommissar in ihr Wohnzimmer. Die zugezogenen, halb blickdichten Polyestervorhänge hatten schon einen leichten Gelbstich und filterten die Sonnenstrahlen zu einem fahlen Licht. Alles war sehr ordentlich und sauber, die Möbel jedoch ungefähr so alt wie das Haus selber und ziemlich abgeschabt. Das Polster auf dem Stuhl, den Frau Schnabel dem Kommissar anbot, war zerschlissen, das Spitzendeckchen auf dem runden Esstisch hatte Brandflecken, vermutlich von zu heißen Töpfen, die dort abgestellt worden waren. Garcia bekam den Eindruck, dass Frau Schnabel sehr sparsam lebte und in diesem Haushalt nichts weggeschmissen und wohl auch wenig Neues angeschafft wurde. Auf Ordnung und Sauberkeit hingegen wurde großen Wert gelegt.

Der Kommissar setzte sich der älteren Frau gegenüber, ihre Gesichtszüge waren ernst, sie sah nicht weg, sondern suchte seinen Blick. „Was ist mit Esther?“, fragte sie mit leicht brüchiger Stimme.

„Frau Schnabel, es tut mir sehr leid, aber ich muss Ihnen leider die schreckliche Mitteilung machen, dass Ihre Tochter Esther tot ist.“

Die Frau hob ihre knochige Hand und fuhr sich mit einer fahrigen Geste über ihr Gesicht. „Esther ist ...“ Sie brachte den Satz nicht zu Ende.

„Sie ist letzte Nacht ums Leben gekommen“, bestätigte Garcia nochmal.

Frau Schnabels Hände zitterten, sie faltete sie auf dem Tisch, entfaltete sie wieder, plötzlich erhob sie sich. „Ich habe Ihnen ja gar nichts zu Trinken angeboten.“

Garcia stand auf und schob Frau Schnabel den Stuhl wieder hin. „Setzen Sie sich, ich brauche nichts, vielen Dank.“

Sie setzte sich wieder und sah ihn hilflos an. Ihre Lippen bewegten sich, doch es kam kein Laut hervor.

„Wie?“, formte sie schließlich tonlos.

Aus einem Impuls heraus legte Garcia seine ruhige, warme Hand auf die zitternden Hände der alten Frau. „Ihre Tochter ist gestern Nacht in ihrem Haus überfallen und getötet worden. Wir wissen noch nicht, ob es sich um Raubmord handelt oder ob es ein anderes Motiv gibt. Es tut mir wirklich sehr leid."

Frau Schnabel schwieg eine ganze Weile und stierte stumm und leicht den Kopf schüttelnd vor sich hin, ihre Hände entzog sie ihm nicht.

Schließlich hob sie den Kopf und blickte den Kommissar an. Ihre faltigen blauen Augen waren trocken. „Wo ist Fred?", fragte sie.

Garcia seufzte. „Fred ist ebenfalls tot", sagte er, doch bevor er weitersprechen konnte, kam Alba herein und kletterte zu ihrer Großmutter auf den Schoß.

„Gehen wir jetzt?", drängte sie.

Frau Schnabel vergrub ihr Gesicht in den Haaren des Mädchens und drückte ihre Enkeltochter ganz fest an sich. Dann begann sie, langsam hin und her zu schaukeln, und summte ein Kinderlied vor sich hin. Als spüre sie, dass etwas nicht stimmte, ließ auch Alba ihre Großmutter nicht los und so wiegten sie sich zusammen hin und her.

Garcia spürte eine Welle des Mitleids in sich hochsteigen. Die beiden hatten jetzt nur noch einander.

¶

Garcia kehrte in gedämpfter Stimmung ins Präsidium zurück. Er hatte das Gespräch mit Frau Schnabel nach einer Weile fortsetzen können und die alte Dame war wider Erwarten ziemlich gefasst gewesen. Das Verhältnis zu ihrer Tochter schien herzlich und nah, über etwaige Probleme in der Ehe, geschweige denn über die dunkle Seite ihres Schwiegersohns, wusste sie definitiv nichts. Am Schluss war das kleine Mädchen am Zaun gestanden und hatte ihm nachgewunken.

Frau Stahl erwartete ihren Chef bereits aufgeregt: „Sehen Sie mal, Herr Garcia, was die Spurensicherung gefunden hat! Das wurde gerade für Sie abgegeben!" Sie hielt ihm einen schmalen grauen Ordner hin, in dem mehrere getippte Blätter abgeheftet waren.

Garcia warf einen Blick hinein und pfiff leise durch die Zähne. „Das nenne ich eine Morddrohung", meinte er. „Woher stammt das?"

„Die Blätter wurden im Haus der Kaups gefunden. Das hier sind nur Kopien, die Originale werden gerade auf Fingerabdrücke untersucht."

„Danke, Frau Stahl. Ich lese mir das gleich mal in Ruhe durch."

Kaum hatte Garcia sich an seinen Schreibtisch gesetzt, platzte Markus zur Tür herein.

Er gähnte übertrieben. „Guten Morgen! Ich hoffe, wenigstens du hast heute Nacht gut geschlafen!"

„Wie meinst du das?", wollte Garcia irritiert wissen und fragte sich, ob Franzi dem Kollegen etwas von ihrer nächtlichen Begegnung erzählt hatte. Im Nachhinein kam ihm das gestern Erlebte fast unwirklich vor.

Doch Markus war mit seinen eigenen Themen beschäftigt: „Ich meine damit, dass ich selber kein Auge zugetan habe. Ich saß die ganze Nacht in meinem Wagen vor Andrea Palezkis Wohnung, nachdem ich ihr gesagt habe, dass wir nach zwei Frauen suchen, die möglicherweise vom selben Vergewaltiger wie sie heimgesucht wurden."

„Und?"

„Getan hat sich heute Nacht nichts, jetzt hat ein Kollege zwei Stunden für mich übernommen, ich fahre nachher wieder hin. Als ich ihr gesagt habe, dass wir ihre Telefonleitung abhören, ist die übrigens fast ausgeflippt."

Garcia wurde etwas mulmig. „Das kann ich mir denken, eigentlich hättest du sie nicht so anlügen dürfen."

„Ach was, ich habe so getan, als sei das ganz vertraulich und ich würde ihr das aus reiner Nettigkeit stecken."

„Oh je, Markus. Wenn das Frau Schnick mitbekommt!"

„Wer?“

„Die Staatsanwältin.“

„Die Kleine mit den Pausbacken?“, fragte Markus amüsiert.

„Die Kleine hat es faustdick hinter den Ohren“, warnte ihn Garcia.

„Redet ihr von mir?“ Franzi hatte bei Garcias letztem Satz den Kopf zur Tür herein gesteckt. Sie betrat das Büro.

Garcia musterte sie kurz: Sie trug eine enge, schwarze Jeans und einen ebenfalls enganliegenden, wollweißen Rollkragenpullover, der ihre schlanke Silhouette betonte. Unwillkürlich entfuhr ihm ein Seufzer.

„Hey, Franzi“, begrüßte er sie. „Wie geht's dir heute Morgen?“

„Passt schon“, meinte sie und errötete dabei leicht. „Dir?“

Markus blickte von einem zum anderen. „Wieso fragt mich keiner, wie es mir geht?“

„Wie geht's dir?“, fragte ihn Franzi prompt.

„Danke der Nachfrage. Prima, außer dass ich die ganze Nacht kein Auge zugetan habe.“

„Ich habe hier etwas Interessantes für euch“, unterbrach Garcia das Geplänkel. „Hört mal zu.“ Er nahm das erste Blatt aus dem Ordner, den Frau Stahl ihm übergeben hatte, und las vor: „Ich weiß alles über Dich. Ich werde Dich vernichten. Langsam und grausam wirst Du sterben. Vielleicht bist Du morgen schon tot. Vielleicht auch erst übermorgen. Aber bald, sehr bald bist du tot. TOT!“

Es folgten drei weitere Briefe ähnlichen Inhalts, wobei sich die Drohungen von bloßen Beschimpfungen zu eben dieser konkreten Morddrohung im letzten Brief steigerten.

Franzi schüttelte den Kopf. „Von wem sind die?“

„Das versucht die Spusi gerade zu klären. Die Briefe wurden im Haus der Kaups gefunden.“

„Und an wen sind die?“, überlegte Markus. „An Esther oder an Frederik Kaup?“

„Leider steht weder eine Anrede noch ein Absender drauf", meinte Garcia leicht ironisch.

In dem Moment steckte Steffi ihren Kopf zur Tür herein.

„Das geht ja heute Schlag auf Schlag", konstatierte Garcia.

„Es kann der Frömmste nicht in Frieden leben, wenn es dem bösen Nachbarn nicht gefällt!", rief sie triumphierend in bemühtem Hochdeutsch.

„Wir sind aber ganz friedlich", erwiderte Markus.

Steffi ließ sich neben ihn auf einen Sessel plumpsen. „Ihr scho. Aber in Herrsching schaugt des ganz anders aus." Alle blickten sie gespannt an und sie genoss einen Augenblick lang die Aufmerksamkeit. „Grad eben hat die Mutter von der Esther Kaup hier angrufen und wie's ausschaugt, haben alle wieder amal ihre Leitungen auf mich umgstellt."

„Frau Schnabel?", fragte Garcia. „Ich war gerade bei ihr."

„Ja, des hat sie erzählt. Aber mittlerweile is ihr noch was eingfallen: Ihre Tochter Esther hat anscheinend mit ihrer Nachbarin den totalen Clinch ghabt. Frau Schnabel is ziemlich durchananander gwesen, aber ich hab doch verstanden, dass die Esther Kaup ihre Nachbarin wohl anonym anzeigt hat. Also hab ich a bisserl rumgwühlt und tatsächlich: Es liegt a anonyme Anzeige gegen Jeanette Steuber vor, wegen illegalem Gewerbe."

„Jeanette Steuber, das ist doch die Nachbarin, der du Hassliebe unterstellt hast?", wandte Garcia sich an Franzi.

„Genau die", erwiderte Franzi. „Sie tut so, als sei sie Esther Kaups beste Freundin, aber in der brodelt ein gewaltiger Hass. Jetzt weiß ich auch, warum."

„Ja, dasselbe hab ich auch empfunden", gab Markus ihr recht. „Ich war ja gestern nochmal in Herrsching und hab mit den direkten Reihenhausnachbarn gesprochen. Leider war es so, dass die Leute viele Fragen gestellt und wenig Antworten gegeben haben. Die waren natürlich alle total neugierig, mehr über den Vergewaltiger zu erfahren, aber glauben wollte das so recht keiner, die Kaups führten wohl ein ziemlich unauffälliges Leben. Aber was diese Steubers angeht, da hab ich sofort gemerkt, dass was nicht stimmt. Die Frau labert die ganze Zeit, wie toll alles ist, und ihr Mann steht stumm daneben. Der kann einem echt leid tun. Hast du das Wohnzimmer von denen gesehen?"

Franzi nickte. „Ein Graus."

„Nochmal einen Schritt zurück: Welches illegale Gewerbe?", wollte Garcia von Steffi wissen.

„Wahrscheinlich haben die in ihrem Wohnzimmer einen Swinger-Club betrieben!", rief Markus dazwischen.

Steffi verdrehte die Augen. „Jeanette Steuber hat anscheinend im Keller von ihrm Reihenhaus a kleines privates Kosmetikstudio aufbaut ghabt", erklärte sie. „Angeblich unentgeltlich nur für Freundinnen und Nachbarinnen. Aber des stimmt so nicht ganz, jedenfalls wird jetzt wegen Schwarzarbeit gegen sie ermittelt."

„Und weiß sie, dass es ihre angeblich beste Freundin Esther war, die sie angezeigt hat?", fragte Garcia.

„Des müssts ihr jetzt rauskriegen", meinte Steffi.

„Gut, dann lasst uns keine Zeit verlieren. Franzi und ich fahren nach Herrsching raus, die gute Frau will ich mir mal persönlich ansehen. Markus, ich würde vorschlagen, dass du heute noch durchhältst. Wenn die Palezki sich nicht mit den anderen Frauen trifft, endet dein Beschattungsdienst um Mitternacht. Du kannst nicht deine Lebenszeit darauf vergeuden, im Auto rumzusitzen."

„Ich würde auch lieber den Unbekannten jagen, der mit Kaups Computern abgehauen ist", brummte Markus.

„Heute Nachmittag haben wir erste Ergebnisse der Spusi und die Details von Bernauer. Hoffentlich bringt uns das voran." Garcia reichte Steffi den Ordner mit den Drohbriefen. „Schau das doch bitte mal durch, vielleicht fällt dir dazu etwas ein. Das sind Morddrohungen, die bei den Kaups gefunden wurden."

Als Steffi den Ordner nahm, fiel Franzi etwas ein: „Steffi! Der Bob ... Robert ... Wendling hätte gern seine geklauten Ordner zurück."

„Der Bob Robert Wendling?", fragte Garcia provozierend.

Franzi versuchte, ihn zu ignorieren, und wandte sich demonstrativ an Steffi: „Der war gestern Abend hier und wollte die Ordner." Franzi ärgerte sich, dass sie dabei rot wurde. Schnell drehte sie sich um und verließ als Erste das Büro ihres Chefs.

¶

Kaum waren Franzi und Garcia ins Auto gestiegen, erreichte sie ein Anruf vom Labor: Die DNA, die sich auf dem Zigarettenstummel gefunden hatte, den der Mann im orangefarbenen T-Shirt vom Balkon geschnippt hatte, stimmte mit der von Wolfgang Schlier überein. Gandhi war also im Lande und er war vor dem Kommissar geflohen. Außerdem war in der Zigarette kein normaler Tabak, sondern eine Mischung aus reinem indischem Cannabis und Tabak gewesen – das, was man einen sauberen Joint nennen würde.

Garcia gab Anweisung, Schliers Fingerabdrücke mit denen in Kaups Haus zu vergleichen. Anschließend rief er Steffi an und bat sie, ein Foto von Wolfgang Schlier aus dem Polizeicomputer zu suchen und es sowohl an Gero Haas als auch an den Juniorchef von Bignetters zu mailen.

Als er auflegte, fragte Franzi nach: „Wer genau ist eigentlich dieser Wolfgang Schlier? Was weißt du über ihn?"

„Eigentlich nicht viel. Ich müsste Andrea Palezki nochmal genauer nach ihm befragen. Wie du ja weißt, ist sein Spitzname Gandhi und er scheint einen gewissen spirituellen Einfluss auf Andrea Palezki zu haben. Sie sagte, er sei so etwas wie ein Schamane. Meiner Meinung nach ist er mehr ein Kleinkrimineller, der kein Dach über dem Kopf hat, illegal geschützte Tiere aus Indien schmuggelt und sich mit allerlei Nebenbeschäftigungen über Wasser hält, zum Beispiel Menschen dazu zu bringen, barfuß über glühende Kohlen zu laufen."

„Klingt nach einem Lebenskünstler", meinte Franzi. „Hast du ihn in Verdacht, die Computer gestohlen zu haben?"

„Hmm. Ursprünglich war mein Gedanke eher, mich mit einem unterhalten zu wollen, der tieferen Einblick in Andrea Palezkis Psyche bekommen hat. Aber nachdem wir einen Mann suchen, der Spuren verwischt, wäre es doppelt interessant, ihn zu treffen."

„Warum ist er vor dir davongelaufen?"

„Ich weiß es nicht. Ich habe überlegt, ihn zur Fahndung auszuschreiben, aber ich fürchte, Frau Schnick wird das nicht genehmigen, sie hat mir nicht einmal erlaubt, die Wohnung seines Komplizen überwachen zu lassen. Dieser Gandhi war zwar noch bis vor Kurzem auf Bewährung, aber momentan liegt nichts gegen ihn vor."

„Umso seltsamer, dass er abgehauen ist", überlegte Franzi und fügte nach einer Weile hinzu: „Über glühende Kohlen laufen, funktioniert das wirklich?"

Garcia zuckte die Schultern. „Ich habe es nie probiert. Aber interessant wäre das schon. Andrea Palezki ist es wohl gelungen."

„Es sei denn, dieser Gandhi hat Tricks auf Lager."

„Was mich nicht wundern würde", gab Garcia ihr recht.

Nach diesem Gedankenaustausch schwiegen beide eine Weile und Garcia genoss es, einfach nur neben Franzi zu sitzen, ihren dezenten Duft wahrzunehmen, der ihn wieder an einen Tag am Meer denken ließ, und er stellte sie sich mit nassem Haar und leicht gebräunter Haut vor, bedeckt mit Sandkörnern, die in der Sonne glitzerten.

Er hätte es gerne dabei belassen, ihm war nicht danach, die gestrigen Erlebnisse zu besprechen, eher drängte es ihn, diese zu wiederholen oder zu vertiefen. Und da war es in seinen Augen das Beste, man zerredete nicht vorher schon alles.

Als sie nach Herrsching abbogen, fragte Franzi ihn unvermittelt: „Kennst du irgendein Herbstgedicht auswendig?"

Garcia wunderte sich etwas über diese Frage: „Äh ... ich glaube, ich habe mal in der Grundschule eines auswendig lernen müssen. Wie ging das gleich wieder? Ah ja: Der Herbst steht auf der Leiter und malt die Blätter an. Ein lustiger Waldarbeiter, ein froher Malersmann ... Weiter weiß ich nicht."

Was er etwas belustigt dahingesagt hatte, schien Franzi zu missfallen. Sie schüttelte den Kopf. „So was meinte ich nicht."

„Was meintest du dann?"

„Egal." Sie zuckte die Schultern und schwieg kurz, dann nahm sie die Konversation wieder auf, leider mit dem Thema, das Garcia hatte vermeiden wollen: „Wegen gestern ...", begann sie zaghaft, verstummte dann aber.

„Ja?", fragte Garcia bemüht.

„Wie siehst du das?", wollte sie wissen.

Etwas in der Art hatte Garcia befürchtet und eigentlich hätte er darauf vorbereitet sein müssen. War er aber nicht.

„Wie siehst du es denn?", fragte er vorsichtig zurück.

„Das ist ja mal wieder typisch Mann", empörte sich Franzi. „Kannst du nicht einmal über Gefühle reden?"

„Doch, klar", verteidigte sich Garcia. „Über welche Gefühle willst du denn reden?"

„Machst du dich über mich lustig?"

„Nein", beschwichtigte Garcia. „Es war nur einfach so schön gestern und ... ich habe es genossen. Müssen wir darüber reden, warum das so war?"

Franzi nickte knapp. „Hab schon verstanden", meinte sie.

„Was hast du verstanden?", fragte Garcia. „Nicht, dass du jetzt alles falsch verstehst. Ich habe es nämlich selber nicht verstanden ..."

Franzi lachte kurz auf, aber es klang nicht wirklich belustigt.

Doch im nächsten Moment packte sie seinen Arm. „Fahr weiter!", flüsterte sie. Sie fuhren gerade bei der Reihenhauszeile in Herrsching vor. „Da ist jemand im Haus."

Garcia fuhr langsam am Haus vorbei und beide Kommissare spähten hinüber.

„Bist du sicher?", fragte Garcia und kam in einer Seitenstraße zum Stehen.

„Ich glaube, ich habe oben am Fenster eine Bewegung gesehen", meinte Franzi und tastete automatisch nach ihrer Waffe.

„Dann lass uns nachsehen."

Sie stiegen aus und Garcia ging voraus. Vorsichtig stieg er über das Absperrband, das zwischen Vorgarten und Bürgersteig gespannt war, und untersuchte das Polizeisiegel an der Haustür. „Es ist intakt", meinte er.

„Da!", rief Franzi gedämpft und deutete hinauf. „Jetzt habe ich es ganz deutlich gesehen, da ist jemand drin."

Garcia nickte und beide holten ihre Waffen hervor. Dann durchbrach Garcia das Siegel und öffnete die Tür gekonnt mit einem alten, längst abgelaufenen Büchereiausweis seiner Tochter, um seine Kreditkarte zu schonen.

Sich gegenseitig Deckung gebend betraten sie das Haus und überprüften kurz die unteren Räume. Das Chaos war von der Spurensicherung einigermaßen beseitigt worden, doch noch immer lagen Gegenstände herum, Schubladen und Schranktüren der schmucklosen Pressholzmöbel standen teilweise offen. Die Kommissare lauschten, es herrschte fast gespenstische Ruhe, nur von draußen drang leiser Straßenlärm an ihr Ohr. Die Vorhänge bewegten sich wie von Geisterhand, dann spürten sie einen Luftzug und bemerkten, dass die Terrassentür nur angelehnt war. Garcia wagte sich vor und warf einen Blick hinter die Vorhänge und in den Garten, doch da hörten sie ein Rumpeln aus dem oberen Stockwerk und schlichen die Treppe hinauf.

Das ganz in rosa gehaltene Kinderzimmer war leer, ebenso das Schlafzimmer. Ein schmaler Lichtstreifen fiel vom Fenster auf das Bett, genau auf die Stelle, an der die tote Esther gelegen hatte. Die Laken waren mittlerweile abgezogen worden. Hier oben herrschte Totenstille, nicht einmal der Straßenlärm war mehr zu hören. Garcia öffnete eine Kleiderschranktür nach der anderen und sah unter dem Bett nach, während Franzi mit gezückter Waffe im Türrahmen stehen geblieben war und um sich spähte. Dann schlichen sie gemeinsam zum Badezimmer und Garcia stieß mit dem Fuß die Tür auf.

Sofort erblickte er den Schatten in der Duschkabine. Er richtete die Waffe auf das Milchglas und rief: „Polizei! Kommen Sie heraus! Und heben Sie die Hände!"

Langsam wurde die Milchglastüre aufgeschoben und ein blasses Gesicht erschien im Türspalt. Zitternd trat Jeanette Steuber aus der Duschkabine hervor.

Franzi ließ als Erste die Waffe sinken. „Frau Steuber", sagte sie und merkte erst jetzt, wie ihr das Herz klopfte. „Was machen Sie hier?"

Frau Steubers Mund klappte auf und zu, sie bekam jedoch keinen Ton heraus. Franzi und Garcia wechselten einen stummen Blick, dann brachten sie die zitternde Frau nach unten.

„Wie sind Sie hier reingekommen?", fragte Garcia. „Das Siegel war unversehrt."

„Durch den Garten", stammelte Jeanette Steuber. Sie ging voraus und zeigte den Kommissaren, wo sie von ihrem Garten aus über die Hecke in den Garten der Kaups geklettert war und von dort durch die Terrassentür, zu der sie einen Schlüssel besaß, in das Haus gelangt war.

„Hier können wir nicht bleiben", sagte Franzi streng. „Sie haben wahrscheinlich jede Menge Spuren verwischt. Gehen wir erst mal zu Ihnen rüber, dann können Sie uns ja erzählen, was Sie hier gesucht haben."

Als sie in das Haus der Steubers hinüber wechselten, las Franzi in Garcias Blick das gleiche angewiderte Staunen, das sie selbst beim ersten Betreten dieses Reihenhaus-Tempels der Geschmacklosigkeiten empfunden hatte. In Gedanken musste sie Markus recht geben, dass das die ideale Umgebung für einen Swinger-Club gewesen wäre. Jeanette Steuber entschuldigte sich automatisch für die Unordnung und bat dann die Kommissare, in ihrem Wohnzimmer Platz zu nehmen. Mit gesenktem Kopf saß sie inmitten ihrer Kitsch-Sammlung und beantwortete die Fragen der Kommissare: „Ich schwöre Ihnen, ich war seit Esther tot ist zum ersten Mal drüben. Ich habe in der Nacht als sie ... getötet wurde ... da habe ich nichts mitbekommen. Ich habe damit nichts zu tun."

„Was haben Sie gesucht?", wollte Garcia wissen.

Jeanette Steuber schwieg.

„Wussten Sie, dass Esther Kaup Sie wegen Schwarzarbeit angezeigt hatte?", hakte Franzi nach.

Wieder schwieg Jeanette Steuber.

Garcia erhob sich ungeduldig. „Wir können das Ganze auch im Präsidium fortsetzen, wenn Sie hier in Handschellen herausgeführt werden wollen."

Franzi warf ihrem Chef einen etwas befremdeten Blick zu, doch seine Worte verfehlten ihre Wirkung nicht.

„Natürlich habe ich gewusst, dass es die Esther war", brach es plötzlich aus Frau Steuber hervor. „Nichts hat sie mir gegönnt, gar nichts. Jetzt bin ich schon so tief gesunken, dass ich neben ihr in einem Reihenhaus versauern muss, und dann zeigt die mich an! Die wollte mich in der Gosse sehen. Immer schon. Dabei ist das hier doch schon die Gosse!"

Was folgte, war eine Geschichte von Arroganz und Neid, von hohem Status und tiefem Fall. Jeanette Steuber stammte aus einer schwerreichen Familie, die eines der protzigsten Anwesen in Herrsching besessen hatte. Als sie dieses beschrieb, leuchteten zum ersten Mal ihre sonst so erloschenen Augen: ein Bach, der durch das Wohnzimmer plätscherte und mit einer gläsernen Brücke überspannt war, das Bad gestaltet wie eine Tropfsteinhöhle, dabei Armaturen aus purem Gold und edle Accessoires wie Tierfelle und sogar ein echter Schrumpfkopf, den sie aus der Insolvenzmasse gerettet hatte. Sie erhob sich und zeigte auf den aufgespießten mumifizierten Kopf, der Franzi schon bei ihrem ersten Besuch so gruselig angestarrt hatte. Aus ihr unerfindlichen Gründen hatten

Jeanettes Eltern darauf bestanden, dass sie die öffentlichen Einrichtungen besuchen und nicht auf eine Privatschule gehen sollte. Sie kannte Esther seit dem Kindergarten und genoss ihre uneingeschränkte Bewunderung. Bis zu dem Tag, als Jeanettes Vater Privatinsolvenz angemeldet hatte, in den Knast gewandert war und Frau und Tochter auf der Straße gelandet waren. Jeanettes Mutter hatte diese Schmach nicht überlebt und war – schon lange tablettenabhängig – an einer Überdosis gestorben.

An dieser Stelle der Erzählung wurde Jeanette Steubers Stimme bitter. Ihre einzige Freundin Esther Kaup hatte ihr zwar geholfen, aber anscheinend nur, um sie auf ihr eigenes tristes Niveau herabzuziehen. Der Traum einer reichen Ehe war ebenfalls zerplatzt, Bernd Steubers Beförderung in der Pharmaindustrie war ausgeblieben und so tingelte er noch immer als Pharmareferent im Außendienst von Kunde zu Kunde.

„Wenigstens hat er immer diese ganzen Kosmetikpröbchen mit heimgebracht ...“ Jeanette Steuber schwieg schuldbewusst.

„Sie können uns ruhig alles erzählen“, meinte Franzi. „Vielleicht ist es ja sogar entlastend für Sie.“

„Naja, ich hatte so viele Kosmetikartikel und konnte die ja gar nicht alle verwenden, aber weiterverkaufen darf man die nicht, steht ja drauf: Not for sale ... Und dann hatte ich die Idee mit dem Kosmetikstudio. Als Kind hatte ich eine Nanny, die war gelernte Kosmetikerin, und wir haben stundenlang Kosmetikstudio gespielt. Ich sag Ihnen, ich kann die Handgriffe besser als jede Fachfrau.“

„Und warum hat Frau Kaup Sie angezeigt?“, fragte Garcia. „Sie waren doch Freundinnen?“

Jeanette seufzte. „Das mit der Freundschaft hatte sich erledigt. Und das ist unglaublich unfair, weil ich es nur gut gemeint habe. Ich habe nämlich beobachtet, wie Fred ... also Esthers Mann ... Oh mein Gott, und jetzt ist der auch tot! Das ist alles so schrecklich!“

Sie fing an zu schluchzen und Franzi reichte ihr ein Taschentuch. „Was hatten Sie wegen Fred beobachtet?“, hakte sie nach.

„Der war hinter seinem Au-pair-Mädchen her!", rief Jeanette Steuber heftig aus, es klang, als wolle sie petzen. „Ich habe den ja öfter mal hinten im Garten rauchen sehen und da habe ich einmal gesehen, wie der ein Fernglas dabei hatte und direkt in das Zimmer von diesem Au-pair-Mädchen reingespannert hat. Und ich Idiotin habe es der Esther gesteckt, hätte mir ja eigentlich scheißegal sein können." Mit Jeanette Steubers sonst so vornehmer Contenance schien es nun endgültig vorbei zu sein, ihr Gesicht glich einer bösartigen Fratze, ihr Ton war gehässig.

„Wann war das?", wollte Garcia wissen.

„Vor zwei Jahren. Esther hat das Au-pair-Mädchen dann rausgeworfen, aber der Fred hat sich natürlich rausgeredet und sie hat ihm geglaubt, dass er nur Vögel beobachtet hat. Ich lach mich tot, dieser Computernerd und Vögel!" Auf einmal wurde ihre Stimme weinerlich: „Und plötzlich war ich die Böse."

„Was können Sie uns über dieses Au-pair-Mädchen sagen?", fragte Franzi. „Wissen Sie vielleicht, wo sie jetzt ist?"

„Keine Ahnung. Die war aus Armenien, so eine dunkelhaarige Hübsche ... Bisschen doof war sie, sah selber noch aus wie ein Kind."

„Wie hieß sie denn?"

Jeanette überlegte. „Jetzt fällt mir glatt der Name nicht mehr ein. Irgendwas mit A."

„Andrea?"

„Nein, bestimmt nicht!"

„Alice?"

„Nein, ich glaube, die hieß anders."

„Daphne?", wollte Garcia wissen.

Franzi sah ihn befremdet an und auch Jeanette wunderte sich: „Daphne fängt doch nicht mit A an", belehrte sie ihn.

„Stimmt, jetzt wo Sie's sagen", meinte Garcia leicht ironisch.

Franzi erhob sich und reichte Jeanette Steuber eine Visitenkarte.

„Die habe ich schon“, erklärte diese und griff nicht danach.

Franzi legte die Karte dennoch auf den Tisch. „Sobald Ihnen der Name wieder einfällt oder Sie sonst etwas über den Verbleib dieses Mädchens herausbekommen, rufen Sie mich bitte sofort an.“

Garcia erhob sich ebenfalls. „Und jetzt geben Sie mir bitte sämtliche Schlüssel, die Sie zum Nachbarhaus noch besitzen. Und wagen Sie es nicht, dort noch einmal hineinzugehen, sonst lasse ich Sie festnehmen.“

Jeanette Steuber war das alles sichtlich peinlich, sie nestelte einen Schlüssel von ihrem Bund. „Das war der Einzige. Die anderen hatte sie mir schon längst wieder weggenommen.“

„Dann verraten Sie mir jetzt bitte noch, was Sie dort drüben gesucht haben.“

Jeanette Steuber wand sich, aber ihr blieb keine Wahl, als mit der Wahrheit herauszurücken. „Ich hatte ihr ein paar anonyme Briefe geschickt, die hatte ich ihr in den Briefkasten geworfen, wenn sie nicht da war. Um sie zu ärgern. Aber ich hatte Angst, jetzt, wo die Polizei da drüben alles durchsucht, dass man dann vielleicht meine Fingerabdrücke darauf findet oder so. Und ich am Ende noch in Verdacht gerate ...“ Sie blickte auf und sah die Augen der Kommissare auf sich gerichtet. „Dabei könnte ich keiner Fliege was zuleide tun!“ Wie um das zu bekräftigen, klappte sie die Augen auf und zu wie eine unschuldige Puppe.

„Was stand in den Briefen?“, wollte Garcia wissen.

„Naja ...“ Jeanette Steuber wand sich. „Also so was wie: Ich mach dich fertig und so ...“

„Ich weiß alles über Dich. Ich werde Dich vernichten. Langsam und grausam wirst Du sterben. Vielleicht bist Du morgen schon tot ...“, rezitierte Garcia aus dem Gedächtnis und Franzi wunderte sich, wieso er sich so etwas merken konnte, aber offensichtlich keine Herbstgedichte.

Jeanette wurde knallrot und blickte zu Boden. Sie begann zu weinen. „Es tut mir alles so leid“, schluchzte sie. „Und jetzt ist sie wirklich tot! Das ist alles so schrecklich. Aber Sie müssen mir glauben, ich habe damit nichts zu tun. Ich wollte sie nur erschrecken!“

Die Kommissare erhoben sich.

„Sie gehören zum Kreis der Verdächtigen“, sagte Garcia mit harter Stimme. Er schien diese Frau wirklich zu verabscheuen. „Halten Sie sich für weitere Befragungen bereit und verreisen Sie nicht.“

„Das hatte ich sowieso nicht vor“, heulte Jeanette Steuber. Sie geleitete die Kommissare nicht zur Tür, sondern blieb inmitten ihrer letzten Habseligkeiten aus glücklicheren Tagen schluchzend zurück.

¶

„Glaubst du, sie sagt die Wahrheit?“, fragte Franzi, sobald sie wieder im Auto saßen.

„Das klingt alles so grauenvoll, das kann eigentlich nur die Wahrheit sein“, meinte Garcia. „Am Vordringlichsten scheint mir jetzt, dieses Au-pair-Mädchen zu finden. Möglicherweise war sie auch eines der Opfer von Kaup. Und sie hat mit ihm in einem Haus gewohnt, vielleicht weiß sie mehr über ihn. Und über seine Frau.“

„Falls das Mädchen über eine Agentur zur Familie Kaup gekommen ist, dann muss es darüber Unterlagen geben.“

„Fragst du bei der Spurensicherung nach?“, bat Garcia. „Ich rede parallel dazu nochmal mit Esther Kaups Mutter, vielleicht weiß die etwas.“ Er blickte auf die Uhr. „Schon fast zwölf. Ich treffe Greta kurz zum Mittagessen, ihr Nachmittagsunterricht fällt aus, da darf ich dann gnädigerweise einspringen.“

Eine Zeit lang fuhren sie schweigend weiter, dann beschloss Garcia, die zuvor so unbefriedigend abgelaufene Konversation doch noch einmal aufzunehmen: „Hör mal, Franzi, was uns beide betrifft ...“

Franzi winkte ab: „Du hast ja recht. Es gibt nichts zu reden.“

„So habe ich das nicht gemeint!", protestierte Garcia.

„Aber ich."

„Jedenfalls wärst du eine Frau, mit der ich am nächsten Tag auch gerne noch frühstücken würde", erklärte Garcia ihr.

„Ganz schön viele Konjunktive", erwiderte Franzi.

Garcia seufzte. Er hätte gerne ihre Hand genommen, aber ihr Gesichtsausdruck war so abweisend, dass er befürchtete, ihr damit zu nahe zu treten.

Eine Weile herrschte wieder Schweigen, dann machte Garcia einen letzten Versuch: „Würdest du mal mit mir einen Tangokurs machen?", fragte er.

Sie schwieg kurz, doch dann entspannten sich ihre Gesichtszüge und sie lächelte. „Ich denk darüber nach", versprach sie.

FREITAG, MITTAG

Mittlerweile hatte sich im Stadtgebiet die Sonne durchgesetzt und ein goldener Herbsttag lockte die Menschen in die Straßencafés und Biergärten, deren Wirten nach dem verregneten Sommer wenigstens ein profitabler Nachsommer beschieden war. Garcia krempelte die Ärmel seiner Lederjacke hoch und machte sich vom Präsidium aus zu Fuß auf den Weg, seine Tochter abzuholen. Er wartete auf der anderen Straßenseite vor dem Theresia Gerhardinger Gymnasium, den Haupteingang immer im Auge und als Greta mit ein paar Freundinnen heraus kam und ihn bemerkte, verabschiedete sie sich schnell und lief zu ihm hinüber.

„Ich dachte, wir könnten auf die Auer Dult gehen", schlug Garcia vor.

„Wie, zu Fuß?", fragte Greta in so entsetztem Ton, als habe er eine Wanderung auf die Zugspitze vorgeschlagen.

„Das ist doch um die Ecke und außerdem treffen wir dort bestimmt niemanden aus deiner Schule."

„Was du immer denkst, das wäre mir doch egal", meinte sie und die beiden setzten sich in Bewegung.

Sie schlenderten durch die Fraunhoferstraße und sofort fiel Garcia das Auto von Markus auf, das schräg gegenüber von Andrea Palezkis Antiquitäten- und Kuriositätengeschäft parkte. Im Vorbeigehen gab Garcia seinem Kollegen unauffällig ein kurzes Handzeichen, vermied es aber, zu ihm hinzusehen und schlenderte mit Greta weiter über die Reichenbachbrücke auf die andere Isarseite, zum Mariahilfplatz im Münchner Stadtteil Au, wo drei Mal jährlich jeweils eine Woche lang der traditionelle Jahrmarkt abgehalten wurde: Im Frühjahr die Maidult, im Sommer die Jakobidult und jetzt im Herbst fand gerade die Kirchweihdult statt. Für Garcia war es ein fast seltsames Gefühl, neben diesem großen Mädchen her zu schlendern, das seine Tochter war. Als Kind hatte Greta das bunte und immer noch sehr münchnerische

Treiben zwischen den Jahrmarktsbuden und kleinen Fahrgeschäften geliebt und ihren Vater oft wochenlang mit der Frage genervt, wann wieder „Dauer Dult“ war, wie sie es damals nannte. Jetzt schien sie sich gar nicht mehr daran zu erinnern, dass diese Unternehmung zu ihren festen Ritualen gehört hatte. Sie blickte zu ihrem Vater und lächelte und auch er musste lächeln. Was für ein alter Narr er war, was erwartete er schon von einem 15-jährigen Mädchen! Und wie schlimm war er selber in dem Alter gewesen, dagegen war seine Tochter lammfromm.

Sie gelangten zum Festplatz, der sich langsam mit bummelnden Besuchern, Müttern mit ihren Kindern und Schnäppchenjägern zu füllen begann, die zwischen den Buden mit traditioneller Ware, Trachten oder kuriosen Antiquitäten entlang schlenderten.

Etwas weiter hinten kamen die Stände mit den Küchenutensilien und von Fern hörten sie schon den Billigen Jakob, der seit Garcia denken konnte hier die immer gleichen Reden schwang und dem amüsierten Münchner Volk diverse Nutzlosigkeiten andrehte. Gerade hatte er seine beiden Arme in eine Seidenstrumpfhose gesteckt und demonstrierte die unverwüstliche Dehnbarkeit vor einer großen Menge Schaulustiger.

An einer Bude mit Haferltassen blieb Greta stehen. „Schau mal, Papa, so eine hast du mir mal gekauft!“, rief sie und hob eine Tasse hoch, auf der in blau der Name „Gertrud“ stand. „Nur steht bei mir Greta drauf.“

„Die habe ich damals extra in Auftrag gegeben, weil sie den Namen nicht hatten“, sagte Garcia stolz.

„Und du hast dir hier drei Mal nacheinander einen Radischneider gekauft“, erinnerte sich Greta. „Ich habe dir jedes Mal gesagt, dass du schon einen hast, aber du wolltest mir nicht glauben.“

„Die liegen alle drei noch originalverpackt in meiner Küchenschublade“, erwiderte Garcia. „Wie sieht's aus, holen wir uns Schaschlik?“

„Spinnst du? Ich bin eine Veganista!", rief Greta entsetzt.

„Hat das was mit Las Vegas zu tun?"

„Ich esse kein Fleisch, ich esse keine tierischen Produkte. Und übrigens: Lederschuhe trage ich auch nicht mehr."

Sie deutete auf seine Lederjacke. „Du trägst ein totes Tier mit dir rum."

Garcia ignorierte den Vorwurf. „Was willst du dann essen?"

„Zuckerwatte! Und zu dem Stand mit den bunten Stoffbändern will ich, meinst du, den gibt es noch?"

Garcia freute sich insgeheim, dass in Greta der alte Enthusiasmus hochzukommen schien. „Hmm, ich glaube, der war irgendwo weiter hinten. Komm, wir suchen ihn."

¶

Steffi hatte Franzi gefragt, ob sie mit ihr auf einen kurzen Imbiss um die Ecke gehen wollte, aber Franzi stand nicht der Sinn danach. Sie war ganz froh, dass Steffi, mit der sie sich einen Büroraum teilte, vom Hunger getrieben hinausging, sodass sie eine Weile mit niemandem Konversation betreiben musste.

Am Abend zuvor war sie zu verwirrt gewesen, um einen wirklich klaren Gedanken fassen zu können. Zu Hause hatte sie sich unter die warme Dusche gestellt, das Wasser über ihren Körper rinnen lassen und an Alexander Garcia gedacht. Dann hatten sich ihr Bilder von Robert Wendling vor die Augen geschoben und schließlich hatte sie die Dusche abgestellt, sich vor den Fernseher gelegt und wahllos herumgezappt, nur um nicht nachdenken zu müssen.

Nun saß sie da und ließ sich das verwirrende Gespräch, das sie soeben mit Garcia im Auto geführt hatte, nochmal durch den Kopf gehen. Ob er das mit dem Tangokurs ernst gemeint hatte? Während sie darüber nachdachte, meldete ihr Handy eine SMS von Robert Wendling: „Schön war es gestern. Nur zu kurz. Was machst du heute Abend?" Franzi klickte die Nachricht weg und überlegte, was sie wohl antworten sollte. Dabei fiel ihr Blick auf die Fotos der drei Mädchen, über denen sie abends zuvor so erfolglos gebrütet hatte und die noch immer ausgebreitet auf dem Schreibtisch lagen. Sie nahm wieder das Bild mit dem Mädchen am Verkaufsstand in die Hand und betrachtete es.

Die plötzliche Erkenntnis, wo es aufgenommen worden war, traf Franzi wie ein Schlag. „Die Auer Dult!“, rief sie aus, sprang auf und rannte im Hinauslaufen beinahe Steffi um, die mit zwei Milchkaffees im Becher anbalanciert kam.

„Einer is für dich!“, rief Steffi ihr nach.

„Später!“, rief Franzi und war auch schon um die Ecke gebogen.

Steffi sah ihr kopfschüttelnd nach. „Dass die immer alle so hysterisch umananander laufen müssen“, murmelte sie.

¶

Missmutig saß Markus nun seit einer Stunde im Auto vor dem Antiquitätenladen in der Fraunhoferstraße. Kurz zuvor hatte er Garcia mit einer hübschen, ultrajungen Blondine vorbeigehen sehen und erst als sie auf seiner Höhe waren, hatte er erkannt, dass das junge Mädchen Greta war, Garcias Tochter, die er seit Jahren kannte, aber ewig nicht mehr getroffen hatte. Er war fast enttäuscht gewesen, er hätte seinen Chef später gern mit seinem viel zu jungen Date aufgezogen.

Die Sonne schien prall durch die Windschutzscheibe und Markus ließ das Fenster ein kleines Stück herunter. Es fiel ihm schwer, die Augen offen zu halten, er döste in der Mittagshitze vor sich hin, die Tür des Geschäfts jedoch immer im Auge. Gerade als er überlegte, sich kurz in der Bäckerei nebenan einen Kaffee zu holen, nahm er im Geschäft eine Bewegung wahr. Andrea Palezki drehte das Türschild von „Open“ auf „Closed“, verließ den Laden und schloss hinter sich ab. Schnellen Schrittes ging sie in Richtung Isar, Markus nahm die Verfolgung zu Fuß auf.

Ohne sich umzudrehen, überquerte die junge Frau den Fluss auf der Reichenbachbrücke in solchem Tempo, dass Markus kaum aufschließen konnte und beinahe mit einem Radfahrer zusammengestoßen wäre, der unerlaubterweise auf dem Gehsteig fuhr und den Kommissar auch noch im Weiterfahren wüst beschimpfte. Doch Markus achtete nicht darauf, sondern konzentrierte sich auf die Verfolgung und ließ Andrea Palezki nicht aus den Augen. Kurz vor dem Mariahilfplatz blieb sie stehen, um in ihrer Handtasche zu wühlen, und Markus ging vorsichtshalber hinter einem geparkten Kleintransporter in Deckung. Sie kramte eine Sonnenbrille hervor, setzte sie auf und lief dann eilig weiter, direkt auf den Festplatz der Auer Dult zu. Markus ging schneller, um sie nicht in dem gleich hinter dem Eingang einsetzenden Gedränge der Besucher zu verlieren.

Leierkastenmusik, Kindergeschrei und Jahrmarktsgetöse setzten schlagartig ein, der Duft von Schmalzgebäck und Mandeln mischte sich mit dem Geruch des Ponyreitzelts links und Markus hatte Mühe, Andrea Palezki zu folgen und gleichzeitig darauf zu achten, nicht über die Kinderwägen ratschender Mütter zu stolpern.

Plötzlich blieb die Frau so schlagartig stehen, dass Markus nicht schnell genug in Deckung gehen konnte. Sie schaute sich grübelnd um, als suche sie etwas Bestimmtes, und Markus drehte sich hastig weg und wühlte an einem Stand mit Kinderspielzeug, in der Hoffnung, dass sie ihn von hinten nicht erkannte. Endlich setzte sie sich wieder in Bewegung, ohne den Kommissar wahrgenommen zu haben, der ihr weiter wie ein Schatten folgte.

¶

Gerade als Garcia unter den bunten Bändern, die vom Dach des Stands wie eine Art Vorhang hingen, hindurch schlüpfen wollte, erblickte er Markus, der an der anderen Seite der Bude stehengeblieben war. Die Blicke der beiden Kommissare kreuzten sich, Markus legte warnend den Finger auf die Lippen und deutete mit dem Kinn zu dem Stand.

„Papa, komm, wo bleibst du denn?“, rief Greta, die bereits an den Stand getreten war und in den ganzen bunten Stoffen,

Schleifen und Bändern wühlte. Sie schob den Vorhang der Bänder beiseite und Garcia erkannte sofort Andrea Palezki, im Gespräch mit einer anderen jungen Frau, die hinter dem Tresen stand und ihr frappierend ähnlich sah.

„Andrea Palezki", flüsterte da eine Frauenstimme in Garcias Ohr, sodass dieser einen erschrockenen Sprung zur Seite machte.

Direkt hinter ihm stand Franzi und Garcia fragte sich, wo die auf einmal herkam. Doch darüber zu grübeln, war jetzt keine Zeit. Die drei Kommissare verständigten sich mit Blicken und traten dann gemeinsam zum Verkaufstresen hin.

„Hallo, Frau Palezki", sagte Garcia ruhig.

Andrea Palezki, die aufgeregt im Flüsterton auf die andere Frau eingeredet hatte, stieß einen kleinen Schrei aus.

Einer Intuition folgend wandte Garcia sich an die junge Frau hinter dem Tresen: „Hallo, Daphne", sagte er.

Der jungen Frau blieb die Luft weg. Ihre Augen, die von einem undurchdringlichen Grau waren, wanderten gehetzt von Garcia zu den anderen Personen, die sie regelrecht umzingelt hatten, und ihr Gesicht wurde totenblass. Auch Andrea Palezki war blass geworden.

FREITAG, NACHMITTAG

Garcia hatte sich mit Greta und Franzi vor einer der Buden auf einen Kaffee niedergelassen und Markus am Verkaufsstand postiert, bis Daphne jemanden gefunden hatte, der ihre Schicht übernehmen konnte. Sie hatte sich geweigert, vor Ort ihre Personalien abzugeben, sich jedoch bereit erklärt, sobald sie dienstfrei hatte, ins Präsidium zu kommen.

„Papa, was ist mit diesen beiden Frauen?“, wollte Greta wissen.

„Das erzähl ich dir, wenn ich darüber reden darf.“

„Du bist doch der Chef. Du kannst entscheiden, wann du darüber reden darfst. Hat das was mit dem ertrunkenen Vergewaltiger zu tun?“

Garcia war klar, dass seine Tochter jeden Morgen auf dem Weg zur Schule die Schlagzeilen las, und der Fall Frederik Kaup war seit Tagen in allen Boulevardzeitungen Thema Nummer eins. Dennoch erschreckte ihn die Vorstellung, mit seiner Tochter über solche Themen reden zu müssen.

Greta wandte sich an Franzi: „Papa tut immer so, als wäre ich noch ein Kleinkind.“

Franzi lächelte. „Denk dir nichts, das macht er sogar bei mir.“

„Frauensolidarität“, seufzte Garcia. „Ein Graus.“

„Hat dieser Typ diese zwei Frauen vergewaltigt?“ Greta ließ nicht locker.

„Das weiß ich nicht“, wich Garcia aus. „Das müssen wir alles erst noch rausfinden.“

„Also, das verstehe ich nicht“, empörte sich Greta. „Du hast die ja total erschreckt gerade und dann warst du so streng mit dieser Daphne. Dabei haben die gar nichts gemacht. Die sind die Opfer, verstehst du? Warum suchst du nach irgendwelchen Frauen? Du weißt doch, dass neunzig Prozent aller Mörder Männer sind!“

Garcia wandte sich an Franzi: „Was meinst du, sollen wir Greta mit in unser Team aufnehmen?“

„Absolut. Ich könnte weibliche Verstärkung durchaus gebrauchen", erwiderte Franzi und zwinkerte Greta zu. „Aber besser wäre es, du würdest einen anständigen Beruf ergreifen." Sie erhob sich. „Ich lass euch beide mal eure Vater-Tochter-Gespräche zu Ende führen und schau, ob Markus Verstärkung braucht. Wir sehen uns im Präsidium."

Sobald Franzi außer Hörweite war, fragte Greta unvermittelt: „Bist du in die verliebt?"

Garcia seufzte. „Heute stellst du lauter unangenehme Fragen."

„Ich finde, sie wäre eine coole Stiefmutter", überlegte Greta.

„Du bist doch fast erwachsen, du brauchst keine Stiefmutter mehr. Du hast ja selbst für deinen leiblichen Vater kaum mehr Zeit."

„Stimmt." Greta erhob sich. „Wo ist die nächste U-Bahn? So weit wie vorhin lauf ich nicht nochmal."

Auch Garcia erhob sich. „Wir nehmen Markus' Auto, er kann bei Franzi mitfahren, sobald Daphne dienstfrei hat. Komm, ich fahr dich schnell heim."

¶

Garcia setzte seine Tochter in der Lothringer Straße im Stadtteil Haidhausen ab, wo sie zusammen mit ihrer Mutter Lydia in einer Erdgeschosswohnung lebte.

Mit Lydia, die damals eine unbedeutende Liebesaffäre mit allerdings weitreichenden Konsequenzen gewesen war, hatte Garcia lange Jahre hauptsächlich in telefonischem Austausch über die gemeinsame Tochter Greta gestanden. In letzter Zeit jedoch waren sie auch öfter abends zusammen essen gewesen, denn Gretas pubertäres Verhalten setzte ihrer Mutter immer mehr zu. Da Lydia in Vollzeit bei einer Fernsehproduktionsfirma arbeitete, hatte Greta schon sehr früh Selbstständigkeit gelernt, entzog sich mittlerweile allerdings auf beunruhigende Art der elterlichen Kontrolle. Wenn Lydia oder Garcia nachmittags anriefen, war Greta eigentlich nie zu Hause, sondern hing angeblich irgendwo mit Freundinnen ab.

Lydia hatte Garcia vor einiger Zeit gebeten, die Aktivitäten ihrer Tochter etwas genauer ins Visier zu nehmen, schließlich sei er doch geübt darin, Leute zu beschatten. Garcia hatte diese Bitte empört von sich gewiesen, obwohl ihm der Gedanke selber schon öfter gekommen war. Derzeit aber ruhte diese Angelegenheit.

Er sah seiner Tochter kurz nach, wie sie die Haustür aufschloss, sich noch einmal umdrehte und winkte. Greta lächelte, aber dieses Lächeln war so weit entfernt von dem ehrlichen, unbesorgten Kinderlächeln, das sie ihm noch bis vor Kurzem geschenkt hatte, es hatte fast etwas Gezwungenes und definitiv nichts wirklich Fröhliches.

Und auf einmal tat sie ihm leid, denn er konnte sich noch zu gut an die Schatten der eigenen Pubertät erinnern mit all den Unsicherheiten, mit dieser Mischung aus Traurigkeit und Unbesiegbarkeit, die man nicht benennen konnte und die die Jugendlichen so anfällig machte für alles, was ihnen einen Ausweg aus dem belastenden Alltag versprach.

¶

Garcia wendete den Wagen und fuhr auf dem schnellsten Weg zurück ins Präsidium. Als er in seinem Büro eintraf, waren Franzi und Markus mit Daphne zwar noch nicht zurück, hatten ihn aber telefonisch informiert, dass sie auf dem Weg waren.

In aller Eile überflog er die Ergebnisse der Spurensicherung, wurde jedoch von einem Anruf aus dem Rechtsmedizinischen Institut unterbrochen: „Servus, Bub", tönte Professor Bernauer gut gelaunt. „Ich hoffe, du hast eine heiße Spur. Meine Ergebnisse werden jedenfalls nicht besonders hilfreich sein."

„Auch das noch", seufzte Garcia. „Geht es um Herrn oder Frau Kaup?"

„Um beide. Was Frederik Kaup betrifft: So sehr ich mich bemüht habe, kann ich den Todeszeitpunkt nicht genauer als auf zwei Tage eingrenzen. Danach ist er mindestens drei Tage im Wasser gelegen."

„Das würde bedeuten, dass er drei Tage im Isarkanal getrieben ist, bis er durch den Düker in den Auer Mühlbach gespült wurde. Kann das sein? Wo beginnt der Isarkanal überhaupt?“

„Du fragst mich Sachen, Bub! Ich könnte mir vorstellen, dass er längere Zeit irgendwo festgeklemmt war, sehr wahrscheinlich hing er in einem nur leicht geöffneten Wehr fest. Erst als der Wasserstand des Kanals reguliert werden musste und das Wehr weiter geöffnet wurde, ist er wieder flussabwärts getrieben worden.“

„Klingt plausibel“, bestätigte Garcia die Theorie des Professors. „Und wann wurde ihm das Gift gespritzt?“

„Irgendwann am Dienstag oder Mittwoch vor dem Wochenende, an dem er gefunden wurde.“

Garcia blätterte in seinen Unterlagen. „Am Mittwoch war er noch im Büro, bis kurz nach 17 Uhr.“

„Würde passen, dann wurde er Mittwochnacht ermordet, spätestens Donnerstagfrüh, würde ich sagen. Wenn du ganz sichergehen willst, überprüfe die Alibis deiner Verdächtigen von Mittwoch, dem 15. Oktober, abends bis Donnerstag, dem 16. Oktober, mittags. In diesem Zeitraum wurde er vergiftet und im Wasser entsorgt.“

„Das wird nicht einfach sein“, brummte Garcia. „Und lass mich raten: Frau Kaup wurde so sauber ermordet, dass es keinerlei Spuren gibt.“

„Zumindest nicht an der Leiche. Der Täter muss Handschuhe getragen haben. Es gab keinen Kampf oder nur einen sehr kurzen. Das muss man sich ungefähr so vorstellen: Der Täter hat sie auf den Bauch geworfen, ihr mit einem stumpfen Gegenstand – ich vermute, es war sein Knie – mit aller Kraft in den Rücken gestoßen, gleichzeitig ihren Kopf gepackt und ihr mit einer ruckartigen Rotationsbewegung die Halswirbelsäule gebrochen. Wenn es nicht so zynisch klänge, würde ich sagen, ein extrem professioneller Mord.“

„Willst du damit etwa sagen, dass er ein Berufskiller war?“

„Warum? Du könntest das sicher auch, oder? Du hast doch lange genug Kampfsport gemacht.“

„Theoretisch vielleicht. Aber es gehört doch eine Menge Kaltblütigkeit dazu, einem lebenden Menschen den Hals umzudrehen. Wie sieht es denn bei Esther Kaup mit dem Todeszeitpunkt aus?“

„Lässt sich ziemlich genau auf zwei Stunden eingrenzen: irgendwann zwischen ein und drei Uhr morgens.“

„Immerhin. Tausend Dank, Professor. Meld dich, wenn es noch mehr Infos gibt.“

Garcia hatte es plötzlich eilig aufzulegen, denn während des Telefonats hatte Franzi den Kopf zur Tür hereingesteckt und ihm signalisiert, dass Daphne im kleinen Konferenzraum wartete.

Er erhob sich: „Danke, Franzi. Ich hätte dich gerne dabei, wenn Daphne ihre Aussage macht.“

„Ja, natürlich. Im Moment ist Markus bei ihr.“

Gemeinsam gingen sie hinüber zum Konferenzraum, in dem Markus mit der jungen Frau saß. Sie lehnte lässig in ihrem Stuhl, aber ihre Miene war verschlossen. Wie schon beim ersten Anblick auf der Auer Dult fielen Garcia ihre Augen auf. Anders als die wässrigen Augen von Andrea Palezki, die diese hinter der übergroßen Brille versteckt hielt, als fürchte sie, dass man sonst in den Spiegel ihrer Seele hätte blicken können, waren Daphnes Augen wie eine Wand, gegen die man knallte. Von grauer, völlig undurchsichtiger Farbe, verliehen sie ihr etwas Sphinxhaftes, das es dem Gegenüber schwer machte, in ihrem Gesicht zu lesen.

Markus hatte bereits ihre Personalien aufgenommen und Garcia las auf dem Formblatt, dass sie Daphne Ehrmann hieß, 24 Jahre alt war und in der Entenbachstraße im Stadtteil Au lebte, ganz in der Nähe der Auer Dult. Als Beruf hatte sie Verkäuferin angegeben, Markus hatte jedoch ein Fragezeichen dahinter gekritzelt, Garcia würde ihn später nach der Bedeutung fragen.

Nachdem Markus gegangen war, nahmen Franzi und Garcia der jungen Frau gegenüber Platz. Gerade wollte Garcia ansetzen, da schnitt Daphne Ehrmann ihm das Wort ab: „Woher wussten Sie meinen Namen?“, fragte sie in fast bedrohlichem Ton.

Garcia war auf diese Frage nicht gefasst gewesen und natürlich wollte er Melanie keinesfalls ins Spiel bringen. Also entschied er sich, zu bluffen: „Es ist uns gelungen, einen gelöschten Chat auf Frau Palezkis Facebook-Seite zu rekonstruieren.“

„Da stand nie mein richtiger Name“, verteidigte sich Daphne und hatte sich damit schon verraten.

„Der Rest war nur noch eine Frage der Recherche“, bluffte Garcia weiter. „Sie gehören auch zu den Opfern von Frederik Kaup.“

Es war keine Frage, sondern eine Feststellung. Daphne schwieg und verschränkte die Arme vor der Brust.

„Wie Sie sicher wissen, ist Frederik Kaup ermordet worden. Er wurde erst vergiftet und dann im Auer Mühlbach entsorgt. Und nun wurde auch noch seine Frau ermordet.“

Völlig überraschend schnellte Daphne von ihrem Stuhl hoch und fauchte Garcia an: „Dann hat sie es genau so verdient! Wie kann man nur mit einem Vergewaltiger verheiratet sein! Und die beiden hatten ein Kind, das stand in der Zeitung. Ein Kind!“

Garcia war ebenfalls aufgesprungen und bat Daphne, sich wieder zu setzen. Er wartete kurz, bis sie sich beruhigt hatte, dann nahm er den Faden wieder auf: „Ein Kind, ja. Das lebt allerdings noch.“ Sicherheitshalber hatte er Polizeischutz für Alba Kaup angefordert, die immer noch in der Obhut ihrer Großmutter war, aber das teilte er Daphne Ehrmann nicht mit.

„Ich kann keine Kinder mehr kriegen“, sagte diese fast tonlos. Und dann begann sie mit leiser Stimme ihren Bericht, ohne dass Garcia weitere Fragen hätte stellen müssen: „Es war vor etwa einem Jahr. Er hat mich verfolgt. Seit Wochen habe ich mich verfolgt gefühlt. Aber zu wem kann man gehen, wenn man sich verfolgt fühlt? Zur Polizei jedenfalls nicht. Was hätte ich sagen sollen? Da lauert einer auf mich, den ich nicht mal beschreiben kann? Aber wissen Sie was? Ich habe es gewusst. Tief in mir habe ich gespürt, dass er es auf mich abgesehen hatte, und ich war achtsam. Ich hatte meine Antennen draußen. Wenn ich mein Haus verlassen habe, wenn ich nach Hause gekommen bin, immer habe ich mich umgeblickt, schnell aufgeschlossen, schnell die Tür zugedrückt. Ich habe sogar versucht, immer wieder mal andere Wege zu nehmen, in die Arbeit, zum Einkaufen. Aber er hat mich trotzdem erwischt. Abends, als ich das Büro verlassen habe, auf dem Heimweg. Es war dunkel und ich bin an der Böschung neben den S-Bahn-Gleisen entlang gegangen, das war der kürzeste Weg zur S-Bahn. Ich bin viel zu oft den gleichen Weg gegangen und ich hätte mir denken können, dass er das weiß. Aber abends hatte ich es oft eilig und außerdem war ich so auf meinen Hauseingang fixiert." Sie schlug sich gegen die Stirn. „Ich war so blöd! Es ging alles ganz schnell. Er hat sich von hinten auf mich gestürzt, mir den Mund zugehalten und mich zu Boden geworfen. Ich bin aufs Gesicht gestürzt."

Mit einer fast brutalen Geste schob sie ihren braunen Pony zur Seite und zeigte den Kommissaren eine breite rötliche Narbe, die sich quer über ihre Stirn zog. Wie es aussah, hatte sie die Wunde nicht nähen lassen, die Ränder klafften auseinander, und Garcia wunderte sich, wie entstellt ihr sonst sehr ebenmäßiges Gesicht auf einmal aussah.

Franzi hatte erschrocken beide Hände vor den Mund gepresst, jetzt war ihr diese Reaktion fast peinlich, doch Daphne achtete gar nicht darauf.

„Ich war mir jeden Augenblick bewusst, was da gerade passierte", fuhr Daphne Ehrmann in ihrer Erzählung fort. „Ich habe es nicht wie in Trance erlebt, eher als würde ich mir selber dabei zusehen. Wie er mit seinem schweren Körper auf mir lag, sodass ich mich kaum rühren konnte. Wie er mir die Jeans heruntergerissen hat, ohne sie zu öffnen. Es hat mir seitlich die Haut weggeschürft und ich habe gedacht, das tut weh. Aber dann kam der richtige Schmerz."

Daphne hob ihr Gesicht und richtete ihre undurchdringlichen grauen Augen auf Garcia. „Sie sind ein Mann. Sie können es sich nicht vorstellen, wie weh das tut. Er ist mit solcher Brutalität in mich eingedrungen, es war, als stoße er mir ein Messer in die Körpermitte." Sie schüttelte den Kopf und blickte dann auf Franzi. „Es heißt immer, viele Frauen hätten Vergewaltigungsfantasien. Was bedeutet das? Das, was mir widerfahren ist, wünscht sich keine Frau. Auch keine Masochistin. Ich weiß nicht, wie er es angestellt hat. Ich weiß nicht, wieso die Natur so etwas zulässt. Aber er hat mir innen alles zerrissen. Zerfetzt. Futsch. Ich werde nie Kinder kriegen."

Franzi senkte die Augen und Daphnes Blick wanderte wieder zu Garcia hinüber, als wolle sie auch ihn niederzwingen. Dem Kommissar war heiß geworden, aber er wagte es nicht, seine Lederjacke auszuziehen, das hätte in dieser Situation etwas Unschickliches gehabt. Er merkte, dass er dieser Erzählung hilflos gegenüberstand, dass er sich in diesem Augenblick wohl zum ersten Mal in seinem Leben dafür schämte, ein Mann zu sein. Doch er hielt Daphne Ehrmanns eisgrauem Blick stand und wunderte sich nicht einmal darüber, dass in ihren Augen keine Tränen standen. Diese Frau, das wurde ihm in dem Moment klar, hatte keine Tränen mehr.

Nach einer kurzen Pause, in der Frau Stahl Kaffee für alle gebracht hatte, stellte Garcia die Pflichtfrage: „Wir gehen davon aus, dass Frederik Kaup in der Nacht vom Mittwoch, den 15. Oktober, auf Donnerstag, den 16. Oktober, vergiftet wurde. Können Sie mir sagen, wo Sie da waren?"

Daphne Ehrmann schien die Frage zunächst gar nicht zu verstehen. Doch dann lachte sie ein kurzes, trockenes Lachen. „Sie fragen mich nach meinem Alibi? Sie sind ja wohl bescheuert! Ich wusste doch nicht einmal, wer dieser Typ ist! Und Andrea Palezki wusste es auch nicht, sonst hätte sie nicht mit allen Mitteln versucht, ihn zu finden. Aber ich kann Ihnen eines sagen: Im Gegensatz zu Andrea war ich mit der Geschichte durch."

„Warum sind Sie damals nicht zur Polizei gegangen?“, hakte Franzi nach.

Daphne Ehrmann zuckte die Schultern. „Wozu? Damit sich die Kommissare an meinen Geschichten aufgeilen, die Presse auf mich hetzen und den Fall dann zu den Akten legen? Ich wusste nicht einmal, wie der Mann aussah! Und selbst wenn sie ihn erwischt hätten, dann wäre er ein paar Jahre in den Knast gewandert, bis irgendein gestörter Psychologe ihm bescheinigt hätte, dass er nicht rückfallgefährdet ist, und dann hätte er sein Leben mit Frau und Kind und ab und zu einer kleinen, netten Vergewaltigung weiter genossen. Und wenn sie nicht gestorben sind, dann leben sie noch heute.“

Und dann stützte Daphne Ehrmann sich mit beiden Händen auf dem Tisch auf und schrie den Kommissaren ins Gesicht: „Aber sie sind gestorben! Und ich lebe noch heute. Hurra!“ Und dabei sah sie so verzweifelt aus, dass Franzi und Garcia das Blut in den Adern gefror.

Nach diesem Ausbruch herrschte ein kurzes, beklemmendes Schweigen, in dem man nur Daphnes aufgeregtes Atmen hörte.

Nachdem er ihr eine Minute Zeit gelassen hatte, sich wieder zu beruhigen, holte Garcia die Fotos hervor, die sie vom USB-Stick rekonstruiert hatten, den Gero Haas gefunden hatte. Er legte ihr das Erste vor, auf dem Andrea Palezki im Café sitzend zu sehen war.

„Das ist Andrea“, sagte Daphne verwundert.

Dann legte er ihr eines vor, auf dem sie selber an ihrem Verkaufsstand zwischen den vielen Bändern abgebildet war.

„Das bin ich.“ Daphne Ehrmann klang nun ehrlich entsetzt.

Schließlich schob Garcia ihr ein drittes Foto hin mit der unbekannten jungen Frau hinter der Fensterscheibe. Es bestand eine große Ähnlichkeit mit Daphne, man hätte sie ohne Weiteres für ihre kleine Schwester halten können. Daphne betrachtete kurz das Foto. Dann blickte sie mit ihren starren grauen Augen auf und schwieg.

„Kennen Sie diese Frau?“, fragte Garcia.

„Nein.“

„Diese Fotos hat Frederik Kaup gemacht. Offensichtlich hat er seine Opfer nicht nur verfolgt, sondern sie auch heimlich fotografiert. Wir suchen diese Frau. Dringend.“

Nachdem Daphne weiterhin schwieg, beschloss Garcia, den Druck auf sie zu erhöhen: „Vielleicht ist sie in Gefahr.“

„Wieso? Der Vergewaltiger ist doch tot?“

„Trotzdem. Schauen Sie es sich genau an. Sind Sie sicher, dass Sie diese Frau nicht kennen?“

„Absolut sicher.“

Garcia nickte nur und packte seufzend die Fotos wieder weg.

Dann entließ er Daphne Ehrmann mit dem Auftrag, ihm binnen 24 Stunden ein detailliertes Alibi zu geben, wo sie besagten Abend, an dem Frederik Kaup ermordet worden war, verbracht hatte. Sie hatte zwar ausgesagt, alleine zu Hause gewesen zu sein, doch sollte sie den Versuch unternehmen, dies durch die Aussagen möglicher Zeugen – Nachbarn oder Kollegen, Telefonate, die sie geführt hatte – zu untermauern. Widerwillig hatte sie ihm das zugesagt. Nach ihrem Alibi für den Mordzeitpunkt an Esther Kaup befragt, hatte sie angegeben, traditionell zur Halbzeit der Auer Dult mit den Kollegen der anderen Verkaufsstände die Nacht durchzufeiern. So auch am letzten Mittwoch, die Nacht hatte um sechs Uhr früh in der Schmalznudel geendet und sie hatte etliche Zeugen dafür angegeben. Nun galt es, den Abend lückenlos zu überprüfen.

Als Daphne Ehrmann schon fast zur Tür hinaus war, fiel Franzi noch etwas ein: „Würden Sie uns die Stelle zeigen, an der Sie überfallen wurden? Es ist zwar unwahrscheinlich, dass man nach einem Jahr noch Spuren findet, aber ich würde mir das trotzdem gerne ansehen.“

Garcia lächelte Franzi anerkennend zu, daran hatte er selbst noch gar nicht gedacht. Daphne Ehrmann zögerte kurz, doch dann seufzte sie tief und antwortete: „Wenn’s sein muss. Dann lassen Sie uns das gleich hinter uns bringen.“

Franzi sah Garcia fragend an, dieser nickte. „Geh nur. Teambesprechung ist um 17 Uhr, dir bleiben zwei Stunden.“

Gleich darauf schickte Garcia auch Markus los mit dem Auftrag, auf der Auer Dult die Verkäufer an den Ständen nach Daphne Ehrmanns Alibi für Mittwochnacht zu befragen. Die Dult endete am Wochenende und danach wäre es ungleich schwerer, an die einzelnen Leute heranzukommen.

In Garcias Büro wartete bereits die nächste Zeugin auf ihn, Andrea Palezki, die er für 15 Uhr einbestellt hatte. Frau Stahl, die vollkommen in der Aufgabe aufging, verschreckten Zeugen ihre mütterliche Fürsorge angedeihen zu lassen, hatte ihr bereits einen nervenberuhigenden Tee und Apfelstücke gebracht. Andrea Palezkis wässrige Augen blickten wie immer unsicher, fast erschrocken hinter den großen Brillengläsern hervor, davon abgesehen jedoch war die Ähnlichkeit mit Daphne Ehrmann wieder frappierend.

„Ich habe mich gerade ein Weilchen mit Frau Ehrmann unterhalten. Sie beide waren befreundet?“, begann Garcia das Gespräch.

„Nein!“, stieß Andrea etwas zu heftig hervor und fügte dann schnell hinzu: „Also, befreundet sicher nicht.“

„Sie sind aber doch extra zur Auer Dult gelaufen, um sie zu warnen, dass die Polizei sie sucht. Warum?“

Andrea Palezki senkte die Augen und schwieg.

„Wie stehen Sie mit ihr in Kontakt?“, beharrte Garcia auf dem Thema.

Andrea runzelte die Stirn, sie schien zu überlegen. „Vor etwa einem halben Jahr habe ich sie ein Mal getroffen“, begann sie. „Vor ziemlich genau einem halben Jahr sogar, da war nämlich gerade Frühjahrsdult. Daphne hatte mir über Facebook geschrieben, dass sie glaubte, sie sei von demselben Mann vergewaltigt worden wie ich. Ich habe sie an Herrn Wendling verwiesen, aber sie wollte nicht zur Polizei gehen. Ich habe mich nur mit ihr getroffen, weil ich dachte, vielleicht kann ich sie doch dazu überreden. Aber es war nichts zu machen. Seither habe ich sie nicht wiedergesehen."

„Und warum sind Sie dann heute zu ihr gegangen?"

„Ich wollte ihr einfach sagen, dass die Polizei nach ihr sucht. Ich dachte, das wäre die Gelegenheit, den Mann doch noch anzuzeigen."

„Jetzt, wo er tot ist?"

„Ich weiß nicht ... Ich glaube, ich wollte sie einfach warnen, damit sie nicht völlig unvorbereitet ist, wenn die Polizei zu ihr kommt. Für mich war es ja auch ein Schock, als Sie plötzlich in meinem Laden aufgetaucht sind. Das wollte ich ihr ersparen. Und ihr raten, einfach von sich aus hinzugehen. Sie hatte ja nichts zu befürchten."

„Wir überprüfen derzeit routinemäßig alle Zeugen. Frederik Kaup wurde irgendwann zwischen Mittwoch und Donnerstag letzter Woche ermordet. Ziemlich genau eine Woche später, nämlich Mittwochnacht, wurde auch seine Frau ermordet. Ich nehme an, Sie haben es gelesen?"

„Ja. Es ist alles so unfassbar. Ich steige da gar nicht durch. Sie?"

„Nun ja, ich bemühe mich. Das ist ja auch meine Aufgabe. Dürfte ich Sie daher bitten, mir zu sagen, wo Sie vorgestern Nacht waren?"

In Andrea Palezki arbeitete es wild. Ihre Augen schienen ihr außer Kontrolle zu geraten, sie blinzelte heftig, ihr Atem ging schnell und flach, die Panik war ihr deutlich anzusehen.

„Wieso fragen Sie mich das?", stotterte sie.

„Beantworten Sie doch einfach nur meine Frage. Am Mittwoch, wo waren Sie da?"

„Zu Hause", sagte sie schnell. „Ich bin unter der Woche immer abends zu Hause. Am Wochenende fahre ich meistens zu meinen Eltern nach Aichach."

„Dann nehme ich an, dass Sie in der Woche davor zwischen Mittwoch und Donnerstag tagsüber im Geschäft und abends zu Hause waren?"

„Ja, ich denke schon. Ich müsste in meinem Kalender nachsehen."

„Tun Sie das. Und falls Ihnen Details einfallen – wann Sie in der Zeit vielleicht telefoniert oder doch jemanden getroffen haben –, informieren Sie mich bitte darüber."

Andrea nickte. „Kann ich jetzt gehen?"

Garcia musterte die junge Frau und er empfand Mitleid mit ihr. Auf eine ganz andere Art als mit Daphne Ehrmann, denn obwohl die beiden Frauen äußerlich so große Ähnlichkeit hatten, unterschieden sie sich doch deutlich in ihrer Persönlichkeit. Andreas Verzweiflung hatte viele Facetten, sie schwankte zwischen Trauer, Angst und dem Versuch der Selbstbehauptung und sie ließ ihre Umwelt durch ihre Mimik und ihre Reaktionen unbewusst an diesem Prozess teilhaben. Auch Daphne war verzweifelt, aber sie hatte um ihre Verzweiflung eine Mauer gebaut, und diese einzureißen, schien fast unmöglich.

Um ihr einen weiteren Schock zu ersparen, entschied Garcia sich, Andrea Palezki nicht zu sagen, dass sie von ihrem Vergewaltiger fotografiert worden war. Lediglich das Foto der unbekannten dritten Frau legte er ihr vor.

„Eine Frage noch: Kennen Sie diese junge Dame?"

Andrea Palezki schob ihre Brille hoch, starrte auf das Bild und plötzlich tropfte eine Träne aus ihren Augen darauf. Schnell wischte sie mit dem Ärmel darüber, während Garcia ihr die Kleenex-Schachtel hinschob.

„Das ist Alice", sagte Andrea, nachdem sie sich geschnäuzt hatte.

Garcia fühlte, wie sich alles in ihm anspannte – endlich eine Spur zu dieser Unbekannten! Alice, so hatte das Mädchen geheißen, das Steffi in Wendlings Akten gefunden hatte, das Mädchen, das sich verfolgt fühlte.

„Ist das Alice Wahlin?“, fragte er.

„Ehrlich gesagt, weiß ich ihren Nachnamen gar nicht.“

„Und warum weinen Sie, wenn Sie das Bild sehen?“

„Das hat mit dem Bild nichts direkt zu tun. Es ist nur so furchtbar, sich dauernd wieder an alles erinnern zu müssen. Alice hat sich in den Chat eingeklinkt, den ich mit Daphne geführt habe. Sie fühlte sich von einem Mann verfolgt und hatte Angst. Und da hat sie im Internet recherchiert, ob es anderen auch so geht. So ist sie auf meine Facebook-Seite gestoßen. Wir haben uns ein Mal getroffen. Alice, Daphne und ich.“

Garcia hob die Brauen. „Daphne kennt sie also auch?“

„Kennen ist vielleicht zu viel gesagt. Wir drei haben uns einmal verabredet, damals, vor einem halben Jahr. Ich hatte Herrn Wendling ja versprochen, keine Alleingänge zu machen, aber die beiden wollten keinesfalls zur Polizei. Alice habe ich schließlich überreden können, zur Polizei zu gehen. Bei Daphne war nichts zu machen.“

„Haben Sie eine Adresse von dieser Alice? Oder zumindest eine Handynummer?“

Andrea schüttelte den Kopf. „Leider nicht, das ging alles über Facebook. Aber sie hat auch eine Facebook-Seite, da nennt sie sich Alice Wonderland. Das ist sicher nicht ihr richtiger Name.“

Garcia nickte, ihm brannte noch eine andere Frage auf der Zunge: „Dürfte ich nochmal auf Ihren Freund Gandhi zurückkommen? Wissen Sie zufällig, wo er sich gerade aufhält?“

Andrea Palezki zuckte die Schultern: „Ich habe, wie gesagt, weder eine Adresse noch eine Handynummer von ihm. Aber er war vorhin bei mir im Laden.“

Mit dieser Antwort hatte Garcia nicht gerechnet. „Wann war das?“

„Gerade eben. Ich bin nach der Dult nochmal kurz zurück, um meine Jacke zu holen. Da hat er schon vor der Tür auf mich gewartet. Er war irgendwie panisch, weil der Zoll hinter ihm her ist und hat ein paar Sachen wieder mitgenommen, die von ihm waren.“ Sie blickte den Kommissar ängstlich an: „Mir hat er immer gesagt, dass er alles verzollt. Ich wusste das nicht, ehrlich!“

Garcia ärgerte sich, dass Markus diesen Gandhi offensichtlich so knapp verpasst hatte. „Sie haben mir doch erzählt, dass er Ihnen seelischen Beistand leistet. Wie sieht das aus?“

Andrea Palezki senkte die Augen. „Das ist eine sehr persönliche Frage“, erwiderte sie leise.

Garcia sagte darauf nichts, sondern wartete ab, was sie erzählen würde.

„Sie glauben vielleicht nicht an Geisterbeschwörung und so was. Die meisten Leute glauben nicht daran. Aber Gandhi nimmt andere Ebenen wahr. Er ist so was wie ein Medium, über ihn kann ich Verbindungen eingehen mit meinen Vorfahren. Das hilft mir zu verstehen, warum mir das alles passiert ist. Wissen Sie, nichts ist zufällig im Leben, wir alle haben eine Aufgabe zu erledigen, wir alle streben danach, auf eine höhere Stufe zu gelangen, in einem besseren Leben wiedergeboren zu werden. Um das zu erreichen, müssen wir uns öffnen.“

„Was ist Ihre Aufgabe?“

„Das lässt sich nicht so einfach sagen. Ich weiß noch nicht, warum mir das mit der Vergewaltigung widerfahren ist. Ich weiß nur, dass es kein Zufall war.“

Garcia ließ sich das durch den Kopf gehen – die Frage nach Zufall und Schicksal hatte er vor einiger Zeit mit einer Zeugin in einem anderen Mordfall diskutiert, eine Antwort darauf hatte er persönlich noch nicht gefunden.

„Haben Sie über Gandhi auch Verbindung mit Ihrem Vergewaltiger aufgenommen?“, fragte er ganz ohne Ironie.

„Nein!“, rief sie erschrocken aus. „Zu Lebenden kann man keine geistige Verbindung aufnehmen!“

„Aber er ist doch tot.“

„Ja, aber die Seelenwanderung dauert noch. Und außerdem hätte ich viel zu viel Angst davor ...“

Garcia sah sie zweifelnd an. „Hören Sie, ich muss diesen Gandhi sprechen. Bitte sagen Sie mir, wo ich ihn finden kann."

„Ich weiß es ehrlich nicht", beteuerte sie, doch dann fiel ihr etwas ein: „Er hat mich gefragt, ob ich auch heute zur Amma gehe."

„Amma?"

„Eigentlich heißt sie Mata Amritanandamayi. Sie ist eine indische Heilige, die regelmäßig eine Art Tournee durch Europa abhält und dabei an zahlreichen Orten Vorträge mit gemeinsamen Gebeten veranstaltet."

„Davon habe ich in der Zeitung gelesen: *Embracing the World* hieß das, glaube ich."

„Ja, sie umarmt Tausende Menschen und schenkt ihnen Kraft. Aber sie tut noch viel mehr Gutes ... Ich kann nur leider heute nicht hingehen, ich muss zurück in den Laden, aber vielleicht treffen Sie ihn dort."

„Haben Sie zufällig ein aktuelles Foto von Wolfgang Schlier bei sich?"

Andrea Palezki schüttelte den Kopf.

„Trägt er eigentlich einen Schnurrbart?"

Diese Frage schien sie zu verwirren. „Nein. Er hatte bis vor Kurzem einen Vollbart, aber als ich ihn vorhin getroffen habe, war er glatt rasiert. Ich hätte ihn auf den ersten Blick fast nicht erkannt."

„Gut. Danke, Frau Palezki. Vergessen Sie nicht, mich sofort anzurufen, wenn er wieder auftaucht. Sie können jetzt nach Hause gehen."

Die junge Frau erhob sich und wieder weckte sie in Garcia dieses Mitleid, nicht nur wegen ihrer Zerbrechlichkeit, sondern auch, weil er das Gefühl hatte, dass sie ehrlich ihr Bestes gab, ihn bei seinen Ermittlungen zu unterstützen, obwohl es sie emotional so niederdrückte.

„Und machen Sie sich nicht zu viele Sorgen", beruhigte er sie, während er ihr zum Abschied die Hand reichte. „Kein Alibi zu haben, bedeutet noch lange nichts."

Beinahe hätte er hinzugefügt, dass er selbst auch kein Alibi für den Mord an Frederik Kaup gehabt hätte, doch dann fiel ihm ein, dass er ja in Hamburg auf dieser schrecklich öden Fortbildung gewesen war, und er dachte für sich, dass man wohl kaum ein besseres Alibi haben konnte, als mit zehn anderen Kripo-Beamten in Hamburg festzusitzen.

¶

Nachdem sie fort war, klemmte Garcia sich an sein Telefon und rief bei Gero Haas und Boris Hintermeier an, denen Steffi das Foto von Gandhi hatte zukommen lassen. Allerdings hatte sie im Computer nur ein Bild gefunden, auf dem der Mann einen Vollbart trug, und keiner der beiden Zeugen hatte in ihm den falschen Kripokommissar wiedererkannt. Gero Haas war sich sogar ziemlich sicher, dass er es nicht sein konnte, der Juniorchef von Bignetters hatte eher Zweifel. Dennoch klangen die Antworten unbefriedigend.

Garcia rief bei Frau Schnick an und bat erneut darum, ein Auto mit zwei Beamten vor der Wohnung von Wolfgang Schliers Freund Gerwin Kazianka abstellen zu dürfen. Doch auch diesmal schien sie von seiner Argumentation nicht überzeugt: „Sie wissen, was so eine Beschattung kostet. Ich habe immerhin schon für das Kind der Opfer den Polizeischutz gewährt."

„Es ist aber wichtig", beharrte Garcia.

„Sie müssen das besser begründen, sonst kriege ich Ärger. Lassen Sie sich etwas einfallen. Im Moment würde ich sagen: zu viel Spekulation, zu wenig Fakten", beendete Frau Schnick das Gespräch mit ihrer Piepsstimme.

Wütend knallte Garcia den Hörer auf. Was ihn besonders wütend machte, war, dass er der Staatsanwältin recht geben musste. Jetzt blieb ihm wohl nichts anderes mehr übrig, als sich zu dieser Veranstaltung der indischen Heiligen mit dem unaussprechlichen Namen zu begeben, in der Hoffnung, irgendwo in der Menschenmenge auf Schlier zu treffen.

¶

Nach kurzer Autofahrt erreichte Garcia im nördlichen Stadtteil Freimann ein ödes Gewerbegebiet, parkte in aller Eile auf der Lilienthalstraße und folgte den zumeist in lange bunte Gewänder gehüllten Menschengruppen zur großen Veranstaltungshalle, in der das Ereignis – wie er der Zeitung entnommen hatte – über Tage hinweg stattfand. Garcia hatte keinerlei Vorstellung vom Ablauf dieser Sache und hoffte, Gandhi schnell zwischen den Besuchern ausfindig machen zu können, obwohl er nur eine vage Idee von seinem Aussehen hatte – der Blick, den er auf den Mann auf dem Balkon hatte erhaschen können, hatte nicht ausgereicht, sich dessen Gesicht einzuprägen, und ansonsten kannte er nur das Foto mit dem Vollbart, der wohl nun nicht mehr aktuell war. Er gedachte, schnell hineinzuschlüpfen, sich möglichst umfassend umzusehen und dann wieder zu verschwinden.

Hinter der Eingangstür wurde er jedoch erst einmal von einem in ein orangefarbenes Gewand gekleideten jungen Mann angesprochen: „Beeil dich, gleich beginnt der Darshan, lass deine Schuhe dort hinten.“ Er wies Garcia zu endlosen Regalen, in denen Hunderte Schuhpaare standen, und es blieb ihm nichts anderes übrig, als seine dazu zu stellen und auf Strümpfen weiterzugehen.

Hinter den Regalen öffnete sich der riesige Saal, ein schwerer Dunst von Räucherstäbchen, indischem Essen und menschlichen Ausdünstungen waberte Garcia entgegen und gleich wurde ihm klar, dass Gandhi inmitten der großen Menschenmenge kaum so schnell zu finden sein würde.

Wie auch schon die Menschen, die er draußen gesehen hatte, waren die meisten Besucher in lange bunte Gewänder gehüllt und unterschieden sich in der Kleidung kaum von den zahlreichen Mitarbeitern, die an den Seiten Devotionalien und allerlei indischen Kram verkauften, der den Kommissar an die Waren in Andrea Palezkis Geschäft erinnerte. Einer dieser Männer kam auf

Garcia zu und drückte ihm eine farbige Münze in die Hand: „Hier hast du einen Token für die rechte Seite, du kannst dort drüben in der Reihe auf deine Umarmung warten."

Der Kommissar griff automatisch nach der Münze, bedankte sich und fragte, ob man denn hier keinen Eintritt zahlen müsse? „So etwas kann man nicht bezahlen", lautete die Antwort des Mannes, der ihm nochmals seine Reihe zuwies.

Garcia stellte sich hinten an und ließ den Blick schweifen: Die Menschenmenge teilte sich in stehende, sitzende und hockende Gruppen, die allesamt zu einer großen Bühne hingewandt waren, auf der eine Musikgruppe mit bärtigen Indern meditative Rhythmen anschlug. Die Musik versetzte die meisten offenbar in einen tranceartigen Zustand, denn viele bewegten sich sanft mit geschlossenen Augen im Takt oder stimmten gar in den unverständlichen Singsang ein, andere beteten kniend oder liegend. Der ganze Raum war von einem mystisch anmutenden Klang- und Geräuschteppich überzogen, dessen Wirkung sich auch Garcia nicht gänzlich entziehen konnte, und einen Moment lang bedauerte er es, so unter Zeitdruck zu stehen und auch noch amtlich hier sein zu müssen. Gerne hätte er sich in aller Ruhe umgesehen, sich der heiligen Atmosphäre hingegeben und am eigenen Leib erfahren, was man dabei so verspürte.

In der Mitte des Podiums saß auf einem thronartigen Sitz eine beleibte Inderin im weißen Gewand und umarmte, einen nach dem anderen, alle Besucher, die Schlange standen, um zu ihr auf die Bühne steigen zu dürfen.

Es war nicht leicht, innerhalb dieser bunt gekleideten Massen die Gesichter auszumachen, aber da er sowieso anstand und nichts anderes tun konnte, nahm Garcia sich die Zeit, sich möglichst genau jeden Einzelnen anzusehen. Allmählich wurde das Stehen und nur sehr langsame Vorankommen für ihn zur Geduldsprobe, lieber wäre er umhergegangen und hätte aktiv nach Gandhi gesucht. Allerdings blieb ihm bis zur Teamkonferenz, die er selber für 17 Uhr angesetzt hatte, nicht mehr viel Zeit und so beschloss er, seine Umarmung abzuwarten, da es die Gelegenheit wäre, sich von der Bühne herab einen besseren Überblick zu verschaffen.

Endlich war er an der Reihe und unsicher tat er die letzten Schritte zu der guruhaft thronenden Frau hin, die ihn sogleich mit einigen geflüsterten Worten und geschlossenen Augen für eine Sekunde in die Arme nahm.

Ohne eine wesentliche Erhellung zu spüren, ging Garcia weiter, denn nach ihm drängte schon der Nächste auf seine Umarmung. Er spähte von der Bühne in den überdimensionalen Raum, wurde jedoch bald weitergeschoben und musste sein Podest wieder verlassen. Kreuz und quer durch die Gruppen hindurch bahnte er sich einen Weg in Richtung Ausgang, in der Hoffnung, Gandhi doch noch irgendwo im Saal zu erblicken – jedoch vergeblich.

Zuletzt versuchte er sein Glück im rückwärtigen Saalteil, in dem eine Art indische Kantine eingerichtet worden war: Hier war die Stimmung etwas gelöster als vorne an der Bühne, die Menschen unterhielten sich mit gedämpften Stimmen oder aßen an den langen Tischen duftende indische Spezialitäten, die von freiwilligen Helfern gereicht wurden. Doch auch hier gab es keine Spur von Wolfgang Schlier. Die Speisen sahen allerdings köstlich aus und wäre die Zeit nicht so knapp gewesen, hätte Garcia sich sofort dazugesetzt, hatte er doch einen gewissen Gefallen an der ganzen kuriosen Angelegenheit gefunden.

¶

Kurz nach 17 Uhr trafen Franzi und Markus sich zufällig im Paternoster, der sie nach oben brachte. Franzi hatte mit Daphne die Stelle aufgesucht und fotografiert, an der sie vergewaltigt worden war, und war beeindruckt gewesen, wie gefasst die junge Frau nach außen hin geblieben war. Markus kam direkt von der Auer Dult und Franzi zog ihn damit auf, dass sie genau riechen konnte, dass er Bier getrunken hatte, auch wenn Markus beteuerte, es sei alkoholfrei gewesen.

Sie beeilten sich, zum Konferenzzimmer zu gelangen, in dem Garcia und Steffi bereits auf sie warteten. Florian hatte angerufen, er verspäte sich und sie sollten ohne ihn beginnen.

Markus machte den Anfang. Was er den Kollegen vorlas, hörte sich an wie ein Auszug aus einem In-Führer über München: Aperitif bei H'ugo's am Promenadeplatz, Hauptspeise in der L'Osteria im Künstlerhaus, Nachspeise samt Cocktails im Schumann's am Odeonsplatz, danach Tanzen im Lazy Moon – dem ehemaligen Filmcasino – ein Absacker samt Currywurst im Cosmogrill an der Maximilianstraße und anschließend Frühschoppen in der Schmalznudel. Das war Daphne Ehrmanns Kneipentour mit den Kollegen der Auer Dult am letzten Mittwoch gewesen und damit war ihr Alibi mehrfach bestätigt.

„Danke, Markus“, lobte Garcia. „Gute Arbeit.“

Markus nickte und sah in die Runde. „Aber wisst ihr was? Als ich auf der Dult so rumgefragt habe und natürlich Gegenfragen kamen, habe ich mir überlegt, welches Motiv Daphne – und übrigens auch Andrea – überhaupt haben sollten, Esther Kaup umzubringen? Abgesehen von der Frage, wie sie auf sie gekommen sein sollen.“

„Solange wir keine heiße Spur haben, müssen wir eben nach dem Ausschluss-Verfahren gehen“, erklärte Garcia. „Und immerhin haben beide ein Motiv für den Mord an Frederik Kaup.“

„Du warst bei der Befragung von Daphne nicht dabei“, erklärte Franzi Markus. „Diese kalte Verzweiflung, die ihr aus jeder Pore strömt ... Ich glaube, es hat damit zu tun, dass sie nie wird Kinder haben können. Und das wäre wiederum ein Mordmotiv. Vielleicht will sie ja die ganze Familie Kaup auslöschen.“ Dann wandte sie sich an ihren Chef: „Sie hat mir die Stelle gezeigt, wo sie überfallen wurde. Auf der einen Seite verlaufen die Bahngleise, dann gibt es einen schmalen Grünstreifen mit ein paar Büschen, dann kommt schon die Straße. Sie ist jeden Tag zur Arbeit und zurück die Straße entlanggegangen, zur S-Bahn-Station Mittersendling. Er muss hinter einem der wenigen Bäume auf sie gelauert haben."

„Mittersendling?", fragte Markus. „Da ist Frederik Kaups Firma ansässig, Bignetters."

„Hmm, dann hat er sie vielleicht vom Büro aus jeden Tag beobachtet?", folgerte Garcia.

Markus schüttelte den Kopf: „Ich glaube, in dieser Computerhölle sind Tag und Nacht die Jalousien unten."

„Oder in der Mittagspause?", mischte sich nun Steffi ein. „Wo hat diese Daphne Ehrmann denn da gearbeitet? Ich hab dacht, die wär Verkäuferin auf der Dult?"

„Sie hatte wohl ständig wechselnde Jobs", meinte Markus. „Aushilfsverkäuferin, Kellnerin ..."

„Sie hat mir das Bürogebäude gezeigt, da war sie eine Zeit lang als Bürokraft angestellt." Franzi reichte Steffi einen Zettel. „Hier ist die Adresse, magst du mal überprüfen, von wann bis wann sie da gearbeitet hat? Vielleicht hat ja dort jemand was mitgekriegt."

„Mach ich." Steffi steckte den Zettel ein. „Ich hab übrigens die Agentur rausgfunden, über die des Ehepaar Kaup ihr Au-pair-Mädchen bezogen hat. Das Mädel heißt Anastasja Gudiaschwili und is laut der Agentur längst zrück in Georgien. Es gibt auch a Telefonnummer in Georgien, aber da geht nur a alte Frau dran und wenn ich des richtig verstanden hab, hat sie mir erklärt, dass es bei ihr keine Anastasja gibt. Allerdings is mein Georgisch auch nimmer des, was es amal war."

„Die meisten Mädchen aus diesen Ländern bleiben nach ihrem Au-pair-Jahr in Europa. Sie müssen entweder heiraten oder studieren, dann geht das", erläuterte Garcia.

„Is die Frage, was des kleinere Übel is", meinte Steffi.

Garcia musste lächeln, er kannte Steffis unglaublich faden Mann, obwohl er nichts über Unstimmigkeiten in ihrer Ehe wusste. „Steffi, bleibst du an der Suche nach dieser Anastasja dran? Ich würde zu gern wissen, was sie uns über Fred Kaup zu berichten hat. Vielleicht hat er sie auch vergewaltigt."

„Jedenfalls is er mit Sicherheit von ihr besessen gwesen. Schaugts amal des Foto an, des die Agentur mir von ihr gebn hat."

Steffi legte den Kollegen ein Foto hin, das eine junge Frau mit langen dunkelbraunen Haaren und großen graublauen Augen zeigte.

„Das gleiche Beuteschema", sagte Franzi. „Könnte mit Daphne und Andrea verwandt sein."

„Und mit dieser schier unauffindbaren Alice Wahlin. Ihre Facebook-Seite existiert nicht mehr und auch sonst scheint das Mädchen wie vom Erdboden verschluckt. Man kann doch nicht einfach so verschwinden ..." Garcia schüttelte den Kopf. „Sie muss doch einen Job haben, eine Bankkarte, soziale Kontakte ..."

„Naja, es genügt doch, dass sie ihren Namen geändert hat", meinte Markus.

„Das müsste aber gemeldet sein."

„Nichts lässt sich leichter fälschen als eine Heiratsurkunde."

„Und warum sollte sie das tun?" Garcia seufzte. „Vielleicht muss ich doch nochmal zum Wendling gehen und mit ihm über die Akte Alice Wahlin reden." Er blickte auf und sah Franzi direkt in die Augen. „Oder möchtest du das vielleicht übernehmen?"

Prompt errötete Franzi, ärgerte sich aber gleichzeitig über die Bemerkung ihres Chefs, daher gab sie den Blick zurück und konterte kühl: „Gern, das erledige ich am besten noch heute Abend."

Garcia taxierte sie einen Augenblick lang mit zugekniffenen Augen, dann entspannte sich sein Gesicht und er zwinkerte ihr zu, bevor er sich wieder an das ganze Team wandte: „Das mit den Morddrohungen scheint geklärt, diese infamen Schreiben stammen tatsächlich aus der Feder von Esther Kaups Nachbarin Jeanette Steuber."

Steffi und Markus nickten, Franzi hatte sie bereits über ihren Besuch in Herrsching ins Bild gesetzt.

„Kein Wunder, dass sie die unbedingt hat verschwinden lassen wolln", sagte Steffi. „Franzi hat mich gebeten, des Alibi von ihr zu überprüfen. In der Nacht von Esther Kaups Ermordung is sie mit ihrm Mann dahoam vorm Fernseher gsessen. Der Mann hat des bestätigt."

„Wie wir wissen, heißt das gar nichts", mischte Markus sich ein. „Alibis von Ehepartnern kann man in der Pfeife rauchen."

„Vielleicht is es ja der Mann von der Jeanette Steuber gwesen?", mutmaßte Steffi.

„Darüber denke ich schon die ganze Zeit nach", gab Franzi ihr recht. „Vielleicht war die Sache mit dem illegalen Kosmetikstudio nur die Spitze des Eisbergs. Wer weiß, welcher Hass noch hinter der nachbarlichen Scheinidylle schlummert. Allerdings unterscheidet er sich rein äußerlich dermaßen von den Beschreibungen, die Frederik Kaups Mitbewohner und sein Chef von dem falschen Polizisten abgegeben haben, da hätte er sich schon eine Perücke aufsetzen, einen Schnurrbart ankleben und Highheels anziehen müssen."

„Ich habe vorhin die ersten Ergebnisse der Spusi durchgesehen", erklärte Garcia. „Es finden sich im Haus Fingerabdrücke, die auf meine Anweisung nun mit denen der Steubers verglichen werden."

„Die Steubers waren allerdings nachweislich im Haus, er hat schließlich die Leiche gefunden", gab Franzi zu bedenken.

Garcia nickte: „Was mich am meisten beunruhigt, ist dieser Mann, der Kaups Computer gestohlen hat. Wenn er in der Mordnacht das Haus der Kaups durchwühlt hat, dann ist er unsere heiße Spur für den Mord an Esther Kaup. Und vermutlich sogar ein Doppelmörder."

„Heiße Spur", seufzte Markus. „Von wegen. Im Moment laufen wir irgendwelchen traumatisierten Mädchen hinterher und drehen jedes Papier drei Mal um."

„Was is mit diesem Wolfgang Schlier?", fragte Steffi.

Garcia wiegte den Kopf hin und her, verwarf jedoch den Gedanken, von seinem Erlebnis bei der indischen Heiligen zu berichten – den Spott der Kollegen konnte er sich sparen, schließlich war die gesamte Aktion nicht einmal von Erfolg gekrönt gewesen. Also beschränkte er sich auf die Fakten: „Ich weiß es nicht. Sicher ist wohl, dass er sich momentan in München aufhält, aber vor der Polizei flieht. Seine Fingerabdrücke sind bei der Polizei hinterlegt, ein Abgleich hat ergeben, dass sie nicht mit denen im Haus der Kaups übereinstimmen. Und ich frage mich: Welches Motiv sollte er haben, Esther Kaup umzubringen? Und selbst bei Frederik Kaup bin ich mir unsicher. Dieser Gandhi scheint mir eher ein Spinner zu sein, der sich über Wasser hält, indem er Ware schmuggelt und ein bisschen auf Geisterbeschwörer macht. Aber das klingt mir mehr nach Spleens als nach einem Mordmotiv."

„Was, wenn er auf Anweisung aus dem Jenseits handelt?", gab Franzi zu bedenken.

„Um ihn dazu zu befragen, müsste ich ihn erst einmal finden. Ich weiß zwar, dass er sich in München aufhält, aber leider nicht wo. Die werte Staatsanwältin hat mir übrigens die Bitte verwehrt, die Wohnung seines Freunds Gerwin Kazianka überwachen zu lassen, aber mein Gefühl sagt mir, dass er sich dort sowieso nicht mehr blicken lassen wird." Garcia dachte an die Unmengen spirituell erleuchteter Menschen in dem großen Saal. „Ich denke, so einer hat genügend andere Kontakte, wo er bleiben kann."

In diesem Moment öffnete sich die Tür des Konferenzraums und ein ziemlich abgehetzter Florian Löscher mit Laptop unter dem Arm stürmte herein. „Entschuldigt die Verspätung", hechelte er. „Es ging nicht schneller."

Die Kollegen sahen ihn fragend an.

Florian ging nach vorne, klappte seinen Laptop auf und drückte ein paar Tasten. „Ich habe jeden einzelnen Computer der Firma Bignetters durchforstet. Verdeckte Links, gelöschte Files. Ist ja wirklich unglaublich, was die Mitarbeiter in so einer Firma nebenher für Privatkram erledigen."

„Wehe, du machst so was an meim Computer“, warnte ihn Steffi.

„Solange du nicht ermordet wurdest, lass ich dich in Ruhe“, erwiderte Florian trocken.

„Dann is ’s eh scho wurscht“, konterte Steffi.

Florian hatte mittlerweile einen Text von seinem Computer an die Wand gebeamt. Er lautete folgendermaßen:

Hier ist Shadow.
Hier ist dein Meister.
Heute Nacht wird es geschehen.
Bist du sicher, dass sie diesmal die Richtige ist?
Ganz sicher. Die anderen waren nur billiger Ersatz. Aber ich habe daraus gelernt. Alice ist genau wie Anastasja. Nur noch viel besser.
Du willst doch eigentlich nur Anastasja. Alice wird auch wieder nur billiger Ersatz sein.
Nein. Du täuschst dich. Du wirst sehen. Ich werde dir berichten.
Wann?

Schweigend hatten die Kollegen den Text gelesen. Jetzt blickten alle wieder auf Florian.

„Der Juniorchef von Bignetters hat mir beim Knacken der Files geholfen“, erklärte er bescheiden. „Cooler Typ.“

Markus verdrehte die Augen. Computernerds untereinander, dachte er bei sich. Laut sagte er: „Wer hat das geschrieben?“

„Frederik Kaup. Wir konnten nachvollziehen, dass er zu dem Zeitpunkt, an dem dieser Text in einem extra eingerichteten Chatroom geschrieben wurde, an diesem Rechner saß. Wir gehen von folgendem Szenario aus: Kaup hat einen Chat eingerichtet – ihr müsst euch das vorstellen wie einen eigenen Raum, in den nur die Leute können, die einen speziellen Code haben. Vermutlich waren es in diesem Fall nur zwei Leute.“

„Fred Kaup und Shadow?“, fragte Steffi.

„Fred Kaup ist Shadow“, sagte Garcia langsam.

„Genau“, bestätigte Florian. „Fred Kaups Deckname – unter dem er übrigens auch verschiedene Gewaltspiele gespielt hat – lautete Shadow. Leider hat er nach jeder Kommunikation in diesem Chat immer alles gelöscht. Irreversibel. Nur die letzten drei Einträge hat er nicht mehr löschen können. Den ersten wohl aus Unachtsamkeit, vielleicht auch aus Zeitmangel, bestimmt wollte er das später nachholen. Die anderen zwei Einträge ...“

„... Weil er da schon tot war“, ergänzte Garcia.

„Welche anderen zwei Einträge?“, fragte Franzi.

Florian drückte eine Taste und es erschien ein neuer Text:

Hier ist dein Meister.
Hallo Shadow! Warum meldest du dich nicht?
War Alice doch nicht die Richtige?
Melde dich. Du weißt, was du mir schuldig bist.
Ich gebe dir noch einen Tag.

„Dieser Text wurde am letzten Sonntag um 11.08 Uhr vormittags geschrieben.“ Florian beamte den dritten und letzten Text an die Wand:

Hier ist dein Meister.
Shadow?
Du musst dich bei mir melden und mir berichten. Alles.
Jedes Detail. Es ist deine Pflicht. Deine einzige Pflicht.
Ich habe dich in der Hand. Ich werde dich dran kriegen.
Nicht du mich.
Ich dich!
Ich muss wissen, was du mit Alice getan hast!
Ich werde verrückt, wenn ich an sie denke. Wenn ich daran denke, was du mit ihr tun könntest. Tu es! Und sag mir alles.

Alles!
Sonst werde ich es tun.

„Und dieser am Sonntag um 17.26 Uhr."

„Hier ist dein Meister", zitierte Garcia. „Der ominöse Unbekannte. Der Mann, der rumläuft und die Computer von Kaup einsammelt. Damit wir genau das nicht finden."

„Was meint er damit: Ich habe dich in der Hand?", überlegte Franzi.

„Was meint er mit: Sonst werde ich es tun?", ergänzte Markus.

Garcia wandte sich an Florian: „Gibt es eine Möglichkeit, über diesen Chat die Spur zu diesem Meister nachzuverfolgen?"

„Vergiss es. Das können nicht mal die Amis."

„Dann frag halt die Russen", witzelte Steffi, wurde aber gleich wieder ernst. Irgendwie war keinem zum Lachen zumute.

„Lasst uns versuchen, das Ganze zu deuten", schlug Garcia vor. „Shadow ist der Deckname von Frederik Kaup. Er hat einen Mitwisser: Meister."

„Der ist mehr als nur ein Mitwisser", mutmaßte Franzi. „Der hatte den Kaup mit irgendwas in der Hand. Und deswegen nennt er sich auch sein Meister."

„Die Frage ist, was er vom Kaup wollte. Hat er ihn erpresst?", überlegte Markus.

Florian runzelte die Stirn. „Also, ich lese Texte ja immer so, wie sie da stehen. Und meiner Meinung nach steht da, dass der Kaup alias Shadow diesem Meister von seinen Taten berichten muss. Was heißt: Der Kaup hat Frauen vergewaltigt und der Meister wollte jedes Detail darüber wissen."

„Und warum?", fragte Steffi.

Florian zuckte die Schultern. „Weil er sich selbst nicht rangetraut hat."

Alle schauten ihn an. „Starrt mich nicht so an, das habe ich mir ja nicht ausgedacht. Dieser Meister ist ein Perverser, der darauf steht, das Zeug erzählt zu bekommen. Und er zwingt den Kaup, ihm das zu erzählen, weil er ihn irgendwie in der Hand hat. Und jetzt antwortet der Kaup nicht mehr und der Meister dreht durch und überlegt sich, die letzte Vergewaltigung selbst durchzuführen."

Garcia schlug mit der flachen Hand auf den Tisch, sodass alle hochschreckten. „Wenn das so ist, dann ist diese Alice in höchster Gefahr. Ich nehme an, es geht um unsere dritte Frau auf den Fotos. Alice Wahlin."

„Aber die ist unauffindbar", bemerkte Franzi.

„Vielleicht ja auch für diesen Meister unauffindbar", meinte Steffi hoffnungsvoll.

„Darauf können wir uns nur leider nicht verlassen", erwiderte Garcia. „Wir müssen dieses Mädchen finden. Und zwar besser heute als morgen."

„Zumal Kaup ein Vergewaltiger war, aber kein Mörder. Von diesem Meister wissen wir das nicht. Was, wenn er nach seiner Tat das Mädchen umbringt?", gab Franzi zu bedenken.

„Was, wenn es längst zu spät ist?", setzte Markus noch eins drauf. „Am Sonntag hat er geschrieben, dass er es tun wird. Jetzt haben wir Freitag. Also hatte er fast eine Woche Zeit, es zu tun."

„Auch wenn es zu spät ist, müssen wir Alice Wahlin finden. Und weiter nach diesem Meister suchen. Umso mehr sogar", sagte Franzi mit Nachdruck.

Garcia nickte. „Andrea Palezki und Daphne Ehrmann kennen Alice. Die beiden sind momentan unser einziger Ansatzpunkt. Aber Andrea behauptet, von Alice keine Kontaktdaten zu haben, und Daphne mauert."

„Wir müssen Daphne zum Reden bringen", überlegte Franzi. „Auch wenn ich mir nicht vorstellen kann, wie wir das hinbekommen sollen."

Garcia überlegte. „Ich hätte da eine Idee. Es gibt nämlich eine Frau, der Daphne vertraut. Ihre Gynäkologin. Melanie Landers. Meine Bekannte."

„Die Blondine aus dem Aufzug?“, entfuhr es Franzi.

Garcia lächelte beschwichtigend. „Eine uralte Freundin.“

Steffi hob interessiert die Augenbrauen und Markus blickte neugierig von Franzi zu Garcia.

Franzi zuckte die Schultern. „Danach hatte ich ja gar nicht gefragt.“

„Hab ich was verpasst?“, wollte Steffi wissen.

„Nein, gar nichts“, beeilten sich beide zu beteuern.

Dann lenkte Garcia schnell von diesem Thema ab: „Unsere große gemeinsame Aufgabe lautet nun, Alice Wahlin zu finden. Ich versuche den Weg über Melanie und Daphne. Steffi und Florian, ihr beide geht bitte nochmal alle Möglichkeiten durch: Meldestellen, Bankkonten, Krankenkassen, Internetforen, wo auch immer ein Mensch Spuren hinterlässt. Markus, du redest bitte mit Andrea Palezki. Vielleicht hat sie doch noch irgendeine Kontaktmöglichkeit zu dem Mädchen.“

„Und ich rede mit Robert Wendling, vielleicht war Alice Wahlin ja nochmal dort“, sagte Franzi mit möglichst neutraler Stimme.

„Guade Idee“, warf Steffi ein. „Ich mach ihm zwar Angst, aber auf so eine wie die Franzi fährt der bestimmt voll ab.“ Sie zwinkerte Franzi zu. „Flirt ihn gscheit an, dann ghört er dir scho. Und wenn des nicht hinhaut, dann droh ihm mit mir. Dann rückt der bestimmt alles freiwillig raus.“

„Vielleicht ist es besser, ich rede mit dem Wendling“, warf Garcia schnell ein. „Sollte er irgendwas über Alice Wahlins Verbleib wissen, dann wird er es mir schon sagen. Es wäre überhaupt interessant, ihn nach diesem Mädchen zu befragen. Wir machen das gemeinsam, sobald ich mit Melanie geredet habe. Einverstanden, Franzi?“

Er sah Franzi mit einem leicht sarkastischen Blick an, der sie wahnsinnig ärgerte, aber ihr blieb nichts anderes übrig, als sich einverstanden zu erklären. Und nachdem auch sonst keine Einwände kamen, löste Garcia die Runde mit den Worten auf: „An die Arbeit. Mein Gefühl sagt mir, dass der Countdown läuft.“

FREITAG, ABEND

Garcia hatte gerade zum Hörer gegriffen, um Melanie anzurufen, als das Telefon läutete. Es war der Pförtner, der ihm mitteilte, bei ihm sei eine gewisse Frau Landers und bitte, zu Herrn Garcia vorgelassen zu werden. Etwas verwirrt ordnete Garcia an, die Dame zu ihm heraufzuschicken, und kurz darauf eskortierte ein uniformierter Beamter Melanie Landers in sein Büro.

Garcia begrüßte sie mit einem Küsschen auf die Wange. „Das war wohl Gedankenübertragung", meinte er. „Gerade wollte ich dich anrufen."

„Ist der Fall etwa gelöst?", fragte ihn Melanie.

„Nein, wieso?"

„Nur so, ich hatte dir doch gesagt, du kannst mich anrufen, wenn der Fall gelöst ist."

„Aber jetzt bist du ja da", erwiderte Garcia. „Was führt dich zu mir? Magst du dich setzen?"

Unschlüssig blieb Melanie stehen und ließ nur ihre Tasche zu Boden plumpsen. „Nein, ich bleibe nicht lange. Ich war nur gerade auf dem Weg von meiner Praxis nach Hause und da dachte ich, bevor ich dich anrufe, kann ich auch auf einen Sprung vorbeischauen. Ich habe hin und her überlegt, ob ich überhaupt mit dir reden soll, vielleicht ist es auch völliger Quatsch. Aber schaden kann es nicht. Vor allem, wenn dadurch eine Frau geschützt werden kann."

Garcias Neugier war geweckt. „Erzähl, um welche Frau geht es?"

„Kannst du dich an meine Freundin Gudrun erinnern? Wir haben zusammen studiert."

Garcia runzelte die Stirn, der Name sagte ihm etwas, aber er konnte kein Gesicht dazu aus seinem Gedächtnis abrufen. Dann fiel es ihm wieder ein: „Die Psychologin?"

„Psychiaterin", korrigierte ihn Melanie. „Sie arbeitet mittlerweile im Klinikum rechts der Isar. Heute Mittag haben wir zusammen gegessen. Eigentlich reden wir nie über unsere Patienten, aber als ich ihr davon erzählt habe, dass ich dich wiedergesehen habe, kamen wir dabei auch auf meine Patientin zu sprechen."

„Daphne Ehrmann."

Melanie hob die Augenbrauen. „Ich sehe, du kommst voran. Hoffentlich bist du nett zu ihr. Sie ist sehr sensibel."

„Ich bin immer nett, du kennst mich doch. Also, was ist mit Daphne?"

„Nichts. Es geht gar nicht um sie. Ich habe Gudrun davon erzählt, dass Daphne sich vor der Vergewaltigung schon wochenlang von diesem Mann verfolgt gefühlt hat. Wir haben darüber geredet, wie fürchterlich hilflos man als Frau in solchen Situationen oft ist, und da meinte Gudrun, sie hätte gerade einen ähnlichen Fall bei sich in der Klinik gehabt. Wahrscheinlich Zufall. Und wahrscheinlich könnt ihr da nichts tun. Aber gestern Nacht hatte Gudrun Dienst. Und da hat sie eine sehr junge Frau psychologisch betreut, die vor ein Auto gelaufen war. Sie war unverletzt, aber sie war so in Panik, dass Gudrun ihr ziemlich auf den Zahn gefühlt hat. Und dabei hat sie rausgekriegt, dass dieses Mädchen sich verfolgt gefühlt hat, von einem Mann, und aus lauter Panik vor das Auto gerannt ist. Ich weiß, der Verfolger von Daphne ist schon tot, aber es hat mich daran erinnert ..."

In Garcias Kopf wirbelten die Gedanken durcheinander. Vielleicht war es der ominöse Unbekannte, der das Mädchen verfolgt hatte. Der Meister. Aber wie konnte er das herausbekommen?

„Allein deswegen wäre ich noch nicht zu dir gekommen. Aber dann ist ist Gudrun der Name dieser jungen Frau herausgerutscht. Er kam mir bekannt vor, aber erst vorhin ist es mir eingefallen: Als du bei mir in der Praxis warst und etwas über Daphne erfahren wolltest, da hast du diesen Namen erwähnt. Du hast mich gefragt, ob meine Patientin so heißt."

„Andrea Palezki?"

„Nein. Alice Wahlin."

Garcia starrte Melanie einen Augenblick lang fassungslos an. Da rannten alle seine Leute gerade verzweifelt durch die Gegend, um diese Alice Wahlin zu finden, und dann kam Melanie hier hereingeschneit, wie ein rettender Engel, und lieferte ihm die heiß ersehnte Information.

Er schüttelte perplex den Kopf. „Jedes Mal wenn du hier vorbeikommst, sieht es so aus, als seist du meinen Ermittlungen schon einen Schritt voraus. Du solltest jeden Tag vorbeikommen. Du bist toll!"

In einem Überschwang aus Euphorie und Dankbarkeit nahm er sie in den Arm, wirbelte sie einmal herum und küsste sie dann spontan auf den Mund.

Es war nur ein flüchtiger Kuss, hinter dem keine erotische Intention gestanden hatte, doch fühlte es sich auf einmal so vertraut, so nah an, diese Frau im Arm zu halten, dass Garcia sie nicht gleich wieder los ließ. Melanie schien es ähnlich zu gehen, sie schmiegte sich einen Augenblick lang fast wie erlöst an ihn und dann küssten sie sich erneut. Garcia schloss die Augen, es war ein langer, vertrauter Kuss, es fühlte sich ein wenig wie nach Hause Kommen an.

Als er die Augen wieder öffnete, sah er Franzi im Türrahmen stehen. Sie starrte ihn aus großen entsetzten Augen an, dann machte sie auf dem Absatz kehrt und lief davon. An Garcias Reaktion merkte Melanie, die mit dem Rücken zur Tür stand, dass etwas nicht stimmte, drehte sich um und sah gerade noch, wie Franzi aus dem Vorzimmer lief.

Garcia hatte Melanie losgelassen, sie hob schweigend ihre Tasche vom Boden auf und wandte sich zum Gehen. Auf der Türschwelle drehte sie sich nochmal um: „Weißt du, Alexander, es ist genau wie damals. Ich weiß nicht, was du mit den Frauen machst, aber dir kann man einfach nicht vertrauen. Ich glaube, du bist dazu geboren, Frauen unglücklich zu machen. Dabei sollte es die Aufgabe eines Mannes sein, eine Frau glücklich zu machen."

Garcia sah sie schuldbewusst an. Am liebsten wäre er Franzi hinterhergerannt, wagte es aber nicht, sich von der Stelle zu rühren.

„Gut, dass du mich nicht mehr verletzen kannst", fügte Melanie leise hinzu, dann verließ sie schnellen Schrittes sein Büro.

Kaum war sie außer Sichtweite, lief Garcia hinüber zu Franzis Büro, traf jedoch nur Steffi an, die ihm berichtete, Franzi habe in aller Eile ihre Tasche geholt und fluchtartig das Gebäude verlassen. Also ging er zurück in sein Büro und wählte Franzis Handynummer. Es läutete, aber sie nahm nicht ab, alles andere hätte ihn auch gewundert. Genervt legte er wieder auf, verwarf den Gedanken, es ein weiteres Mal zu versuchen, und suchte stattdessen im Internet nach der Telefonnummer des Klinikums rechts der Isar.

Auf seinem Schreibtisch lag noch ein Zettel, auf dem er sich Wendlings Nummer notiert hatte, doch der Anruf beim Kollegen erübrigte sich ja nun, nachdem er Alice Wahlins Spur gefunden hatte. Andererseits wäre es ein willkommener Anlass gewesen, bei Wendling anzurufen, denn Garcia beschlich der ungute Gedanke, Franzi könne aus lauter Wut direkt in die Arme des Kollegen überlaufen – oder, schlimmer noch, aus purer Lust.

Doch dann schob er diesen unangenehmen Gedanken mitsamt dem Zettel beiseite und wählte die Nummer des Klinikums. Er musste sich mehrere Male mit verschiedenen Stationen verbinden lassen, bis er endlich Melanies Freundin, Dr. Gudrun Spöttel, ans Telefon bekam. Diese war zwar über das, was der Kommissar von ihr wollte, nicht gerade erfreut, sah aber ein, dass die junge Frau sich möglicherweise in Gefahr befand, und rückte schließlich die Adresse von Alice Wahlin heraus.

FREITAG, NACHT

Er wusste, dass sie da oben stand, an die Wand gedrückt, hinter der Gardine, und zu ihm hinab spähte. Er konnte sie nicht sehen, aber ihre Umrisse erahnen und ab und zu nahm er eine Bewegung wahr. Und er wusste, dass sie ihn sehen konnte. Und das machte ihn an. Die Lust durchfuhr ihn wie ein Adrenalinstoß, der Gedanke an ihre Angst, der Gedanke, dass sie ahnte, was er mit ihr vorhatte, bereitete ihm körperliche Schmerzen der Lust.

Dieses Beobachten, dieses Lauern, wie ein Tier auf seine Beute, dieser Jagdinstinkt, der von ihm komplett Besitz ergriffen hatte, war stärker als alles, was er bisher gekannt hatte. Aber noch stärker erregte ihn das Wissen, dass sie ihn sehen konnte, dass sie Angst hatte, vor ihm, vor seiner Begierde, vor seiner Macht. Dass sie wusste, dass er da unten stand und ihr geradewegs in die Augen blickte, die er doch im Dunkeln gar nicht sehen konnte. Aber er zielte auf ihre Augen, er wollte ihren Blick gefangen halten und ihr mit seinen Augen sagen: Ich bin die Lust und du bist die Angst. Und ich werde dich kriegen.

Wie lange er dort stand und zu ihr hinaufsah, war ihm nicht bewusst – waren es Sekunden, Minuten, Stunden? Doch allmählich wurde er unruhig – denn jedes Vorspiel, so lustvoll es auch sein mag, drängt irgendwann nach Erfüllung. Und schlagartig wurde ihm klar, dass er diese nie erreichen würde, wenn er hier stehen blieb und ihr signalisierte, dass er auf sie wartete. Er musste weggehen, er musste ihr das Gefühl geben, sicher vor ihm zu sein, sonst würde sie niemals herauskommen und ihn auch niemals hereinlassen. Ab jetzt musste er so lauern, dass sie ihn nicht mehr sehen konnte, bis sie sich sicher genug fühlte, ihr Refugium zu verlassen – und dann konnte er den letzten Schritt wagen.

Er würde sie töten. Das stand fest. Er würde sie nicht laufen lassen wie Kaup, dieser Dilettant. Nicht, dass das Töten ihm besondere Freude bereitet hätte. Es ging ihm um die Angst der Frau, um ihr

Ausgeliefertsein, ihre vollkommene Wehrlosigkeit im Moment des Überfalls. Es ging ihm um seine Macht, sexuelle Erfüllung zu fordern, um ihre Gegenwehr, die es zu bezwingen galt. Der Tod war nur eine unvermeidbare Konsequenz, die einzig sichere Methode, sie für immer zum Schweigen zu bringen und unerkannt zu entkommen.

Langsam und ruhig trat er aus dem Schatten des Hauseingangs hinaus auf die Straße. Er wusste, dass sie ihn genau beobachtete, aber er blickte nicht noch einmal hinauf. Er musste sie in Sicherheit wiegen, möglichst bald, damit sie ihm in die Arme lief – möglichst bald.

¶

Garcia war auf dem kürzesten Weg ins Schlachthofviertel gefahren, hatte sein Auto in der erstbesten Parklücke am Anfang der Schmellerstraße abgestellt und war die letzten fünfzig Meter zu Alice Wahlins Wohnung zu Fuß gegangen.

Eine Minute früher und er hätte einen Mann aus dem Hauseingang gegenüber ihres Wohnhauses treten und fortgehen sehen. Und vielleicht wäre er argwöhnisch geworden und ihm gefolgt. Doch der Mann bog unbemerkt um die Ecke und nachdem Garcia die richtige Hausnummer gefunden hatte, studierte er die Namen auf den Klingelschildern vor dem vierstöckigen Mietshaus mit kürzlich renovierter, grau gestrichener Fassade.

Wie zu erwarten, stand auf keinem der Name Alice Wahlin, doch bald war er sich sicher, die richtige Klingel gefunden zu haben, und läutete bei „Wonderland". Auch dass ihm niemand öffnen würde, überraschte Garcia nicht und so drückte er die anderen Klingeln, bis jemand den Türsummer betätigte. Er ging bis hinauf ins oberste Stockwerk des Hauses und las jeden Namen an den Türen, doch nachdem er keinen weiteren Hinweis auf Alice Wahlin oder „Wonderland" finden konnte, entschied er sich für die einzige Tür, an der kein Name stand, und ging zurück in den 1. Stock. Er läutete mehrmals, dann klopfte er gegen die Wohnungstür und begann zu rufen: „Kripo München, bitte öffnen Sie!"

Er lauschte angestrengt und nahm das Geräusch sehr leiser Schritte wahr, doch das verebbte bald und weiter tat sich nichts. Also klopfte er abermals, wiederholte seinen Spruch, schob seinen Ausweis unter dem Türschlitz hindurch und platzierte sich so vor dem Spion, dass er gut gesehen werden konnte. Erneut hörte er Geräusche, doch die Tür öffnete sich nicht und allmählich wurde es ihm lästig, da draußen zu stehen und um Einlass zu betteln. Ungeduldig schlug er mit der Faust gegen die Tür und drückte gleichzeitig die Klingel, obwohl das vermutlich die sicherste Methode war, die Bewohnerin endgültig zu verschrecken.

Hinter ihm öffnete sich die Nachbarstür und Garcia fuhr herum: Eine ältere, adrett gekleidete Dame spähte neugierig auf den Hausflur hinaus. Der Kommissar wandte sich mit einem charmanten Lächeln an sie, stellte sich vor und fragte sie, ob sie die Nachbarin vielleicht kenne. Die Dame, die bairischen Dialekt sprach, kannte die junge Frau nur vom Sehen und verlangte Garcias Ausweis. Automatisch griff er in die Innentasche seiner Jacke, doch dann seufzte er. „Meinen Ausweis habe ich soeben Ihrer Nachbarin unter dem Türschlitz durchgeschoben", erklärte er.

In dem Moment hörte er Möbelrücken und endlich öffnete sich die Tür einen ganz kleinen Spalt. Darin erschien das verschreckte Gesicht einer sehr jungen Frau, das Garcia sofort als das der dritten Frau auf Frederik Kaups Fotos erkannte.

„Grüß Gott, Frau Wahlin", wandte er sich ihr zu. „Mein Name ist Alexander Garcia von der Kripo München. Ich muss unbedingt mit Ihnen reden."

„Ich lasse keine fremden Männer in meine Wohnung", erwiderte sie knapp und Garcia war verwundert über die Festigkeit ihrer Stimme.

„Dann gehen wir doch in ein Lokal", schlug er vor. „Oder ins Präsidium."

Die ältere Dame hatte sich mittlerweile neben ihn gestellt und folgte höchst interessiert der Konversation.

Aber Alice Wahlin schüttelte vehement den Kopf: „Ich gehe auch nicht mit fremden Männern irgendwohin. Schicken Sie eine Kollegin vorbei."

Mit diesen Worten schloss sich die Tür vor Garcias Nase und die Nachbarin nickte ihn freundlich an. „Recht hod 's", sagte sie. „Woaß ma scho, wer se ois mit Tricks Zutritt zu fremde Wohnunga verschafft? Grad jetz, wo die Rumänen und Bulgaren bei uns frei umanand laffa derfn."

Garcia nickte. „Aber die Bayern sind die schlimmsten", konnte er sich nicht verkneifen zu kontern. „Hüten Sie sich vor den Bayern."

Damit ließ er sie stehen, ging hinaus auf die Straße und schrieb eine SMS an Franzi, die keine Bitte, sondern eine klare Dienstanweisung enthielt. Nun blieb ihm nichts anderes übrig, als hier auf seine Kollegin zu warten und dafür zu sorgen, dass Alice Wahlin in der Zwischenzeit nicht ihre Wohnung verließ.

¶

Eine Stunde später stand Franzi endlich mit Garcia auf der Straße vor Alice Wahlins Hauseingang.

Sie hatte sich Zeit gelassen, seine Nachricht zu beantworten, und ihn zunächst gebeten, eine andere Kollegin anzufragen. Aber Garcia hatte darauf bestanden, dass sie kam, und endlich war sie mit ihrem Wagen in der Schmellerstraße vorgefahren.

Bei der Begrüßung sah sie ihm nicht ins Gesicht und war so unterkühlt, dass Garcia eine Aussprache lieber auf den nächsten Tag verschoben hätte. Dennoch war es ihm wichtig, ihr die Situation mit Melanie zu erklären.

„Es ist mir egal", unterbrach Franzi ihn gleich beim ersten Satz. „Du machst was du willst und bist mir keine Erklärung schuldig."

„Ich würde es dir aber gern erklären. Melanie ist meine Ex-Freundin. Wir waren zehn Jahre zusammen, aber das ist ewig her, das war noch bevor Greta auf der Welt war ..."

„Verstehe", erwiderte Franzi trocken. „Sex mit der Ex."

„Nein, eben nicht. Das war nur ein momentaner Überschwang, fast wie eine alte Gewohnheit. Da stecken weder Gefühle noch Absichten dahinter. Von keiner Seite."

„Wie praktisch, so ganz ohne Gefühle. Passt zu dir. Kannst du mir jetzt bitte erklären, was ich hier soll? Ich habe nämlich nicht ewig Zeit. Eigentlich habe ich gar keine Zeit, zu Hause wartet jemand auf mich."

Das versetzte Garcia einen Stich, obwohl er sich nicht sicher war, ob Franzi das nur erfunden hatte, um ihn zu ärgern. Aber er vermied es, nachzufragen, denn der Gedanke, es könnte Robert Wendling sein, der da zu Hause auf Franzis Sofa saß und ihre Rückkehr sehnlich erwartete, widerte ihn geradezu an. In kurzen Worten erklärte er ihr, wie er dank Melanies Hilfe die Adresse von Alice Wahlin herausbekommen hatte und dass das verschreckte Mädchen die Anwesenheit einer weiblichen Beamtin zur Voraussetzung gemacht hatte, mit ihm zu reden.

Auch diesmal ließ Alice Wahlin sich Zeit und die Kommissare mussten mehrmals klingeln, bis sie die Tür endlich öffnete und die beiden Beamten in ihre Wohnung ließ. Eine schräg stehende, schwere Kommode im Flur zeugte noch davon, dass die junge Frau ihre Tür verrammelt hatte, und Garcia sah an ihren angstvoll geweiteten Augen, dass sie sich auch jetzt, trotz Franzis Anwesenheit, nicht sicher fühlte. In der ganzen Wohnung waren die Vorhänge zugezogen und die Lichter gelöscht und Alice Wahlin lotste die Kommissare in die Küche, die im Gegensatz zum Wohnzimmer nicht zur Straße hin gelegen war.

Sie bot ihnen nichts zu trinken an, bat sie aber, am kleinen, rot lackierten Küchentisch Platz zu nehmen. Selber blieb sie an die Anrichte gelehnt stehen und blickte mit verschränkten Armen an den Kommissaren vorbei. Garcia fiel auf, dass die sehr farbenfroh gestaltete Wohnung jugendliche Lebensfreude ausstrahlte, ganz im Gegensatz zu Alice Wahlin selbst.

„Kennen Sie Andrea Palezki?", eröffnete er das Gespräch.

Die junge Frau wurde noch blasser und hielt sich mit beiden Händen an der Anrichte fest. Sekundenlang brachte sie kein Wort heraus, dann stammelte sie mühsam: „Ich dachte, Sie wären wegen des Autounfalls hier."

„Wir ermitteln im Mordfall Frederik Kaup. Haben Sie davon gehört?"

Zögernd brachte Alice Wahlin ein: „Ja" hervor.

„Gut, dann beantworten Sie bitte meine Fragen: Kennen Sie Andrea Palezki?"

„Ja."

„Woher?"

„Über Facebook."

„Wie oft sind Sie ihr begegnet?"

„Zwei Mal."

Garcia horchte auf. Andrea Palezki hatte von einem einzigen Mal gesprochen.

„Und wie oft haben Sie Daphne Ehrmann getroffen?", fragte er unvermittelt.

Alice Wahlin antwortete nicht sogleich. Um ihre Emotionen zu verbergen, drehte sie sich um, holte ein Glas aus dem Hängeschrank über der Anrichte und füllte es mit Wasser aus der Leitung. Sie versuchte, daraus zu trinken, zitterte jedoch so stark, dass es ihr nicht gelang, das Glas an die Lippen zu führen. Franzi schob ihr einen Stuhl hin und das Mädchen setzte sich. Abermals versuchte sie, aus dem Glas zu trinken, nahm einen zögerlichen Schluck, verschüttete dabei Wasser auf ihrem T-Shirt und setzte das Glas wieder ab.

„Ich weiß es nicht", sagte sie leise.

Jetzt wurde es interessant. Den beiden Kommissaren war klar, dass diese drei Frauen eine eigene Geschichte verband und dass die Aussagen von Andrea und Daphne, sie hätten einander alle kaum gekannt, wohl so nicht stimmen konnten. Und wie es aussah, war Alice Wahlin in diesem Trio der Schwachpunkt. Nun galt es, ihr die Informationen zu entlocken, die die beiden anderen Frauen verschwiegen hatten. Und die beste Methode war vorzugeben, sie wüssten bereits das meiste.

„Wir wissen, dass Sie über Facebook Kontakt zu Andrea Palezki aufgenommen haben, und wir wissen auch, dass Sie sich mit ihr und Daphne Ehrmann getroffen haben. Dass Sie bei der Polizei waren, weil Sie sich verfolgt fühlten, und dass Sie sich gestern, als Sie ins Krankenhaus eingeliefert wurden, ebenfalls wieder verfolgt gefühlt haben. Wir haben Ihre Akten, wir haben Aussagen. Daher würde ich Sie bitten, mir alles über Ihre Bekanntschaft mit Andrea und Daphne zu schildern und dabei nichts wegzulassen. Wir werden jedes Detail überprüfen."

Garcias kleine Rede verfehlte ihre Wirkung nicht. Immer wieder stockend, aber ausführlich erzählte Alice Wahlin ihre Erlebnisse des letzten Jahres: Sie hatte sich wochenlang von einem Mann verfolgt gefühlt, der in dunklen Hauseingängen auf den Wegen stand, die sie täglich zurücklegte. Von der Berufsfachschule in der Innenstadt, in der sie ein Studium als Fremdsprachenkorrespondentin absolvierte, bis zu ihrer damaligen Wohnung in der Thalkirchner Straße waren es nur wenige Kilometer, die sie regelmäßig mit dem Rad fuhr. Und auf dieser Strecke war ihr dieser Mann aufgefallen.

Anfangs war sie ihm immer auf dem Alten Südfriedhof begegnet, den sie auf ihrem Weg durchquerte. Seit sie dort einmal von der Polizei aufgehalten worden war, schob sie das Fahrrad über den Friedhof, sonst wäre der Mann ihr im Vorbeifahren vielleicht gar nicht aufgefallen. Er stand mit dem Rücken zu ihr, jedes Mal vor einem anderen Grab, und sah einfach nicht so aus, als besuche er einen hier liegenden Verwandten – zumal seit nunmehr siebzig Jahren niemand mehr auf diesem Friedhof bestattet worden war. Nach einer Weile hatte Alice ihre Route geändert und den Friedhof gemieden, doch wenige Tage später war er wieder aufgetaucht, in Hauseingängen, an Zeitungsständen, immer mit dem Rücken zu ihr, und bald war sie sich sicher gewesen, dass er auf sie lauerte.

Schließlich hatte der Zufall ihr geholfen, als der Mann eines Tages vor dem Schaufenster einer Metzgerei stand, aus der gerade ein Polizist mit einer Brotzeit heraustrat. Alice Wahlin hatte sich ein Herz gefasst und den Polizisten angesprochen, doch der Mann mit der Sweatshirtjacke war fortgeschlendert und der Polizist war ihm nicht gefolgt. Stattdessen hatte er Alice Wahlin nahegelegt, eine Meldung bei der Polizei zu machen, was sie dann auch befolgt hatte. Sie hatte Formulare ausgefüllt, ihre Beobachtungen zu Protokoll gegeben, mit Beamten geredet, aber geschehen war überhaupt nichts. Nur ihre Angst war größer geworden.

Um ihrem wachsenden Gefühl der Hilflosigkeit Herr zu werden, hatte sie angefangen, im Internet zu recherchieren, sie war vielleicht nicht die Einzige, der die Polizei nicht helfen konnte. Und dann war sie auf die Facebook-Seite von Andrea Palezki gestoßen und hatte ihr geschrieben. Andrea hatte ein Treffen zunächst abgelehnt und sie an Robert Wendling verwiesen, doch Alice Wahlin wollte nicht nochmal zur Polizei gehen. In diesen Chat hatte Daphne Ehrmann sich eingeklinkt und ein Treffen vorgeschlagen, notfalls auch ohne Andrea. Schließlich hatten sie sich zu dritt getroffen: Daphne, Andrea und Alice.

„Wann war das genau?", hakte Garcia nach.

„Ziemlich genau vor einem halben Jahr. Andrea hatte sich nur einverstanden erklärt, weil sie selber nochmal mit diesem Herrn Wendling reden wollte. Sie schien sehr von ihm überzeugt und wollte mit ihm meinen Fall besprechen, weil ich ja nicht mehr zur Polizei wollte. Und dann hat Daphne uns von ..."

Hier brach Alice Wahlin ab und biss sich auf die Zähne.

„... Von ihrer Vergewaltigung erzählt?", fragte Franzi behutsam.

„Ja ... Sie war überzeugt, dass es derselbe Mann war, der Andrea überfallen hatte. Und derselbe, der mir folgte."

„Waren Sie auch davon überzeugt?"

„Damals schon ... Ich kannte sein Gesicht nicht, aber es war alles so ähnlich. Und dann stimmten die Größe und die Kleidung überein. Aber jetzt ...“

Wieder schwieg Alice.

„... Jetzt fühlen Sie sich immer noch verfolgt, obwohl der Vergewaltiger von Andrea Palezki tot ist“, ergänzte Franzi den Satz.

Alice Wahlin begann wieder zu zittern und ihre Augen füllten sich mit Tränen. „Es hört einfach nicht auf! Nach diesem Erlebnis vor der Bäckerei habe ich mir eine neue Wohnung gesucht und versucht, alle Spuren zu verwischen, die zu mir führen könnten. Ich habe sogar meine Ausbildung abgebrochen und unter dem Namen meiner Mutter einen Aushilfsjob in der Lizenzabteilung eines Verlags angenommen ...“

„Das ist Ihnen auch ziemlich gut gelungen, Ihre Spuren zu verwischen“, konstatierte Garcia. „Wir haben Sie nur durch Zufall gefunden.“

„Erzählen Sie uns von Ihren weiteren Treffen mit Andrea und Daphne“, bat Franzi.

„Beim nächsten Treffen hatte Andrea mit Herrn Wendling gesprochen. Sie klang zuversichtlich, dass er der Sache nachgehen würde. Aber sie konnte Daphne nicht überreden, zur Polizei zu gehen und die Vergewaltigung zu melden. Andrea wollte daraufhin kein weiteres Treffen ...“

„Aber Sie schon?“

„Ich bin mit Daphne lose in Kontakt geblieben. Obwohl sie ja eigentlich viel Schlimmeres erlebt hatte als ich, war sie so stark. Irgendwie habe ich mich sicher gefühlt, mich ihr anzuvertrauen.“

„Weiß sie denn, dass Sie weiterhin verfolgt werden?“

Alice unterdrückte ein Schluchzen und bemühte sich, nicht in Tränen auszubrechen. „Nein“, stieß sie schließlich hervor. „Das weiß niemand. Es ... es ist so schlimm, weil ich dachte, dass es vorbei wäre. Als in der Zeitung stand, dass dieser Tote aus dem Auer Mühlbach der Vergewaltiger von Andrea war, hat ... Daphne mich angerufen und gesagt, es wäre vorbei. Ihre Alpträume und meine Verfolgungen hätten jetzt ein Ende. Aber das stimmt nicht ..."

Alice schlug die Hände vor ihr Gesicht, nun konnte sie die Tränen nicht mehr zurückhalten. Sie weinte so bitterlich, dass den Kommissaren nichts anderes übrig blieb, als ihr ein Taschentuch zu reichen und zu warten, bis sie sich ein wenig beruhigt hatte. Franzi strich ihr beruhigend über den Rücken und langsam ebbte das Weinen ab. Irgendwann erhob Alice Wahlin sich, ging zum Küchenwaschbecken, wusch sich das Gesicht mit kaltem Wasser und trocknete es mit einem Geschirrtuch ab. „Kommen Sie mal mit", forderte sie die Kommissare auf.

Diese erhoben sich, um ihr zu folgen. An der Türschwelle zum Wohnzimmer blieb sie stehen. „Pssst. Kein Licht machen. Bleiben Sie hinter mir." Sie bewegte sich ganz langsam und möglichst lautlos auf das Fenster zu, das zur Straße führte und vor dem die Vorhänge bis auf einen Spalt zugezogen waren. Sekundenlang blieb sie stehen, flach atmend, die Kommissare dicht hinter sich spürend, und spähte.

„Er ist nicht da", seufzte sie schließlich mit einer Mischung aus Unglauben und Enttäuschung. „Aber Sie müssen mir glauben: Er steht da unten. Seit Tagen, fast jede Nacht steht er da und sieht zu mir herauf. Sie müssen mir einfach glauben!"

„Wir glauben Ihnen doch", sagte Garcia beruhigend.

„Wirklich?" Zum ersten Mal erschien so etwas wie Erleichterung auf Alice Wahlins verstörtem Gesicht.

„Deswegen sind wir ja hier. Aber setzen wir uns lieber wieder in die Küche", schlug Garcia vor.

Nachdem alle drei dort wieder Platz genommen hatten, erläuterte Garcia der jungen Frau seine Theorie: „Wir glauben, dass es zwischen dem Mann, der im Hauseingang auf Sie lauert, und dem getöteten Frederik Kaup einen Zusammenhang gibt. Der Mann da unten stand mit Kaup in Verbindung. Wir sind auf einen Chat gestoßen, in dem die beiden kommuniziert haben.

Der Mann, der jetzt in Ihrem Hauseingang steht, nannte sich darin Meister. Und Kaup – vor seinem Tod – nannte sich Schatten."

„Shadow", korrigierte ihn Franzi.

Garcia nickte. „Frederik Kaup war so etwas wie ein Schatten, der den Frauen gefolgt ist und sie überfallen ... vergewaltigt hat. Er stand in Verbindung mit einem anderen Mann, dem er etwas schuldete. Dieser Mann, sein Meister, hat sich von Kaups Taten berichten lassen."

Alice Wahlin hörte Garcia mit schreckgeweiteten Augen zu. Er war sich nicht sicher, ob sie ihn verstand.

„Der sogenannte Meister schien aus diesen Erzählungen seinen Genuss zu ziehen", erklärte er ihr. „Und das schien ihm zu genügen. Doch jetzt, wo Kaup tot ist, ist der Meister selber in Aktion getreten. Oder hat es zumindest vor. Er scheint geradezu besessen davon, Kaups unvollendeten Überfall zu Ende zu bringen."

Alice Wahlin starrte Garcia an, das blanke Entsetzen war ihr ins Gesicht geschrieben. „Und dieser unvollendete Überfall ...", stammelte sie, kam aber dann nicht weiter.

„Frau Wahlin", sagte Franzi behutsam. „Wir vermuten, dass Kaup Sie über einen längeren Zeitraum verfolgt und auch heimlich fotografiert hat, um Sie ..." Franzi zögerte, sprach das Wort aber dann doch aus. „... zu vergewaltigen. Dazu ist es zum Glück nicht mehr gekommen, denn Frederik Kaup wurde ermordet. Doch nun ist ein anderer in seine Fußstapfen getreten. Und sein Interesse gilt Ihnen."

„Nein!", rief Alice Wahlin aus. „Nein, nein, nein!"

Sie weinte nun wieder und tat Franzi unendlich leid. Am liebsten hätte sie die junge Frau in den Arm genommen, strich ihr aber stattdessen nur wieder beruhigend über den Rücken. So saßen sie eine ganze Weile, in der keiner mehr etwas sprach. Denn für den Moment war alles gesagt.

Schließlich erhob sich Garcia. „Ich glaube, Sie sollten jetzt schlafen gehen. Wir werden den Hauseingang und die Straße überprüfen und zwei Beamte über Nacht vor der Haustür unten stationieren. Schlafen Sie sich ruhig aus. Wir kommen morgen Vormittag nochmal zu Ihnen, ich würde Sie bitten, bis dahin die Wohnung nicht zu verlassen. Ist das für Sie machbar?“

Alice Wahlin hob den Kopf. „Ja ... ja, natürlich, ich habe die Wohnung seit Tagen nicht verlassen.“

„Gut. Dürfte ich Sie dann noch bitten, mir meinen Ausweis zurückzugeben?“

Alice Wahlin schien nicht zu wissen, wovon er sprach.

„Ich habe ihn vorhin unter Ihrem Türschlitz durchgeschoben“, erinnerte Garcia sie.

Sie sprang auf. „Ihr Ausweis, natürlich. Entschuldigung.“ Sie ging in den Flur und nahm Garcias Ausweis von einer Ablage. „Bitteschön. Und tausend Dank ... dafür, dass Sie mir glauben.“

Sie sah nun ein wenig gefasster aus und die beiden Kommissare gaben ihr zum Abschied die Hand und verließen mit einem einigermaßen beruhigten Gefühl die Wohnung.

Garcia forderte telefonisch den Personenschutz an und nachdem sie den Hauseingang und die Straße überprüft hatten, jedoch keine verdächtige Person gesichtet hatten, ging Franzi zu ihrem Wagen.

„Willst du nicht mit mir hier warten, bis die Kollegen da sind?“, fragte Garcia, beide Hände in den Hosentaschen vergraben, und lächelte sie an. „Vielleicht gibt es ja zwischen uns auch einiges zu bereden.“

Franzi erwiderte das Lächeln nicht. „Ich bin müde. Und zu Hause wartet jemand, schon vergessen?“

Damit stieg sie in ihr Auto und startete mit heulendem Motor. Garcia sah den Rücklichtern ihres Wagens mit gemischten Gefühlen nach. Zwar zeigte Franzis verletzte Reaktion ihm, dass er ihr etwas bedeutete, aber er kannte ihre Sturheit und befürchtete, es gründlich vermasselt zu haben.

SAMSTAG, MORGEN

Staatsanwältin Schnick erhob sich von ihrem Stuhl und baute sich vor Garcia auf, der sitzend ungefähr auf Augenhöhe mit ihr war. Dennoch kam er sich vor dieser kleinen, resoluten Frau, die beide Hände in die Hüften gestemmt hatte, wie ein schlechter Schüler vor – was wohl auch daran lag, dass die Dame ihn fatal an seine erste Grundschullehrerin erinnerte, wie ihm erst jetzt auffiel.

„Was bitteschön hat die Jagd auf einen mutmaßlichen Sexualtäter mit dem Morddezernat zu tun?", fragte sie mit ihrer piepsigen Stimme.

„Wir vermuten, es könnte sich bei diesem Mann um den Mörder von Frederik Kaup handeln", erklärte Garcia ihr müde. Er hatte die ganze Nacht nicht geschlafen und sich stattdessen einen Plan zurechtgelegt, wie er den Verfolger von Alice Wahlin mit deren Hilfe schnappen konnte. Und diesen Plan hatte er gerade Frau Schnick dargelegt.

„Wenn ich recht verstehe", fuhr sie fort, „wollen Sie diese junge Frau ... Wie heißt sie gleich?"

„Alice Wahlin"

„Frau Wahlin als Köder benutzen. Das ist gefährlich."

„Alice Wahlin wird von dem Mann verfolgt. Sie ist nicht unser Köder, sondern seine Beute. Und wir geben ihr Personenschutz und greifen im richtigen Moment zu."

„Dann schlage ich vor, Sie arbeiten bei dieser Aktion mit dem Dezernat für Sexualdelikte zusammen. Herr Wendling weiß sicher einiges über die Psyche solcher Täter und somit über die richtige Herangehensweise."

„Nein!", entfuhr es Garcia so heftig, dass Frau Schnick zusammenzuckte. Er bemühte sich, seinen Ton zu bändigen, als er fortfuhr: „Es muss alles so unauffällig wie möglich sein. Je weniger Eingeweihte, desto besser. Der Täter ist vielleicht schon auf der Hut, nachdem wir gestern bei Frau Wahlin in der Wohnung waren."

Frau Schnick schüttelte den Kopf. „Herr Wendling ist doch kein Klatschreporter, sondern ein sehr fähiger Kommissar. Was ist Ihr Problem? Können Sie keine Hilfe annehmen?"

Garcia schaute ihr in ihre kugelrunden Augen und ärgerte sich darüber, dass in so wenig Körpergröße so viel Sturheit stecken konnte.

Er wusste, dass sie das letzte Wort haben würde, und so entschied er sich spontan dafür, alles diplomatische Gerede sein zu lassen und es mit Ehrlichkeit zu versuchen: „Frau Schnick, Sie wissen doch genau, wie das ist: Je mehr Chefs sich das Kommando teilen, desto chaotischer droht die Aktion zu werden. Und Sie wissen doch auch, dass Herr Wendling und ich beide den Alphatier-Status und somit die Leitung der Aktion für sich beanspruchen werden. Sparen Sie sich die Zeit, mit uns endlose Diskussionen über die Zuständigkeiten zu führen, und vertrauen Sie mir. Oder habe ich bisher einen Fehler gemacht?"

Frau Schnick ließ die Arme sinken, ging um ihren Schreibtisch herum und setzte sich wieder. Es kam ihm vor, als unterdrücke sie ein Lächeln, aber sicher war er sich nicht. Er war sich nicht einmal sicher, ob diese Frau überhaupt lächeln konnte.

„Also gut, überzeugt", sagte sie schließlich. „Ich möchte über alle wichtigen Schritte informiert werden, aber bitte bombardieren Sie mich nicht mit Informationen. Ich werde an diesem Wochenende die meiste Zeit hier an meinem Schreibtisch verbringen und bin jederzeit erreichbar. Rufen Sie mich an, wenn Sie die Aktion starten."

Garcia erhob sich erleichtert. „Vielen Dank, Frau Schnick. Sie können sich darauf verlassen, dass niemand zu Schaden kommen wird."

Die Staatsanwältin nickte nur knapp und Garcia verließ erleichtert schnellen Schrittes den Raum, bevor die Frau es sich noch anders überlegte.

Nun stand dem Kommissar die schwierigste Aufgabe bevor: Alice Wahlin davon zu überzeugen, für ihn den Köder zu spielen, wie die Staatsanwältin es ganz richtig ausgedrückt hatte.

Er traf sich mit Franzi vor dem Wohnhaus in der Schmellerstraße und diesmal öffnete die junge Frau ihnen schon beim ersten Klingeln. Sie war zwar noch immer sehr blass, sah aber ein wenig ausgeruhter aus und bestätigte, dass sie endlich wieder ein paar Stunden am Stück geschlafen hatte.

Diesmal bot sie ihnen sogar einen Kaffee an und nachdem sie in der Küche Platz genommen hatten, erklärte Garcia sein Anliegen, Alice Personenschutz zu geben und auf diese Weise die Spur ihres Verfolgers aufzunehmen. Bis dahin schien sie mit seinem Plan einverstanden, doch nun musste Garcia ihr erläutern, dass die Polizei den Mann ganz bewusst auf ihre Spur setzen und dann zuschlagen wollte. Dass also eine richtig große Polizeiaktion geplant war, in der sie der Mittelpunkt sein sollte. Und das war sicher das Letzte, was Alice Wahlin in ihrem derzeitigen Zustand wollte.

„Nachdem Sie ja irgendwann wieder diese Wohnung verlassen und in Ihr normales Leben zurückkehren müssen, wollen wir Sie auf den ersten Schritten dazu begleiten. Wir lassen Ihnen also Rundum-Überwachung angedeihen, sodass Sie niemals ohne Schutz unterwegs sind."

Noch nickte Alice, also fuhr Garcia fort: „Gut. Wir haben uns einen ersten Weg überlegt, den Sie heute Abend einschlagen könnten. Eine Fährte sozusagen, auf der wir unsere Leute stationieren, in der Hoffnung, den Mann dabei zu sichten. Und damit Sie in jeder Sekunde in Sicherheit sind, dürfen wir dabei nichts dem Zufall überlassen."

Abermals nickte Alice, doch in ihren Augen las der Kommissar, dass sie auf der Hut war vor dem, was jetzt folgen würde. Mit einem Blick gab er Franzi das Zeichen, dass sie fortfahren sollte.

„Wir haben uns das folgendermaßen gedacht", übernahm sie sogleich in einem möglichst leichten Ton: „Sie werden um 19 Uhr

Ihre Wohnung verlassen und ein paar Straßen entlang bis zum Zenettistüberl gehen. Vielleicht kennen Sie das Lokal?“

Alice zuckte nur die Schultern und Franzi lächelte sie an. „Wir überwachen alles – Ihr Treppenhaus, den Eingang, alle Hauseingänge und Hofeinfahrten auf dem Weg. Und sollte der Mann sich an Ihre Fersen heften, dann sind wir zur Stelle und ergreifen ihn, bevor er Ihnen auch nur ein Haar krümmen kann.“

Einen Moment lang starrte Alice Wahlin die Kommissare fassungslos an, dann brach es aus ihr heraus: „Nein! Nein! Nein!“, schrie sie immer wieder und dann: „Nicht schon wieder!“

Franzi legte ihr beruhigend die Hand auf den Arm. „Was meinen Sie damit, nicht schon wieder?“, fragte sie.

Alice Wahlin schüttelte immer wieder den Kopf und sah dabei todunglücklich aus. Schließlich antwortete sie unsicher: „Ich habe solche Angst. Ich will nicht wieder verfolgt werden.“

„Aber wir sind doch da!“

„Trotzdem! Was, wenn ich wieder in Panik ausbreche und vor ein Auto laufe? Vielleicht werde ich diesmal wirklich überfahren!“

Franzis und Garcias Blicke kreuzten sich. Beiden war bewusst, dass die Frau recht hatte und diese Gefahr tatsächlich einzukalkulieren war. Aber dieses Risiko mussten sie wohl eingehen.

„Wir werden den Weg vorher mit Ihnen abgehen, heute Mittag, Schritt für Schritt. Es wird ein kleiner, unauffälliger Spaziergang und meine Kollegin und ich garantieren dabei für Ihre Sicherheit, auch wenn wir nicht glauben, Ihren Verfolger tagsüber anzutreffen“, versuchte Garcia sie zu beruhigen. „Wir können Ihnen jede Stelle zeigen, an der heute Abend ein Beamter postiert sein wird. Sie sind auf jedem Meter beschützt, überall stehen unsere Leute und können jederzeit eingreifen. Es wird Ihnen nichts geschehen, Sie müssen nur einen Fuß vor den anderen setzen und nach vorne schauen.“

Alice Wahlin saß mit gesenktem Kopf da, in ihr schien es heftig zu arbeiten.

„Bitte, Frau Wahlin. Jetzt können wir Ihnen diesen Rundum-Polizeischutz gewähren und es wäre die Chance, den Mann zu stoppen, bevor Schlimmeres passiert. Vielleicht die einzige Chance, denn auf Dauer können wir Sie nicht rund um die Uhr bewachen. Obwohl Sie in Gefahr sind. In akuter Gefahr."

„Sie wünschen sich doch, wieder ein normales, unbeschwertes Leben führen zu können?", beschwor Franzi sie.

„Das werde ich nie wieder können", sagte Alice Wahlin tonlos.

Franzi blickte ihr in die verstörten Augen. „Doch, das werden Sie. Aber dafür müssen Sie uns helfen. Und wir helfen Ihnen."

Langsam nickte Alice Wahlin. Wieder wechselten Franzi und Garcia einen Blick: Sie hatten sie so weit.

SAMSTAG, MITTAG

Langsam hatte Alice Wahlin Fuß vor Fuß gesetzt, wie eine Kranke, die nach langer Bettlägerigkeit erstmals wieder Gehversuche macht, und war mit den Kommissaren die veranschlagte Strecke abgelaufen. Gleich nachdem sie aus der Haustüre trat, musste sie sich nach rechts wenden, die Schmellerstraße etwa hundert Meter entlanggehen und dann noch zwei Mal links abbiegen: von der Fleischerstraße in die Zenettistraße. Dort kam nach etwa fünfzig Metern das Lokal namens Zenettistüberl, das ihr Ziel war.

Jede Nische, jede Einfahrt hatten sie sich unauffällig angesehen und ihr gezeigt, wo die Beamten stationiert sein würden. Die Kunst würde darin bestehen, geradeaus zu schauen und sich nichts anmerken zu lassen – für Alice Wahlin eine große Herausforderung.

Eigentlich öffnete das Zenettistüberl – ein einfaches Bierlokal mit langgezogenem Tresen und kleinen quadratischen Tischen mit rotkarierten Tischdecken und etwas wackligen Holzstühlen – offiziell erst um 19 Uhr, doch herrschte dort jetzt rege Betriebsamkeit. Markus war gerade im Gespräch mit der Wirtin, als Garcia und Franzi mit Alice Wahlin eintraten.

„Ah, da seid ihr ja“, rief er. „Wir besprechen gerade die Sitzordnung.“ Es klang, als bereite er ein Fest vor, statt eine Festnahme zu planen.

„Hast du denn alle erreicht?“, wollte Garcia von ihm wissen. Er hatte am Morgen ein langes Telefonat mit Markus geführt, ihm seinen Plan dargelegt und ihn damit beauftragt, zwei Menschen zu kontaktieren: Kaups ehemaligen Mitbewohner Gero Haas sowie den Juniorchef von Bignetters, Boris Hintermeier. Diese beiden Männer gedachte er im Zenettistüberl zu platzieren, falls der gesuchte „Meister“ sich an Alice Wahlins Fersen heftete und tatsächlich das Lokal betrat. Denn beide hatten sie den Mann gesehen, der sich als Polizeibeamter ausgab und Kaups Computer gestohlen hatte. So hatten sie die Möglichkeit, ihn gleich vor Ort zu identifizieren, sollte es sich bei ihm und Alice Wahlins Verfolger um ein und dieselbe Person handeln. In dem Fall würden sie Franzi ein entsprechendes Zeichen geben.

„Alles schon in trockenen Tüchern", erwiderte Markus. „Gero Haas wird da hinten sitzen, etwas versteckt hinter der Säule, aber mit direktem Blick zur Tür. Der Juniorchef wollte seine Freundin mitbringen, was ich natürlich nicht zugelassen habe. Aber das hat mich auf die Idee gebracht, dass wir ihn mit einer Beamtin an diesem Tisch hier schräg neben dem Eingang platzieren können, sodass er ganz gut hinsehen kann, selber aber nicht gleich im Blickfeld ist. An den anderen Tischen verteilen wir Beamte, hier in der Mitte, am einzigen runden Tisch, wird Franzi sitzen."

Garcia nickte anerkennend und wandte sich an Alice Wahlin: „Hier, an diesem runden Tisch, wird Franziska Lorenz auf Sie warten. Sobald Sie das Lokal betreten haben, gehen Sie zu ihr hin, begrüßen sie wie eine alte Freundin und setzen sich zu ihr. Alles weitere überlassen Sie uns."

Alice Wahlin nickte stumm und Franzi schob dem verstörten Mädchen einen Stuhl hin. Auf dem Weg hatte sie unwillkürlich ihren Arm gehalten, weil sie den Eindruck hatte, Alice könne jeden Moment zusammenklappen.

„Haben Sie heute schon etwas gegessen?", fragte Franzi besorgt.

Alice Wahlin schüttelte den Kopf. „Ich kriege keinen Bissen runter."

„Sie müssen essen", beharrte Franzi. „Ich hole Ihnen jetzt erst mal einen Saft, Sie sind ja völlig unterzuckert."

Franzi ging zur Wirtin hinüber, die im Gespräch mit Garcia war. Ihr fiel auf, wie charmant ihr Chef auf Knopfdruck sein konnte – und es schien seine Wirkung nicht zu verfehlen, die durchaus attraktive Wirtin, deren üppiges Dekolleté ein kunstvolles Tattoo zierte, strahlte. Sie bot Garcia eine Zigarette an, die dieser allerdings ablehnte, und steckte sich dann selbst eine an. Dass die Polizei da war und sie in ihrer Kneipe eigentlich das

Rauchverbot einzuhalten hatte, schien sie nicht zu stören, sie blies dem Kommissar sogar den Rauch ins Gesicht, vermutlich sollte es laszīv wirken.

„Wir sind Ihnen so dankbar, dass Sie uns Ihr Lokal heute Abend überlassen, das würde nicht jede tun", schleimte Garcia und wedelte den Rauch aus seinem Gesicht. „Sie und Ihre Mitarbeiter haben heute Abend frei, wir werden unsere eigenen Leute hinter den Tresen stellen."

Die Wirtin setzte eine enttäuschte Miene auf. „Ach, das ist ja blöd. Ich hab mich schon so gefreut auf die Action hier. Endlich mal was los."

Garcia senkte die Stimme, damit Alice Wahlin ihn nicht hören konnte: „Die Action hier könnte gefährlich werden, der gesuchte Mann ist vielleicht bewaffnet. Ich bitte Sie, dafür zu sorgen, dass keiner Ihrer Mitarbeiter heute hier erscheint. Und vor allem, dass Sie Stillschweigen darüber bewahren, was hier geplant ist."

„Und was ist mit den Stammgästen? Und mit der Laufkundschaft?", startete die Wirtin noch einen Versuch. „Die könnte ich doch wenigstens betreuen. Oder dafür sorgen, dass sie wieder gehen?"

Abermals lächelte Garcia, doch sein Ton war unmissverständlich: „Um die kümmern wir uns, keine Sorge. Sie bleiben heute daheim, wir können kein Risiko eingehen."

Die Frau machte einen Schmollmund und Franzi nutzte die Gelegenheit, sie von Garcia loszueisen und einen Saft für Alice Wahlin zu bestellen.

SAMSTAG, NACHMITTAG

Franzi war es nicht gelungen, Alice Wahlin im Lokal dazu zu bringen, etwas zu essen, und so hatte sie ihr schließlich frisches Obst, Salzstangen und Cola besorgt und sie zurück in ihre Wohnung gebracht mit der Anweisung, unbedingt zu versuchen, bis zum Abend etwas zu sich zu nehmen. Sie war noch eine kleine Weile bei der jungen Frau geblieben und hatte versucht, sie durch gutes Zureden zu entspannen.

„Haben Sie denn nie Angst?“, hatte Alice Wahlin sie gefragt.

„Doch. Natürlich habe ich manchmal Angst. Wissen Sie, was mir am meisten Angst macht? Mit den Angehörigen zu reden. In einem Mordfall kommt immer der Moment, in dem man die Hinterbliebenen benachrichtigen muss. Die Frau, deren Mann ermordet wurde. Den Mann, dessen Frau tot aufgefunden wurde. Am schrecklichsten ist es, mit Eltern zu reden, die ein Kind verloren haben. Sie können sich nicht vorstellen wie das ist. Und bevor ich läute und diese Nachricht überbringen muss, denke ich manchmal, ich muss mich übergeben vor lauter Angst vor diesem schlimmen Moment.“

Alice Wahlin hatte mit großen Augen zugehört und dann schweigend darüber nachgedacht. Irgendwann hatte sie genickt. „Ich kenne dieses Gefühl. Aber Sie tun es trotzdem, nicht wahr? Ich werde es auch tun. Versprochen, ich schaffe das heute Abend.“

Franzi hatte ihre beiden Hände genommen und ihr in die Augen gesehen. „Ja, Sie werden das schaffen. Ich weiß das.“

¶

Nach ihrem Gespräch mit Alice Wahlin war Franzi ins Zenettistüberl zurückgekehrt, in dem Gero Haas und Boris Hintermeier mittlerweile eingetroffen waren. Markus machte alle miteinander bekannt.

Gero Haas war kleiner als Franzi und schien von ihrer Gegenwart eingeschüchtert. Er reichte ihr eine sehr lasche Hand, dann begann er nervös an seinen Pickeln am Kinn zu kratzen, sodass Franzi gar nicht wusste, wo sie hinsehen sollte. Sie bat ihn, seine Position am hinteren Tisch einzunehmen, dann wandte sie sich an Boris Hintermeier.

„An wen erinnert dich der?", fragte Markus sie leise.

„Florian Löscher", erwiderte Franzi sofort. „Typischer Computerfreak."

Boris Hintermeiers Händedruck war dezidierter als der von Gero Haas und auch seine Augen waren wacher. „Sind Sie sicher, dass ich meine Freundin Lena nicht herbestellen kann? Sie ist ziemlich unerschrocken und endlich hätte ich mal was Interessantes zu bieten."

Franzi lächelte. „Wir können kein zusätzliches Risiko eingehen. Es genügt schon, dass wir Sie und Herrn Haas dieser Gefahr aussetzen. Wollen wir gleich mal unsere Sitzpositionen ausprobieren?"

Die beiden Männer setzten sich an die ihnen zugewiesenen Tische und Franzi nahm am runden Tisch Platz.

„So geht das nicht", meinte sie, nachdem sie ein paar Mal mit ihrem Stuhl hin und her gerückt war. „Ich muss ja die Eingangstüre und beide Männer im Blick haben. Wir müssen meinen Tisch weiter nach links schieben."

Noch einige Male wurden Tische und Stühle verrückt, doch gelang ihnen die optimale Lösung nicht und schließlich vereinbarten sie, dass Gero Haas, der in Franzis Rücken saß, ein akustisches Zeichen geben sollte, falls er den Mann erkannte.

„Ich könnte mit den Fingern schnippen", schlug dieser vor und demonstrierte es.

„Das ist so unnatürlich", wandte Franzi ein. „Vielleicht räuspern Sie sich einfach. Oder Sie schnäuzen sich."

„Und wenn ich meinen Zippo auf- und zuklappen lasse?"

„Ach, Sie haben auch so was?", fragte Franzi interessiert. „Frederik Kaup hatte auch einen."

„Ich weiß schon", meinte Gero Haas. „Ist halt unsere Generation."

Franzi nickte. „Einverstanden, das mit dem Zippo-Feuerzeug ist gut. Herr Hintermeier?", wandte sie sich an den Juniorchef. „Sie habe ich ja im Blick, welches Zeichen könnten Sie mir geben?"

Boris Hintermeier demonstrierte verschiedene Gesten, die ihnen alle zu gestelzt vorkamen, bis Franzi eine Idee kam: „Sie werden doch mit einer Beamtin hier sitzen. Wie wäre es, wenn Sie ihre Hand halten, und sollte der Mann hier hereinkommen und Sie ihn erkennen, küssen Sie ihre Hand."

„Der Judaskuss, super!", rief Markus begeistert.

Franzi boxte ihn kumpelhaft in die Seite. „Spinner!"

SAMSTAG, ABEND

Punkt 18 Uhr waren alle auf ihrer Position. Garcia hatte sich als Jogger getarnt und, über Kopfhörer und Mikro mit den anderen Posten verbunden, in eine Hofeinfahrt schräg gegenüber von Alice Wahlins Haus gestellt. Er würde ihr in größerem Abstand folgen, um sie jederzeit im Blick zu haben und notfalls eingreifen zu können. Eine schusssichere Weste, die Frau Schnick ihm angeraten hatte, trug er nicht. Er ging davon aus, dass der Täter eher mit einem Messer oder einem Spray als mit einer Schusswaffe ausgerüstet war. Nun galt es, noch eine Stunde zu warten, und das fiel ihm schwer angesichts der eiligen Betriebsamkeit, die ihn den ganzen Tag auf Trab gehalten und ihn wie im Fieber hatte agieren lassen. Innerlich hoffte er inständig, dass der Mann sich heute zeigen würde. Frau Schnick hatte zwar zugestimmt, die Aktion am Sonntag zu wiederholen, doch ab Montag sollte wieder Normalität einkehren und es war nicht einmal sicher, dass Alice Wahlin weiterhin Personenschutz gewährt würde. Zu sehr fußte alles auf Mutmaßungen und Interpretationen als auf Fakten.

Das Schlachthofviertel, in dem neben der Schlachtung von Tieren, die noch immer in Teilen der großen Backsteingebäude stattfand, vor allem Großhandel mit Fleisch, Fisch und Feinkost betrieben wurde, gehörte nicht unbedingt zu den In-Ausgehvierteln Münchens. Doch hatte es ein paar interessante Lokale zu bieten, vor allem das Wirtshaus im Schlachthof galt seit Jahrzehnten als beliebter Kulturtreffpunkt, und so war an diesem Samstagabend einiges los auf den Straßen und Bürgersteigen. Auch in der Hofeinfahrt, in der Garcia stand, kam und ging ab und zu jemand und um keinen Argwohn zu erwecken, tat er, als tippe er auf seinem Smartphone.

Die Sonne war bereits untergegangen und im Schein der spärlichen Hofbeleuchtung versuchte er aus den Augenwinkeln, sich die Gesichter der Menschen einzuprägen. Von seiner Startposition aus hatte er den perfekten Blick auf Alice Wahlins Hauseingang, doch gerade auf dessen Höhe war die Straßenlaterne defekt, sodass die Silhouetten der Vorbeigehenden nur sehr schemenhaft erkennbar waren. Garcia fluchte innerlich auf die Stadtwerke und ärgerte sich über sich selbst, weil er nicht daran gedacht hatte, die Straßenbeleuchtung überprüfen zu lassen.

Nur um nochmal ganz sicher zu gehen, fragte er die einzelnen Posten über sein Headset ab, angefangen bei Markus, der in Alice Wahlins Treppenhaus stand, über die diversen Beamten, die auf dem Weg Wache hielten, bis hin zu Franzi, die im Zenettistüberl am runden Tisch saß. Florian und Steffi waren bei dieser Aktion nicht aktiv eingeplant worden, hielten jedoch im Präsidium die Stellung und waren auf Abruf, sollten irgendwelche Probleme oder Sonderaufgaben anfallen. Die Posten meldeten sich alle zurück, bisher war kein auffälliger Mann gesichtet worden, doch den Kollegen war die Anspannung deutlich anzuhören und auch Garcia konnte seine Nervosität kaum verbergen. Es kam ihm wie eine Ewigkeit vor, bis er endlich die Kirchenglocke der benachbarten Andreaskirche sieben Mal schlagen hörte.

Etwa zwei Minuten später öffnete sich die Haustür und eine sehr zerbrechlich wirkende Alice Wahlin erschien. Ihr Gesicht war in der Dunkelheit zwar nicht zu erkennen, doch ihr Gang war unsicher und sie wankte leicht, als sie auf die Straße trat.

Garcia spürte, wie sich jeder Muskel in ihm anspannte. „Es geht los", flüsterte er in sein Headset.

Von seiner Stellung aus konnte er die ganze Straße hinunterblicken und, wie ein Jogger an einer roten Ampel auf der Stelle tretend, beobachtete er, wie Alice Wahlin langsam die Straße entlangging. Ab und zu kam ihr jemand entgegen, doch es heftete sich kein Mann an ihre Fersen.

Kurz bevor sie abbog und seinen Blicken entschwand, wollte Garcia seine Deckung verlassen, als ein Mann in Sweatshirtjacke, die Kapuze jedoch nicht über den Kopf gezogen, auf einem Fahrrad an seiner Hofeinfahrt vorbeifuhr. Der Kommissar wartete, bis er vorübergefahren war, kam dann erst aus seiner Deckung, joggte los und sah gerade noch, wie der Radfahrer um dieselbe Ecke bog, um die Alice Wahlin verschwunden war.

Garcia fühlte eine schreckliche Nervosität, nun weder Alice noch den Mann auf dem Fahrrad im Auge zu haben, erhöhte sein Lauftempo und flüsterte in sein Mikro: „Wer hat Alice im Blick?"

„Posten Nummer vier", meldete sich ein Beamter. „Höhe Fleischerstraße Nummer 6."

„Okay, achtet auf einen Fahrradfahrer mit Sweatshirtjacke. Seht ihr ihn?"

Einige Sekunden verstrichen, dann kam die Antwort: „Ist gerade an uns vorbeigefahren ... Jetzt bremst er."

„Ist er noch hinter Alice?"

„Ja, aber auf der anderen Straßenseite."

„Gut. Lasst ihn nicht aus dem Blick und haltet mich auf dem Laufenden."

„Verstanden."

Garcia hatte nun die Kreuzung erreicht, verlangsamte seinen Schritt und trat kurz auf der Stelle, als er den Mann sah, der von seinem Rad abgestiegen war und auf seinem Handy tippte. Ein kleines Stück weiter vorn ging Alice Wahlin auf dem Bürgersteig der anderen Straßenseite.

Da meldete sich ein weiterer Posten: „Hier Posten Nummer fünf. Ein Mann hat gerade die Straße überquert und geht nun in geringem Abstand hinter Alice her."

Garcia hatte das ebenfalls gesehen, nahm jedoch im selben Augenblick wahr, dass der Fahrradfahrer sich nach hinten umdrehte, und um keinen Argwohn zu erwecken, joggte er geradeaus die Schmellerstraße weiter, anstatt wie geplant links abzubiegen.

„Posten Nummer fünf: Beobachtet den Mann und informiert mich", flüsterte er. „Posten Nummer vier: Was macht der Radfahrer?"

„Hier Posten Nummer vier. Er hat sein Handy weggepackt und steigt gerade wieder auf ... Jetzt fährt er los."

Garcia machte kehrt und sah, wie ein Auto von der Schmellerstraße in die Fleischerstraße einbog. Die Langsamkeit, mit der es fuhr, deutete darauf hin, dass der Fahrer – den Garcia leider nicht erkennen konnte – auf Parkplatzsuche war, doch etwas anderes machte den Kommissar stutzig: Es handelte sich um einen sehr alten weißen BMW, das Baujahr schätzte Garcia auf Mitte der siebziger Jahre, und plötzlich erinnerte er sich, dass er ein solches Auto vor dem Haus von Gero Haas hatte wegfahren sehen, als er dem Computerdieb nachgelaufen war.

Es raschelte in seinem Headset: „Hier Posten Nummer sechs, Zenetti-, Ecke Fleischerstraße. Alice biegt jetzt in die Zenettistraße ein."

„Seht ihr einen Mann, der ihr in geringem Abstand folgt?"

Es dauerte kurz, bis die Antwort kam: „Nein, kein Mann zu sehen. Nur zwei Frauen etwas weiter hinten."

„Und ein Radfahrer in Sweatshirtjacke?"

Da meldete sich eine andere Stimme dazwischen: „Hier Posten Nummer vier. Alice ist abgebogen. Der Radfahrer ist noch auf der Fleischerstraße, er ist wieder stehengeblieben und tippt auf seinem Handy."

„Lasst ihn nicht aus den Augen!"

Garcia, der mittlerweile die Fleischerstraße entlanglief, sah weiter vorne den Radfahrer und beschloss, an ihm vorbeizulaufen und einen Blick auf ihn zu erhaschen.

Die Rücklichter des weißen BMW bogen gerade links in die Zenettistraße.

„Posten Nummer sechs, seht ihr einen weißen BMW?"

„Hier Posten Nummer sechs. Der ist gerade vorbeigefahren."

„Posten Nummer sieben?", fragte Garcia.

„Hier Posten Nummer sieben, Emil-Muhler-Torweg gegenüber Zenettistüberl."

Gerade joggte Garcia an dem Radfahrer vorbei, sodass er dem von ihm angefragten Posten nicht gleich antworten konnte. Er warf einen möglichst unauffälligen Blick zur Seite: Der Mann hob nicht den Kopf, sondern starrte auf sein Handydisplay, das sein Gesicht schwach erleuchtete. Es handelte sich um einen sehr jungen Mann, eher um einen Jugendlichen, der Kommissar hatte sich den „Meister" immer älter vorgestellt, aber wissen konnte man das nie.

Als er außer Hörweite war, flüsterte er in sein Mikro: „Posten Nummer sieben, seht ihr Alice?"

„Hier Posten Nummer sieben. Sie kommt gerade, noch zwanzig Meter, dann hat sie das Zenettistüberl erreicht."

„Seht ihr einen Mann, der ihr folgt?"

„Negativ."

„Gut. Seht ihr einen weißen BMW?"

„Ja. Der fährt sehr langsam, ist noch kurz hinter Alice. Er bremst. Jetzt fährt er weiter ..."

Garcia hatte nun selbst die Zenettistraße erreicht und erfasste alles mit einem Blick: Alice Wahlin war auf Höhe des Zenettistüberls angelangt und schickte sich an, das Lokal zu betreten. Der weiße BMW fuhr gerade langsam an ihr vorbei, hielt jedoch nicht an. Im gleichen Moment überholte ihn der Radfahrer mit der Sweatshirtjacke, auch er war nach links in die Zenettistraße abgebogen.

Garcia wartete, bis der Mann etwas weiter geradelt war und wollte gerade etwas in sein Mikro sprechen, da meldete sich Franzi: „Hier Posten Nummer acht. Alice hat das Lokal betreten."

„Danke. Wartet auf unsere Anweisungen. Wir haben die Straße im Blick."

„Alles klar."

Der weiße BMW hatte nun das Ende der Zenettistraße erreicht, schnell sprach Garcia in sein Mikro: „Posten Nummer zehn? Stoppt den weißen BMW und überprüft den Fahrer. Seid vorsichtig."

Der Radfahrer war erneut stehen geblieben, direkt vor der Andreaskirche gegenüber des Lokals, und hatte sein Handy gezückt, doch Garcia entschloss sich, noch abzuwarten. Sie wollten den Täter ja schließlich auf frischer Tat ertappen. Dennoch hatte er ein mulmiges Gefühl, befürchtete er doch, der Mann mit der Sweatshirtjacke könnte ihnen ganz schnell auf Schleichwegen davonradeln.

„Hier Posten Nummer zehn. Der BMW ist vorbeigefahren, er war zu schnell, wir konnten ihn nicht mehr stoppen."

Garcia fluchte innerlich, der am Ende der Zenettistraße platzierte zehnte Posten war der letzte in dieser Richtung, es gab nun keine Möglichkeit mehr, den BMW zu überprüfen.

In dem Moment steckte der Radfahrer das Handy weg, stieg wieder auf und fuhr weiter, am Zenettistüberl vorbei die Zenettistraße entlang nach Norden.

Damit nicht dasselbe wie mit dem BMW passierte, gab Garcia den Befehl: „Posten Nummer neun, bereit machen für Kontrolle. Wir überprüfen den Radfahrer, der gleich an euch vorbeifährt."

„Alles klar."

„Zugriff!"

Die beiden Männer liefen auf die Straße und stellten sich dem Radfahrer in den Weg, der erschrocken abbremste.

¶

Er fuhr einmal ums Karree und parkte seinen weißen BMW in der Adlzreiterstraße. Nachdem er den Motor abgedreht hatte, blieb er kurz hinter dem Steuer sitzen und dachte nach. Sie war in dieses Lokal in der Zenettistraße gegangen, alleine. War sie dort mit jemandem verabredet? Wie lange würde sie bleiben? Wo würde sie danach hingehen?

Er spürte, wie sich alles in ihm anspannte, wie ihm bei dem Gedanken, dass sie endlich ihre Wohnung verlassen hatte, dass er seiner Beute so nahe war, dass er sie heute vielleicht noch kriegen würde, das Adrenalin durch seinen Körper schoss, sich von der

Magengegend ausbreitete bis in die Fingerspitzen, in die Beine, in jede Extremität. Er hatte eine fast schmerzhafte Erektion, kurz schloss er die Augen, atmete ein paar Mal tief durch, versuchte, sich zu beruhigen.

Als sein Herz wieder etwas gleichmäßiger klopfte, stieg er aus seinem Wagen aus, schloss ihn ab, schloss ihn dann aber wieder auf. Vielleicht wäre es nötig, sie in seinen Wagen zu verfrachten, dann müsste er schnell handeln können.

Er wusste, dass ein kleiner Weg, der Emil-Muhler-Torweg, die Adlzreiterstraße direkt mit der Zenettistraße verband, und während er nun im Schutze der Dunkelheit diesen Weg einschlug, überlegte er, was er tun sollte.

¶

Der Radfahrer hieß Thorsten Krueger, war Schüler an der städtischen Robert-Bosch-Fachoberschule und auf dem Weg nach Hause in seine WG, die am anderen Ende der Zenettistraße lag. Da die Zenettistraße jedoch eine Einbahnstraße war, hatte er sich angewöhnt, immer den Schlenker über die Schmeller- und die Fleischerstraße zu fahren, ganz gemäß der Verkehrsordnung, obwohl seit Längerem das Fahren für Radfahrer in beide Richtungen gestattet war. Aber er war es leid, immer wieder von besserwisserischen Autofahrern angehupt zu werden, die das noch nicht registriert hatten.

Er hatte den Beamten sogar freiwillig seine Handy-Konversation gezeigt, es handelte sich um einen Gruppenchat und ging um eine Party, die an diesem Abend noch gemeinsam besucht werden sollte. Sie notierten seine Personalien, dann ließen sie ihn weiterfahren.

Garcia hatte sich mittlerweile in einer Hofeinfahrt schräg gegenüber des Zenettistüberls positioniert, wenige Meter vor dem Emil-Muhler-Torweg. Von hier aus konnte er die ganze Straße gut überblicken.

¶

Er hatte nun das Ende des Torweges erreicht und blieb einige Meter vor der Einmündung in die Zenettistraße in der Dunkelheit stehen. Was, wenn sie das Lokal längst wieder verlassen hatte? Was, wenn sie ihm entkommen war? Nein, das durfte ihm nicht, konnte ihm nicht passieren, er hatte die Macht über sie, über ihre Angst. Sie gehörte ihm, sie war seine Beute, und ein echter Jäger ließ seine Beute niemals entkommen.

Plötzlich reizte ihn der Gedanke, einfach in die Kneipe zu marschieren, wie ein ganz normaler Gast. Er würde sich an einen Tisch setzen, ein Bier bestellen und sie beobachten: seine Beute, die er sich heute noch holen würde.

Er strich sein Jackett glatt, blickte an sich hinunter: Nichts würde ihn verraten, keine Sweatshirtjacke, wie Fred Kaup sie getragen hatte, er sah aus wie ein ganz normaler Mann und so würde er sich auch verhalten. Sie durfte keinen Verdacht schöpfen, sie war auf der Hut, vielleicht würde sie argwöhnisch werden, wenn ein Mann alleine das Lokal betrat.

Doch die Lust, sein Opfer in hellem Licht aus nächster Nähe ein letztes Mal zu sehen, bevor er in der Dunkelheit über sie herfallen würde, war größer als seine Bedenken. Und selbst wenn sie ihn erkannte: Heute Nacht würde sie sterben, irgendwo weit weg von hier, wo keiner einen Zusammenhang herstellen würde zwischen ihm und ihr.

¶

Garcia hatte die ganze Zeit den Eingang des Zenettistüberls im Blick und beobachtete genau, wer die Kneipe betrat. Bisher waren es nicht viele, zumeist Paare oder kleine Gruppen, nur einmal ein einzelner Mann.

Nachdem keiner von Gero Haas oder Boris Hintermeier erkannt worden war, war jeder der Kneipenbesucher von Beamten in Zivil in einen Hinterraum gebeten worden, wo die Personalien aufgenommen wurden. Dann mussten die Gäste das Lokal wieder verlassen mit der Anweisung, sich nicht in der Nähe aufzuhalten, sondern sich auf schnellstem Wege von der Zenettistraße zu entfernen.

„Hier Posten Nummer sieben", meldete sich ein Beamter aus dem Emil-Muhler-Torweg. Er sprach so leise, dass Garcia ihn kaum verstehen konnte. „Ein Mann ist gerade an uns vorbeigegangen und stehen geblieben. Jetzt geht er auf das Zenettistüberl zu."

Garcia sah, wie der Mann aus dem kleinen Weg geschlendert kam, eine Hand lässig in der Hosentasche. Er trug keine Sweatshirtjacke, sondern Jeans und Jackett und sah nach nächtlichem Spaziergänger aus. Leider konnte er das Gesicht des Mannes aus der Entfernung nicht erkennen. Er beobachtete, wie der Mann die Straße überquerte und direkt auf das Zenettistüberl zusteuerte, und ihn durchfuhr der Gedanke wie ein Blitz, dass diese Art zu gehen ihm bekannt vorkam, gerade als der Mann die Tür zum Lokal öffnete.

Franzi erlebte den Moment wie in Trance: Hinter ihr klappte Gero Haas seinen Zippo auf und zu, aus den Augenwinkeln sah sie, wie Boris Hintermeier seiner Begleiterin die Hand küsste, und gleichzeitig wie ihre beiden Zeugen erkannte auch sie den Mann, der gerade das Lokal betreten hatte – es war Robert Wendling. Und als in Sekundenschnelle die Gedanken durch ihren Kopf rasten, sie jedoch noch nicht richtig begriffen hatte, was hier vor sich ging, und glaubte, der Kollege habe sich nun doch noch in die Ermittlungen eingeschaltet, krallte Alice Wahlin sich in einem intuitiven Impuls in ihren Arm und stammelte: „Er ist es!"

Franzi war aufgesprungen und rief: „Robert? Du?", doch während sie die Zusammenhänge noch immer nicht ganz verstanden hatte, schien Robert Wendling die Situation sofort erfasst zu haben und reagierte prompt.

Mit drei Schritten war er bei Franzi, hielt ihr seine Pistole an die Schläfe und schrie in den Raum: „Keiner bewegt sich oder sie ist tot!"

Er packte Franzi mit einem Arm im Würgegriff, hielt ihr mit der anderen weiterhin die Pistole an den Kopf, zog sie vom Tisch weg und zerrte sie Richtung Ausgang. Franzi spürte das kalte Eisen an ihrer Schläfe und ließ sich mitschleifen.

Mit dem Fuß stieß Wendling die Tür des Lokals auf, trat mit Franzi auf die Straße und schrie: „Ich erschieße Franziska Lorenz, wenn ihr versucht, mich zu stoppen!"

„Robert", flüsterte Franzi. „Bob, was soll das?"

In ihrem Kopf wirbelten die Gedanken durcheinander und erst allmählich dämmerte ihr, dass der Mann, den sie suchten, der Verfolger von Alice Wahlin, der Meister von Frederik Kaup, niemand anderes als Robert Wendling war.

„Du bist still", zischte Wendling. Dann brüllte er Garcia, der seine Deckung verlassen hatte und nur noch wenige Meter vom Zenettistüberl entfernt war, an: „Aus dem Weg oder ich schieße!"

Garcia blieb wie angewurzelt stehen. Schneller als Franzi hatte er begriffen, dass der Meister sein Kollege Robert Wendling war – und dass er kaum einen gefährlicheren Gegner haben konnte.

„Aus dem Weg!", schrie Wendling abermals, doch Garcia wich nicht zurück.

„Waffe runter!", schrie er Wendling an.

Aber dieser wechselte mit Franzi als lebendem Schutzschild auf die andere Straßenseite.

„Stopp! Stehen bleiben!", rief Garcia ihnen hinterher, wagte es aber nicht, zu schießen. Zu groß war die Gefahr, dass Franzi dabei verletzt wurde.

„Schneller", zischte Wendling Franzi ins Ohr, ohne sich nach Garcia umzusehen, packte seine Geisel noch fester und zerrte sie in den Emil-Muhler-Torweg. Er griff unter ihre Jacke, zog ihr die Heckler und Koch aus dem Holster und pfefferte sie unter eine Hecke.

In dem Moment, als sie entwaffnet war, fühlte Franzi das ganze Ausmaß ihres Ausgeliefertseins und spürte plötzlich Todesangst.

„Posten Nummer sieben“, rief Garcia, während er Wendling und Franzi in kurzem Abstand folgte. „Der Täter hat Franzi als Geisel. Nicht schießen! Er ist bewaffnet!“

Garcia beobachtete, wie Wendling mit seiner Geisel durch den Torweg lief, und, als der Posten Nummer sieben auf den Weg hinaustrat, einen Schuss in dessen Richtung abgab. Sofort gingen alle in Deckung, nur Garcia drückte sich an den Mauern entlang und folgte den beiden weiterhin in geringem Abstand. Er durfte sie keinesfalls aus den Augen verlieren, alles andere war ihm in diesem Moment egal.

Die Verfolgung war gefährlich, der Weg verlief schnurgerade und es gab kaum Möglichkeiten, in Deckung zu gehen. Wendling ging zwar schnell, sah sich jedoch immer wieder um und war mit Sicherheit bereit, sofort wieder abzufeuern, sollte er eine Bewegung wahrnehmen.

Garcia musste den Abstand etwas vergrößern und gab den Befehl an alle Posten, sofort mehrere Wagen in die Adlzreiterstraße zu schicken, jedoch keinesfalls zu schießen, um Franzis Leben nicht zu gefährden.

Im gleichen Moment bog Wendling bereits mit Franzi in die Adlzreiterstraße ab und Franzi erkannte sofort den altmodischen weißen BMW, den Wendling privat fuhr. Ihr Gefühl sagte ihr, dass sie keine Chance mehr hatte, sich zu befreien, wenn er sie erst in dieses Auto gesperrt hätte. In ihrer Verzweiflung versuchte sie, sich aus seinem Arm zu winden, doch sofort verstärkte Robert Wendling seinen Würgegriff. Sie bekam kaum mehr Luft.

„Denk nicht, dass ich dich verschonen werde“, sagte er eiskalt.

„Du wirst mich nicht erschießen.“ Franzis Stimme klang halb erstickt. „Du bist kein Mörder.“

Wendling lachte rau. „Woher willst du das wissen?“

Er öffnete die Fahrertür, stieß sie brutal hinein, schrie sie an: „Los, rutsch rüber!“ und setzte sich dann ans Steuer, die Pistole noch immer auf sie gerichtet.

Einen Moment lang erwog Franzi, ihre Beifahrertür aufzustoßen und sich hinausfallen zu lassen, doch war das Risiko zu hoch, dass Wendling dann auf sie schießen würde.

„Du würdest nie auf eine Frau schießen", beschwor sie ihn in ihrer Todesangst.

„Das ist die leichteste Übung", höhnte Wendling. „Esther Kaup hab ich sogar den Hals umgedreht. Es hat nicht mal drei Sekunden gedauert. Aber noch brauche ich dich. Und ich werde hier aus der Nummer rauskommen. Wenn du keine Dummheiten machst, kommst du vielleicht mit dem Leben davon."

Franzi gefror das Blut in den Adern. Ihr war klar, dass Wendling sie töten würde, sobald er sie nicht mehr als Geisel brauchte.

Er startete den Motor, die Waffe weiterhin auf sie gerichtet, und lenkte den Wagen mit einer Hand aus der Parklücke heraus.

Garcia hatte mittlerweile das Ende des Weges erreicht und musste zusehen, wie der weiße BMW mit quietschenden Reifen an ihm vorbeifuhr. Ohne lange zu überlegen, rannte er auf die Adlzreiterstraße, zielte mit erstaunlich ruhiger Hand auf den linken Hinterreifen und feuerte ab.

Es gab einen Knall, das Auto geriet ins Schleudern, rammte ein geparktes Auto und kam zum Stehen. Der Motor heulte auf, da war Garcia auch schon beim Wagen angelangt, riss die Fahrertür auf und zielte mit seiner Waffe auf Wendling.

Doch dieser hielt seine Pistole direkt an Franzis Schläfe und fauchte: „Ein Schuss und deine Kleine ist tot! Lass die Scheißwaffe fallen!"

Was Garcia in Robert Wendlings Augen las, ließ keinen Zweifel zu, dass dieser schießen würde. Langsam ließ er seine Waffe sinken.

Und dann ging alles sehr schnell: Er sah, wie Franzi nach hinten geschleudert wurde. Den Bruchteil einer Sekunde später löste sich ein Schuss, die Scheibe der Beifahrertür barst in tausend Scherben und Garcia dachte, jetzt ist es aus. Franzi ist tot.

Wendling drehte sich ruckartig um und zielte mit seiner Pistole direkt auf Garcias Kopf, den Finger noch am Abzug, doch in letzter Sekunde riss Garcia geistesgegenwärtig seine Waffe hoch und drückte ab. Wendling schrie getroffen auf, krümmte sich nach vorne und presste die linke Hand auf den Bauch. Seine Jacke färbte sich blutrot und langsam quoll das Blut zwischen seinen Fingern hervor. Er versuchte, mit der rechten Hand nochmals seine Waffe zu heben, doch da stürzte Garcia sich auf den blutenden Wendling und entriss ihm die Pistole. Der Getroffene blickte ihm kurz in die Augen und in diesem letzten Blick las Garcia einen abgrundtiefen Hass. Dann verlor Robert Wendling das Bewusstsein.

Einen Augenblick später war Garcia auf der anderen Seite des Wagens und riss die Tür auf. Die Rückenlehne des Beifahrersitzes war nach hinten geklappt und Franzi lag flach darauf.

„Franzi! Bist du verletzt?“, rief Garcia.

Sie richtete sich auf, sah ihn fast verwundert an, rieb sich den von Wendlings Würgegriff schmerzenden Nacken und sagte langsam: „Ich glaube nicht. Das ist der Vorteil von diesen alten Autos. Die Rückenlehnen sind stufenlos verstellbar.“

Sie versuchte ein Lächeln, dann begann sie, am ganzen Körper zu zittern – doch da hatte Garcia sie auch schon in den Arm genommen und hielt sie ganz fest an sich gedrückt.

SAMSTAG, NACHT

Garcia saß auf der Couch in seinem Wohnzimmer und fühlte sich seltsam hilflos. Die Erkenntnis, dass es Robert Wendling war, den sie so fieberhaft gesucht hatten, dass dieser Kollege, den er zwar instinktiv hasste, jedoch für einen fähigen und vor allem integeren Kommissar gehalten hatte, der Mann war, der Frederik Kaup erpresst, sich am Bericht seiner Taten ergötzt hatte und schließlich nach dessen Tod in seine Fußstapfen getreten war, der Mann, der es auf Alice Wahlin abgesehen hatte, der selbsternannte Meister – diese Erkenntnis hatte er zwar kognitiv erfasst, jedoch noch keineswegs verarbeitet. Wie hatte es so weit kommen können?

Die Fragen überschlugen sich in seinem Kopf: Wieso Wendling? Wieso dieser selbstbewusste, ja selbstverliebte, aber durchaus charmante Kollege, der doch Erfolg bei den Frauen hatte? Wo kam diese dunkle Seite her? War er deswegen im Dezernat für Sexualdelikte gelandet, weil er dort etwas ausleben konnte, was immer schon in ihm geschlummert hatte? Kam er aus zerrütteten Verhältnissen, gab es Fälle von Missbrauch in seiner Kindheit? Oder war er erst durch die Begegnung mit Frederik Kaup zum Mitwisser und Täter geworden? Fragen, auf die er keine Antwort fand, und nachdem Wendling nach einer Notoperation im künstlichen Koma lag, würde es wohl noch dauern, bis er Antworten bekäme.

Außerdem machte er sich Vorwürfe, Franzi in solche Gefahr gebracht zu haben. Während Wendling Franzis Leben bedrohte und Garcia deshalb seine eigene Waffe hatte sinken lassen müssen, hatte Franzi in ihrer Verzweiflung mit der rechten Hand den seitlichen Hebel ihres Sitzes betätigt und war mitsamt der Rückenlehne stufenlos in die Liegeposition geflogen. Schon die erste Bewegung wahrnehmend hatte Wendling die Pistole, die er an Franzis Schläfe hielt, abgedrückt, doch der Schuss war ins Leere gegangen und hatte lediglich die Fensterscheibe zertrümmert. Der nächste Schuss hätte Garcia gegolten, doch dieser hatte schneller reagiert. Das Projektil aus seiner Pistole hatte Wendlings unteren linken Rippenbogen gestreift und war knapp unterhalb der Leber vorbeigeschossen. Seitdem vor Jahren einmal ein Unschuldiger tödlich getroffen worden war, nachdem eine Kugel einen Menschen durchschossen hatte, waren die Waffen der Polizei mit sogenannten ‚mannstoppenden' Projektilen versehen, sodass die Kugel sich im Körper wie ein kleiner Fallschirm entfaltete und steckenblieb. In Wendlings Fall im Darm.

Dass er überleben würde, war ziemlich sicher, Garcia hatte ihm zwar eine gefährliche, aber keineswegs tödliche Verletzung zugefügt. Der Arzt hatte Garcia allerdings gewarnt, dass durch die Entleerung des Darminhalts in die Bauchhöhle das Risiko einer Bauchfellentzündung bestand, welche die Genesung und somit die Vernehmungsfähigkeit wesentlich verzögern konnte.

Franzi selbst war völlig unverletzt geblieben, zumindest körperlich. Ihr Manöver war riskant gewesen – doch als sie Garcia seine Waffe hatte senken sehen, war ihr das als letzter Ausweg erschienen, unbewaffnet wie sie war. Wie sie ihrem Chef später gesagt hatte: „Ich wollte dieses Eisen von meiner Schläfe weghaben." Und mit einem traurigen Lächeln hatte sie hinzugefügt: „Ich wusste, dass du auf ihn schießen würdest, wenn ich nicht mehr direkt bedroht wäre. Es tut mir leid."

Garcia hatte darauf keine Antwort gewusst und sie einfach nur an sich gedrückt. Er wollte sich nicht ausmalen, wie das Ganze hätte ausgehen können, wenn Franzi nicht diese geistige Präsenz gehabt hätte.

Mittlerweile kümmerten sich Psychologen des Kriseninterventionsteams sowohl um Franzi als auch um Alice Wahlin und Garcia konnte dort im Moment nichts ausrichten. Zu gerne wäre er bei seiner Kollegin geblieben, wäre für sie da gewesen, aber sein Angebot, sich um sie zu kümmern, hatte sie sehr dezidiert abgelehnt.

Und nun saß er hier und machte sich Sorgen. Eine Frage kam ihm seltsamerweise immer wieder in den Sinn: Woher hatte Franzi gewusst, dass die Rückenlehne von Wendlings Beifahrersitz mit einem Handgriff nach hinten umzulegen war? Und irgendwie nagte der Verdacht an ihm, dass Wendling diesen Trick mit ihr im Auto zuvor angewandt hatte – um sie im wahrsten Sinne des Wortes flachzulegen. War ihm der Gedanke, zwischen den beiden könnte etwas gelaufen sein, bisher höchst unangenehm gewesen, so liefen ihm jetzt bei dieser Vorstellung geradezu Schauer über den Rücken – ob vor Ekel oder vor Angst um Franzi, wusste er selber nicht so genau.

So vertieft in seine Gedanken, überhörte er das Klingeln an seiner Haustür und reagierte erst, als Sturm geläutet wurde. Zu seiner Überraschung stand dort seine Kollegin Steffi Holtzhaus, in der Hand zwei Flaschen Bier und im Gesicht ein breites Grinsen.

„Derf i reikemma?", fragte sie und ging einfach voraus ins Wohnzimmer. Dort ließ sie sich auf das Sofa plumpsen und hielt Garcia die beiden Bierflaschen hin. „Machst du se auf? Gläser brauch ma ned."

„Sind wir verabredet?", fragte Garcia halb verwirrt, halb im Scherz. Er nahm ein Feuerzeug, das neben den Kerzenleuchtern lag, entzündete damit erst die Kerzen, öffnete dann die Bierflaschen und reichte Steffi eine.

„Kimm, sitz di her", lud sie ihn ein, neben sich auf dem Sofa Platz zu nehmen, und Garcia kam der Aufforderung nach. Ihm fiel auf, wie Steffi im privaten Rahmen immer viel stärker in ihre bairische Mundart verfiel.

„Der Markus hod mi vorhin angrufen und mir verzählt, wia's glaufen is. Mit der Franzi hob i aa grad telefoniert, die is jetz oafach nur fertig, aber die derpackt des. Der Oanzige, der wo amal wieder ned psychologisch betreut worden is, des bist du. Deswegen hob i mir denkt, des übernimm jetz i."

„Du willst mich psychologisch betreuen?"

„Logisch! Prost!" Sie hielt ihm ihre Bierflasche hin und sie prosteten sich zu. „Außerdem hob i nix zum doa, mein Mo geht immer scho um zehne ins Bett, die Kinder san ausgflogen und i hob einfach ned schlaffa kenna. Da bin i halt hergfahrn." Sie sah ihn einen Moment lang ernst an. „Jetz verzählst du mir no amal ois ganz genau. Und dei Gfühle brauchst dabei ned aussparn, i versprech dir, i verrat koam, dass du Gfühle host."

Garcia musste lächeln. Und dann begann er zu erzählen. Er berichtete Steffi von der Aktion rund um Alice Wahlin, der Last der Verantwortung, die er immer so selbstverständlich auf sich nahm, der Eskalation der Lage, von seinem Gefühl, die Kontrolle über die Situation verloren zu haben, und vor allem: von seiner Angst, die er um Franzi gehabt hatte. Und während er redete und Steffi ihm einfach nur stumm und aufmerksam und mit einem Blick voller Empathie und ganz ohne Spott zuhörte, merkte er, wie unendlich gut es ihm tat, sich einmal alles von der Seele zu reden.

„Wenn du wüsstest, was in dem Moment alles durch meinen Kopf gegangen ist, als ich auf Wendlings Reifen geschossen habe! Ich dachte, vielleicht verursache ich einen tödlichen Autounfall. Ich dachte, vielleicht sieht er mich zielen und erschießt Franzi. Ich dachte, das ist die einzige Chance, die ich habe, Franzi zu befreien. Stell dir vor, er wäre mit ihr entkommen!"

Beim Gedanken daran vergrub Garcia unwillkürlich das Gesicht in seinen Händen.

Steffi fuhr ihm mit einer fast mütterlichen Geste über den Kopf. „Is doch ois guad gangen", tröstete sie ihn.

Garcia fühlte eine Welle der Dankbarkeit in sich aufsteigen, darüber dass Steffi bei ihm saß und für ihn da war. Eine Weile saßen sie in einvernehmlichem Schweigen nebeneinander und tranken ihr Bier.

Dann fragte Steffi: „Sag amal, is jetz eigentlich der Wendling der Doppelmörder vom Ehepaar Kaup?"

„Zumindest hat er Franzi gegenüber zugegeben, der Mörder von Esther Kaup zu sein. Wir werden natürlich die Spuren daraufhin nochmals genau auswerten, aber selbst wenn wir nichts finden, scheint es doch plausibel zu sein. Zumal Kaups gestohlene Computer bereits in Wendlings Wohnung sichergestellt wurden."

„Den Zusammenhang musst ma genauer erklärn."

„Robert Wendling hatte Frederik Kaup in der Hand. Er hat ja nach Andrea Palezkis Vergewaltiger gefahndet und da sind sicher auch Hinweise auf Frederik Kaup eingegangen. Irgendwie muss er den Kaup gefunden haben. Doch statt ihn zu verhaften, hat er mit ihm einen Deal gemacht: Kaup musste ihm von seinen Taten berichten und Wendling hat sich daran ergötzt."

„Zwoa Perverse", murmelte Steffi.

„Ja, zwei Perverse, die sich perfekt ergänzt haben. Bis zu dem Zeitpunkt, als Fred Kaup ermordet wurde. Nun wurde es eng für Wendling, denn er musste in aller Eile sämtliche Spuren verwischen, die auf ihn hingedeutet hätten."

„Den Chat löschen", ergänzte Steffi.

„Genau. Und vielleicht befanden sich ja noch andere Hinweise auf Kaups Rechnern. Deswegen musste er möglichst an alle seine Computer kommen. Er ist in Kaups Firma und in seine Münchner Wohnung gegangen, hat sich als Kripo-Kommissar ausgegeben, was er ja praktischerweise auch war, und hat die Computer einfach mitgenommen."

„Ganz schee riskant. Was, wenn den oaner erkannt hätt?"

„Ich denke, er hatte keine andere Wahl. Er wusste ja, dass ich das Leben von Frederik Kaup auf den Kopf stellen würde, und er musste mir zuvorkommen. Immerhin hat er sich einen Schnurrbart angeklebt. Verrückt."

„Und dann hod des ja aa no perfekt funktioniert."

„Darüber könnte ich mich grün und blau ärgern. Ich hab noch seinen weißen BMW damals wegfahren sehen, vor Gero Haas' Haus, aber ich hatte ja keine Ahnung ... Wendling fährt als

Dienstwagen einen schwarzen BMW ... Und dann ist er nachts in Fred Kaups Haus eingebrochen, um dort auch die Computer zu holen. Ich mache mir immer noch Vorwürfe, dass ich sein Haus nicht habe überwachen lassen."

„Du kannst nix dafür", tröstete ihn Steffi. „Du host doch die falsche Info ghabt, dass die Kaup-Witwe in der Klinik is."

Garcia nickte. „Und der Wendling hatte dieselbe Information: Er dachte, sie wäre in der Klinik und hat die Gelegenheit genutzt, in ihr Haus einzubrechen."

„Nur, dass die Esther Kaup heimlich abghauen is."

„Ja, leider! Sie lag schon zu Hause im Bett, als er eingebrochen ist. Das Risiko, dass sie ihn identifiziert, war einfach zu hoch – da hat er ihr kurzerhand das Genick gebrochen."

Steffi schauderte. „Was für a koitblütiger Kerl."

Garcia schüttelte den Kopf über sich selbst: „Ich bin an die Sache viel zu naiv rangegangen. Ich hatte immer noch das Bild vom Typen in Kapuzenjacke im Kopf, ich bin einfach nicht davon ausgegangen, dass er eine Schusswaffe bei sich trägt. Und mit dem Wendling hätte ich niemals gerechnet. Der ist zwar ein eingebildeter Blödmann, aber doch kein Vergewaltiger!"

„Eingebildeter Blödmann? Der hod a ausgwachsene narzisstische Persönlichkeitsstörung!"

„Aha?"

„Des siegt ma doch glei. Der braucht koa unglückliche Kindheit ghabt ham. Des reicht, dass der von seine Eltern entwertet worden is, des kann aa ganz subtil abglaufen sei. Aber dass der aufs Höchste auf die Anerkennung und Bewunderung von außen angwiesen is, des siegt a Blinder mit Krückstock."

„Und das hat ihn zum Vergewaltiger gemacht?", zweifelte Garcia Steffis Theorie an.

Doch sie zuckte nur die Schultern. „Größenfantasien. Der Meister. Sein Schatten. Und sei Beute. Basst doch."

„So einfach ist das ..."

„Oafach is des ned, aber eindeutig …“

Während Garcia sich Steffis psychologische Analyse durch den Kopf gehen ließ, war diese in Gedanken schon einen Schritt weiter: „Aber jetz konkret: Glaubst du, der Wendling hod aa den Kaup auf seim Gewissen?“

„Hmm.“ Garcia nahm einen tiefen Schluck aus seiner Flasche. „Ich weiß es nicht. Warum sollte er die Kuh schlachten, die er melkt?“

„Vielleicht hod der Kaup aufhörn wollen? Und der Wendling hod Angst ghabt, dass er ihn verrät?“

Garcia schüttelte den Kopf. „Du hast doch den Chat gelesen. Kaup war mitten in Aktion.“

Er legte die Stirn in Falten und dachte angestrengt nach. Dann setzte er seine Bierflasche so abrupt auf dem Couchtisch ab, dass Steffi hochschrak. „Verdammt! Wendling kann überhaupt nicht Fred Kaups Mörder sein! Er hat nämlich das beste Alibi der Welt!“

„A so? Welches denn?“

„Mich!“

Steffi blickte ihn verwundert an. „Vielleicht brauchst doch an richtigen Psychologen.“, versuchte sie einen Scherz, aber Garcia ging gar nicht darauf ein.

„Ich war doch auf Fortbildung in Hamburg mit ihm! Genau in dem Zeitraum, der für den Mord an Kaup in Frage kommt.“

„So a Mist!“, schimpfte Steffi. „Vielleicht is er ja von dort kurz nach München abghaun für den Mord. Heimlich nachts?“

„Vergiss es. Wir saßen immer alle bis spät nachts zusammen und in der Früh um acht ging es weiter. Und der Wendling war immer dabei, das weiß ich genau, weil der mir so dermaßen auf den Sack gegangen ist.“

„Da host du a bessere Menschenkenntnis als d'Franzi“, stellte Steffi fest.

„Glaubst du, sie hatte was mit dem?“, fragte Garcia unvermittelt.

Steffi lächelte. „Denkbar wär's. Der schaugt ja ned schlecht aus."

Garcia schnitt eine Grimasse. „Jetzt sag halt! Dir hat sie es doch bestimmt erzählt, ihr sitzt schließlich zusammen in einem Büro."

„Mir hod se nix verzählt und i hob aa nix mitkriegt, wird also scho nix gwesen sein. Du, aber wenn der Wendling ned der Mörder vom Kaup gwesen is ... Wer denn dann?"

„Wer hatte ein Motiv?", überlegte Garcia.

„Andrea Palezki", sagte Steffi prompt.

„Daphne Ehrmann", ergänzte Garcia.

„Alice Wahlin", schloss Steffi.

„Aber keine von ihnen wusste, wer ihr Vergewaltiger war", gab Garcia zu bedenken.

„Es sei denn, sie ham's doch irgendwie rauskriegt."

Garcia überlegte. „Daphne Ehrmann wird mauern. Andrea Palezki könnte auch schwierig werden, die ist zwar emotionaler, aber sie lässt nichts raus. Die Schwachstelle ist Alice Wahlin. Ich wollte morgen sowieso nach ihr sehen, da werde ich ihr auf den Zahn fühlen."

„Wie is des no amal genau abglaufen?", fragte Steffi. „Der Kaup is erst betäubt und dann ertränkt worden, oder?"

„Als der Kaup in den Fluss geworfen wurde, war er schon tot. Ihm wurde eine tödliche Dosis Pentobarbital gespritzt und die Leiche dann im Isarkanal oder im Auer Mühlbach entsorgt."

„Hmm. Giftmord, des klingt nach Frau, die nehmen ja liaber die weichen Methoden."

„Weiche Methoden?", fragte Garcia. „Und das Entsorgen im Fluss?"

„Des klingt nach Mann", gab ihm Steffi recht. „Vielleicht san ja sogar zwoa beteiligt gwesen?"

Garcia unterdrückte ein Gähnen. „Alles Spekulation. Steffi, ich bin auf einmal so müde. Das kommt von deiner guten psychologischen Betreuung."

Steffi erhob sich. „Hab scho verstanden. Des Bier is aa leer, oiso muss i wohl hoamgehen. Naja, wenigstens bin i amal wieder an am Samstagabend auf der Piste gwesen."

„Auf der Piste?"

„Des verzähl i dahoam, dass mein Mo mal wieder a bisserl aufmerksamer wird. Muss ja koiner wissen, dass i bloß bei dir war."

„Also komm. So harmlos bin ich auch wieder nicht."

„Guader Versuch, aber mi kriegst ned rum!"

Garcia grinste. „Schade. Wir wären ein tolles Paar." Dann fügte er ernst hinzu: „Danke, Steffi."

„Für was?"

„Für alles."

SONNTAG, MORGEN

Garcia erwachte aus wirren Träumen vom Läuten seines Handys. Bis er den Apparat gefunden hatte, war jedoch schon die Mailbox angesprungen. Gleich darauf läutete das Festnetz und fluchend suchte er nach dem Hörer. Auch hier verpasste er den Anrufer, die Nummer war unterdrückt.

Er brauchte eine Weile, um richtig wach zu werden und seine Gedanken zu sortieren. Der erste Klare davon galt Franzi und er wählte ihre Nummer, doch sie ging nicht hin. Er hinterließ eine Nachricht mit der Bitte, sich bei ihm zu melden, dann setzte er einen Kaffee auf und stellte sich erst mal zehn Minuten unter die Dusche.

Während er sich das Wasser über Kopf und Körper laufen ließ, grübelte er darüber nach, ob er Alice Wahlin anrufen oder direkt zu ihr fahren sollte, und entschied sich dafür, ihr einen unangekündigten Besuch abzustatten. Den Gedanken, Franzi mitzunehmen, verwarf er wieder, er wollte ihr eine Ruhepause gönnen.

Während er unter der Dusche war, verpasste er Franzis Anruf, die ihm auf die Mailbox gesprochen hatte, es gehe ihr so weit gut, sie brauche aber noch etwas Ruhe. Auch Steffi hatte eine Nachricht hinterlassen, in der sie um dringenden Rückruf bat. Einen Moment lang überlegte er, ob er Steffi zu Alice Wahlin mitnehmen sollte, doch dann machte er sich alleine auf den Weg.

SONNTAG, MITTAG

Alice Wahlin schien nicht zu Hause zu sein, zumindest brannte an diesem düsteren Herbsttag, an dem die Sonne nicht hinter den Wolken hervorbrechen mochte, in keinem der Fenster Licht und sie öffnete nicht. Auch an ihr Telefon ging sie nicht und Garcia wollte gerade kehrtmachen, da öffnete sich die Nachbarstür und die ältere Dame, die er bereits kannte, spähte hinaus.

„Ach, Sie san's wieder!", rief sie aus. „Guad, dass ich Sie treff." Sie kam näher und senkte konspirativ die Stimme: „I hob Sie des nämlich letztes Mal scho fragen wolln: Wie haben S' des gmeint, ich soll mich vor den Bayern hüten? Ham S' da jemand Speziellen im Visier?"

„Ehrlich gesagt, habe ich mich getäuscht", erwiderte Garcia ebenso konspirativ. „Es war doch ein Preuße."

„Wer? I hob Eana ned verstandn", fragte die ältere Dame bestimmend nach.

„A Preiß war's!", erklärte Garcia etwas lauter. „Aber den haben wir gestern erwischt, Sie können ganz beruhigt sein."

„A so?" Die Dame schien beruhigt und zugleich fast enttäuscht. „Und was wolln S' dann scho wieder do?"

„Wissen Sie, ob Ihre Nachbarin zu Hause ist?"

„Ja, ganz bestimmt, die Wohnungen san ja so hellhörig, da woaß ma ois vo de Nachbarn. Und die hod heit früh scho Radio ghört."

Garcia drehte sich wieder zu Alice Wahlins Tür, klopfte und rief: „Frau Wahlin! Garcia hier, öffnen Sie bitte!"

Tatsächlich ging kurz darauf die Tür auf und eine ziemlich verschlafene Alice Wahlin steckte den Kopf heraus. „Entschuldigung", sagte sie verwirrt. „Wie spät ist es denn?"

„Schon nach 12 Uhr mittags."

Sie rieb sich die Augen. „Ich war heute so früh wach und irgendwie muss ich vorhin wieder eingeschlafen sein." Plötzlich machte sie ein ängstliches Gesicht. „Ist was passiert?"

„Nein, alles gut. Dürfte ich kurz reinkommen?“

Alice Wahlin machte Platz und ließ Garcia ein, dann schloss sie hinter ihm wieder die Tür, direkt vor der Nase der neugierigen Nachbarin.

„Diese aufdringliche Schachtel von nebenan macht mich ganz fertig“, seufzte sie.

Diesmal ließ sie den Kommissar im Wohnzimmer Platz nehmen, ein deutliches Zeichen, dass sie ihre Angst vor dem Fenster zur Straße hin überwunden hatte oder zumindest willens war, es zu tun.

„Wie geht es Frau Lorenz?“, wollte sie als erstes wissen.

„Danke, sie ist wohlauf. Noch etwas unter Schock, aber die ist zäh.“

„Und ... der Mann?“, fragte Alice Wahlin zögerlich.

„Robert Wendling wird durchkommen, das ist sicher. Das Projektil wurde gestern aus seinem Darm entfernt und hat keine lebenswichtigen Organe beschädigt.“

„Haben Sie schon mit ihm geredet?“

„Nein, das wird noch dauern, es besteht die Gefahr einer Sepsis, nachdem Teile des Darminhalts in die Bauchhöhle geflossen sind.“ Garcia schnitt eine Grimasse. „Ich erspare Ihnen unappetitliche Details, aber es kann noch Wochen dauern, bis wir mit ihm reden können.“

„Und es war wirklich dieser Kripo-Beamte? Der Mann, dem Andrea so vertraut hat?“ Alice Wahlin konnte es immer noch nicht richtig fassen.

„Ja, es war wohl dieser Kripo-Beamte“, bestätigte Garcia. „Er hat Andrea Palezkis Vertrauen missbraucht, er hat Frederik Kaup erpresst und er hat Sie nach Kaups Tod verfolgt.“

„Was für eine Bestie“, murmelte Alice Wahlin.

Garcia sah sie abwartend an. Nach so vielen Jahren, in denen er Zeugen befragt, Gespräche und Verhöre mit Verdächtigen geführt hatte, wusste er intuitiv, welche Frage als Nächstes hätte kommen müssen: Die Frage danach, ob Robert Wendling auch der Mörder von Frederik Kaup war. Doch diese Frage schien Alice Wahlin nicht in den Sinn zu kommen und das veranlasste Garcia dazu, den nächsten Satz direkter zu formulieren, als er es ursprünglich vorgehabt hatte. Er rechnete mit dem Überraschungseffekt.

„Sie wissen, dass Robert Wendling nicht der Mörder von Frederik Kaup war." Es klang nach einer Feststellung, nicht nach einer Frage.

Alice Wahlin wurde knallrot und starrte Garcia so ertappt an, dass dieser wusste, dass er auf der richtigen Spur war. Und die würde er nun mit Vehemenz weiterverfolgen: „Und das können Sie nur wissen, weil Sie wissen, wer Frederik Kaup umgebracht hat."

Alice Wahlin schluckte. Sie war noch immer hochrot im Gesicht und kleine Schweißperlen bildeten sich auf ihrer Oberlippe. Abermals schluckte sie trocken, brachte aber keinen Laut hervor.

„Wir werden es sowieso herausbekommen", fuhr Garcia in eindringlichem Ton fort. „Aber Sie können uns und vielleicht auch sich selbst einiges ersparen, wenn Sie uns jetzt die Wahrheit sagen."

Alice Wahlin schüttelte vehement den Kopf. „Nein!", rief sie aus. „Ich liefere niemanden ans Messer!"

Bevor Garcia darauf etwas antworten konnte, schrie sie ihm plötzlich ins Gesicht: „Ich war es! Ich habe ihn getötet!"

Das war nicht die Antwort gewesen, die Garcia erwartet hatte, obwohl er nicht mit Bestimmtheit sagen konnte, welche Antwort er überhaupt erwartet hatte.

Als sie weitersprach, war ihre Stimme fast tonlos: „Ich hatte seit einiger Zeit immer eine Giftspritze dabei. Ich habe damit gerechnet, überfallen zu werden, er hatte mich ja schon so lange verfolgt. Und als es dann wirklich so weit war ... als er mich überfallen hat, habe ich ihm die Spritze reingestoßen, in den Arm ... Da ist er sofort ganz schlapp geworden, er lag über mir wie eine bleierne Masse. Stellen Sie sich vor, er hat sogar kurz geschnarcht!

Und dann ... dann war er tot. Und ich habe ihn in die Isar gerollt."

Garcia konnte nicht ganz glauben, was er da hörte. Ein kurzer, prägnanter Bericht über einen Mord, den dieses junge zerbrechliche Mädchen alleine begangen haben sollte.

„Wo ist das alles passiert?", fragte er. „Und wann?"

„Mittwoch, der 15. Mein Unglückstag."

„Am 15. Oktober? Wo war das?"

„Nachts, in den Isarauen. Ich bin da spazieren gegangen, es war kurz vor Mitternacht."

„Da sind Sie ganz allein spazieren gegangen? Obwohl Sie sich verfolgt fühlten? Wo genau war das?"

Alice Wahlin nestelte nervös an ihren Haaren herum. „Das war irgendwo so Richtung Süden, unterhalb von Straßlach. Ich war vorher im Biergarten mit einer Freundin und danach wollte ich mir noch die Beine vertreten und bin ein ganzes Stück isaraufwärts gelaufen, entlang des Kanals, und da irgendwo ist das passiert."

„Ich kenne die Gegend. Da ist es nachts stockfinster, einsam und ziemlich unheimlich."

Alice Wahlin zuckte nur die Schultern.

„Und woher hatten Sie die Giftspritze?"

Wieder zuckte Alice Wahlin die Schultern.

In dem Moment läutete Garcias Handy. Es war eine unterdrückte Nummer, doch er entschied sich, hinzugehen. Es war Steffi, sie klang gereizt: „Mann, Alexander, seit heut früh ruf ich bei dir an, kannst nicht amal drangehn?"

„Ich bin doch dran. Was gibt's denn so Dringendes?"

„Ich weiß gar nicht, wo ich anfanga soll. Also pass auf. Erstens: Wolfgang Schlier is gestern Abend am Flughafen festgnommen worden, bevor er ins Flugzeug nach Indien gstiegen is. Mit Drogen in seim Besitz. Is doch endlich amal a gute Nachricht."

Garcia seufzte. „So wie es aussieht, spielt das für uns keine Rolle mehr. Er hat wohl mit alldem nichts zu tun. Und zweitens?"

„Zweitens: Ich hab an Anruf aus Georgien bekommen. Diese Anastasja is tatsächlich dorthin zurück. Ich hab ihre Nummer für dich."

Garcia hatte nicht das Herz, Steffi zu sagen, dass wohl auch dies keine allzu große Rolle mehr spielte, wenngleich er das Mädchen natürlich anrufen würde.

„Gibt es noch ein Drittens?", fragte er stattdessen.

„Drittens", sagte Steffi triumphierend. „Des mit der Giftspritzn is mir die ganze Zeit durch den Kopf gangen. Und die Franzi hat mich doch gebeten, den Arbeitsplatz von der Daphne Ehrmann zu checken, in Mittersendling, wo sie garbeitet hat, wia der Kaup sie überfalln hat. Des hab ich auch gmacht, aber so leicht war des nicht, weil da vor Kurzem a neue Firma einzogen is. Aber ich bin ja hartnäckig und hab so lang umananderr telefoniert, bis ich endlich heut früh alle Infos zamm ghabt hab: Diese Daphne Ehrmann is gar nicht Sekretärin gwesn, die hat da in einer Tierarzt-Praxis garbeitet. Und jetzt halt dich fest: Daphne Ehrmann is eigentlich veterinärmedizinisch-technische Assistentin und die Praxis ghört ihrm Onkel. Und wia ich den gfragt hab, ob da mal Pentobarbital verschwundn is, da hat der ganz schee rumgstottert. Ich bin mir sicher, dass die Daphne Ehrmann dort was abgstaubt hat. Und er hat's nicht gmeldet."

„Wow", sagte Garcia. „Danke, Steffi. Ich meld mich nachher wieder."

Er legte auf und blickte Alice Wahlin an, die noch immer an ihren Haaren herumnestelte und Strähnchen um ihre Finger wickelte.

„Sehen Sie mich doch mal bitte an", bat er.

Langsam hob sie den Kopf.

„Sie haben das alles nicht allein gemacht. Sie hatten eine Komplizin. Daphne Ehrmann. Sie war es, die die Giftspritze besorgt hat."

Alice Wahlin senkte wieder den Kopf.

„Ich verstehe, dass Sie Ihre Freundin schützen wollen, aber Sie schaden damit nur sich selbst. Erzählen Sie mir jetzt bitte, wie es wirklich war. Ich möchte die ganze Wahrheit hören, haben Sie mich verstanden?“

Eine Weile schwieg Alice Wahlin. Als sie schließlich zu sprechen begann, klang ihre Stimme belegt, aber sie bemühte sich, nicht laut in Tränen auszubrechen: „Ich habe mich mit Andrea und Daphne getroffen, damals, weil ich das Gefühl hatte, dass derselbe Mann, der die beiden überfallen hatte, auch mich verfolgte. Andrea wollte mich zum Wendling schicken ...“ Alice schauderte. „Aber bis zu dem wurde ich gar nicht vorgelassen. Gott sei Dank. Naja, und dann ist halt nichts passiert, die Polizei hat nichts getan, aber ich fühlte mich weiter verfolgt. Ich hatte solche Angst, verstehen Sie?“

„Ja, das verstehe ich. Und in Ihrer Angst haben Sie sich an Daphne Ehrmann gewandt?“

„Daphne war diejenige, die den Vorschlag gemacht hat, wir könnten versuchen, den Mann zu fangen. Andrea wollte davon nichts wissen. Keine Alleingänge, das hatte sie auch der Polizei versprochen. Erst hat sie versucht, Daphne von dieser Idee abzubringen. Dann hat sie sich geweigert, sich weiter mit ihr zu treffen.“

„Aber Sie haben sich weiterhin mit Daphne Ehrmann getroffen?“

„Sie war so sicher, so stark. Und sie war die Einzige, die meine Angst verstehen konnte. Ich ahnte nicht, was sie vorhatte. Sie hat gesagt, sie gibt mir Personenschutz. Ich war zuerst sehr erleichtert darüber ... aber dann habe ich gemerkt, dass sie regelrecht versucht hat, dem Mann Fallen zu stellen. Sie hat dafür gesorgt, dass ich öfter nachts alleine irgendwo rumlaufen sollte und hat mich dabei bewacht. Mir ist das erst hinterher so richtig klar geworden.“

„Hinterher?“, hakte Garcia nach.

„Nachdem ... dieser Mann ... dieser Kaup über mich hergefallen ist. Als das passiert ist, war ich nicht darauf gefasst, obwohl ich ja die ganze Zeit darauf gewartet hatte. Er hat sich auf mich gestürzt und mich von hinten zu Boden geworfen und ich dachte, jetzt ist alles aus. Ich habe nach Daphne geschrien, ich wusste ja, dass sie in der Nähe ist. Ich dachte, sie würde mich befreien und die Polizei rufen ..." Als Alice Wahlin weitersprach, klang ihre Stimme bitter: „Aber Daphne hatte nie vor, die Polizei zu rufen. Sie hatte eine Spritze dabei, seit Wochen lief sie mit dieser Giftspritze rum, die sie für ihren Vergewaltiger reserviert hatte. Und ich war ihr Köder, der sie zu ihm führen sollte. Ich wusste nicht, dass sie vorhatte, ihn zu töten. Ich hätte das nie mitgemacht."

Garcia glaubte dem Mädchen. „Was haben Sie gemacht, nachdem Frederik Kaup tot war?", fragte er.

„Ich wollte wegrennen, aber Daphne hat gesagt, wir müssten diese Leiche wegschaffen. Und dass ich jetzt da mit drin stecke. Ich kann mich nicht mehr genau erinnern, wie es war, ich war wie in Trance. Ich weiß nur noch, dass dieser Körper so schrecklich schwer war, und dass wir immer wieder innehalten und Luft holen mussten. Und einmal kamen auch Leute vorbei, aber die haben uns nicht gesehen, es war ja stockdunkel. Als wir ihn endlich an der Böschung hatten, hat Daphne ihm einen Tritt gegeben und er ist hinuntergerollt und ins Wasser gefallen. Und sie hat gesagt: Gute Nacht, Arschloch."

Es entstand eine kurze Pause. Garcia wusste, dass Alice Wahlin ihm jetzt die richtige Version der Geschichte erzählt hatte, und er fand es bewundernswert, dass sie zunächst versucht hatte, alle Schuld auf sich zu nehmen und Daphne aus dem Spiel zu lassen. Und genau das sagte er ihr auch.

Sie sah ihn dankbar an, doch dann verdüsterte sich ihr Gesicht wieder: „Daphne hatte recht, ich stecke da mit drin."

„Mag sein, aber Sie sind keine Mörderin. Und für Sie gelten mildernde Umstände. Machen Sie sich nicht zu viele Sorgen und nehmen Sie sich vor allem einen guten Anwalt. Am besten eine Frau."

Alice Wahlin sah ihn ängstlich an: „Verhaften Sie mich jetzt?“

Garcia seufzte, die Antwort fiel ihm nicht leicht: „Ich werde Sie jetzt über Ihre Rechte aufklären und Sie dann von Kollegen ... von Kolleginnen ins Präsidium bringen lassen. Vorläufige Festnahme nennt sich das, aber das hat noch nicht viel zu bedeuten. Alleine schon, dass Sie gerade ein umfassendes Geständnis abgelegt haben, wird sich mildernd auswirken. Und ich werde ein persönliches Gespräch mit der Staatsanwältin führen.“

Alice Wahlin nickte tapfer.

„Ich hätte da noch eine Frage an Sie“, fuhr Garcia fort. „Haben Sie Daphne Ehrmann seit dem Mord an Frederik Kaup wiedergesehen?“

Alice schüttelte vehement den Kopf. „Nein! Ich wollte nicht! Ich habe Ihnen ja erzählt, dass sie mich angerufen hat. Im Fernsehen hatten sie sein Bild veröffentlicht und um Hinweise gebeten. Da ist sie irgendwie durchgedreht und hat ihrer Frauenärztin anvertraut, dass das der Mann war, der sie vergewaltigt hat. Als sie sich wieder gefangen hatte, hat sie offenbar Angst bekommen, ich könnte das alles nervlich nicht durchstehen und auch mit jemandem reden. Sie hat mich beschworen, still zu halten. Wir hatten eigentlich vereinbart, erst mal keinen Kontakt mehr zu haben, aber als dann in der Zeitung offiziell gemeldet wurde, dass dieser Frederik Kaup wirklich der gesuchte Vergewaltiger war, hat sie mich doch wieder angerufen. Sie war ganz aufgedreht am Telefon und ich dachte, ich müsste jetzt auch erleichtert sein. Aber ich war es nicht.“ Ihre Augen füllten sich mit Tränen, sie konnte ein Schluchzen nicht unterdrücken. „Und dann ... dann ist auf einmal alles von vorne losgegangen. Der Schattenmann hat mich wieder verfolgt, stand in dunklen Hauseingängen, alles genau wie vorher. Und ich habe nichts mehr verstanden. Ich dachte, wir haben den Falschen getötet.“

„Haben Sie mit Daphne darüber gesprochen?“

„Nein. Ich konnte nicht. Ich hatte einfach nur Angst und habe mich in meiner Wohnung verschanzt. Bis Sie gekommen sind und mich wieder als Köder benutzen wollten. Schon wieder ..."

„Jetzt ist es vorbei", sagte Garcia sanft. „Niemand wird Sie mehr benutzen."

Alice Wahlin senkte den Kopf und ließ ihren Tränen freien Lauf.

SONNTAG, NACHMITTAG

Garcia stieg in dem Moment vor dem großen Mietshaus in der Entenbachstraße aus, als Daphne Ehrmann es gerade durch die untere Haustüre verließ. Er war nur wenige Meter von ihr entfernt und als ihre Blicke sich kreuzten, wurde ihm schlagartig klar, dass sie Bescheid wusste. Irgendwie musste es Alice Wahlin gelungen sein, sie zu warnen, obwohl er den beiden Beamtinnen, die sie abgeholt hatten, eingebläut hatte, sie dürfe unter keinen Umständen ihr Handy benutzen.

Mit einem gehetzten Blick sah Daphne sich nach einer Fluchtmöglichkeit um. Über ihrer Schulter hing eine dunkelblaue Reisetasche, die sie einfach fallen ließ, und da sie noch immer die Eingangstür in der Hand hielt, schlüpfte sie in Windeseile wieder in das Haus und drückte Garcia, der zu ihr gehastet war, die Tür direkt vor der Nase ins Schloss.

Während er ihre Schritte im Treppenhaus nach oben hin verhallen hörte, drückte er fieberhaft sämtliche Klingeln, bis endlich der Türöffner ging.

Er war sich sicher, dass Daphne Ehrmann mindestens zwei Stockwerke hinaufgelaufen war, und nachdem es keinen Aufzug gab, begann er, vorsichtig die Treppe hinaufzugehen und rief dabei über sein Handy Verstärkung.

Im 2. Stock standen nur fremde Namen an den Türen und so folgte Garcia den Windungen der Treppe weiter nach oben, vorsichtig gegen die Wand gedrückt und in alle Richtungen spähend, immer auf der Hut, um nicht plötzlich von Daphne angegriffen zu werden, was dieser Frau durchaus zuzutrauen war. Auch im 3. Stock schien sie nicht zu wohnen und nachdem er kurz an jeder Tür gelauscht hatte, stieg er in den 4. Stock hinauf, wo er endlich den Namen „Ehrmann“ neben einer Tür fand.

Er lauschte angestrengt hinein. Mittlerweile rief ein Stockwerk tiefer ein Mann: „Hallo? Wer hat da geläutet?“, doch der

Kommissar reagierte nicht und wartete reglos, bis sich die Tür unten wieder schloss.

Sollte Daphne in ihre Wohnung zurückgeschlüpft sein, würde sie sich so schnell nicht wieder herauswagen. Doch sein Gefühl sagte Garcia, dass sie ganz nach oben gelaufen war, und so schlich er in das letzte Stockwerk hinauf, in dem niemand mehr wohnte und das über eine schmale Feuertür zum Dach führte.

Es gelang ihm nicht gleich, sie zu öffnen, irgendetwas hatte sich in der niedrigen Tür verkeilt und erst nach mehrmaligem wildem Rütteln gab sie nach. Ein Feuerlöscher, den Daphne vermutlich von außen an die Türklinke geklemmt hatte, fiel scheppernd zu Boden.

Einige Treppenstufen aus Metall führten hinauf zu einer Art Luke und die öffnete sich auf das Flachdach des Hauses. Ein Schild warnte „Betreten auf eigene Gefahr".

Als Garcia auf das Dach hinaus trat, erfasste ihn ein leichter Schwindel. Ein kalter Wind schlug ihm entgegen, der ihm einen Augenblick lang den Atem nahm, doch er achtete nicht darauf. Er sah sich nach allen Seiten auf dem geteerten Flachdach um und nachdem er Daphne nicht sofort finden konnte, schlich er vorsichtig auf den großen Kamin zu, der in der Dachmitte angebracht war und ihm einen Teil der Sicht nahm. Er drückte sich mit dem Rücken am Kamin entlang und erwartete, jeden Moment von Daphne überrascht zu werden, doch sobald er den Schlot umrundet hatte, sah er sie am Rand des Daches stehen, das lediglich durch eine niedrige Betonmauer zur Straße hin gesichert war.

Sie blickte nicht zu ihm, sondern hinunter auf die Straße, doch als er einen vorsichtigen Schritt auf sie zu machte, drehte sie den Kopf und schrie: „Hau ab, Arschloch!"

Daphnes Silhouette hob sich deutlich gegen den düsteren Himmel ab, der eine dunkelviolette Färbung angenommen hatte. Fernes Wetterleuchten ging mit dumpfen Grollen einher, ein

Gewitter zog auf und ließ die Kulisse noch bedrohlicher erscheinen.

Garcia blieb stehen und hob beschwichtigend die Hände. „Frau Ehrmann, kommen Sie zurück. Bitte! Es wird Ihnen nichts passieren."

„Nichts passieren?", schrie Daphne. „Mir ist doch schon alles passiert!"

„Sie sind noch so jung, Ihnen wird noch so viel Gutes widerfahren", versuchte Garcia sein Glück und näherte sich langsam Schritt für Schritt.

Daphne ließ ihn nicht aus den Augen, dann stellte sie ihr rechtes Bein auf die Betonbrüstung und rief: „Stopp, Arschloch. Sonst bin ich ganz schnell da unten!"

Garcia war nur noch wenige Schritte von ihr entfernt und ihr nun so nah, dass er ihre Augen sehen konnte. Er erschrak über die Entschlossenheit, die Härte und die Wildheit ihres Blicks. Diese Frau war tatsächlich in der Lage zu springen, das war ihm vollkommen klar und so wagte er es nicht, weiterzugehen.

„Frau Ehrmann, lassen Sie uns in Ruhe reden", bat er.

Sie schnaubte: „Reden? Worüber?"

„Über Ihre Perspektiven."

In Daphne arbeitete es. „Perspektiven?", fragte sie bitter. „Ich kann keine Kinder mehr kriegen. Ich habe Angst vor Männern. Ich werde nie wieder jemandem vertrauen können. Ich werde nie wieder lieben können. Und wenn ich nicht springe, komme ich in den Knast. Über welche Perspektiven wollen Sie also reden?"

Ihr eisgrauer Blick hatte an Wildheit, an Entschlossenheit noch zugenommen und Garcia las in ihren Augen, dass er verloren hatte.

Fast als habe sie ihn im gleichen Moment vergessen, drehte sich Daphne zum Abgrund hin und stieg mit dem zweiten Bein auf die Betonmauer.

Verzweifelt rannte Garcia los, kriegte sie in letzter Sekunde an der Jacke zu fassen und riss sie nach hinten, während sie mit aller Kraft versuchte, sich den Abgrund hinunter zu stürzen.

Garcia geriet ins Straucheln und Daphne, die noch immer auf dem Betonsims stand, versuchte nun, sich ihrer Jacke zu entledigen, an der er sie festhielt. Er kriegte ihren Arm zu fassen, doch sie versuchte weiterhin, sich loszureißen, und der Kommissar war erstaunt über ihre Muskelkraft. All seinen Mut zusammennehmend sprang er auf die Brüstung, schlang seinen Arm um ihren Hals und warf sich nach hinten, Daphne im Würgegriff haltend.

Die beiden stürzten rücklings auf das Dach, Garcia stöhnte auf, als er mit dem Rücken aufprallte. Daphne strampelte wie wild, doch er hielt sie mit aller Kraft fest, die Schläge ignorierend, die sie ihm mit Händen und Füßen beibrachte und die ihn überall trafen, besonders schmerzhaft an den Schienbeinen. Er ließ sie nicht los, auch dann nicht, als sie ihm so fest in den Arm biss, dass er den Schmerz durch die Jacke hindurch spürte. Er hielt den Schmerz einfach aus und hielt sie weiter fest, so lange, bis er spürte, dass ihre Kräfte allmählich nachließen.

Endlich hörte sie ganz auf, um sich zu schlagen, doch atmete sie immer noch heftig, während Garcia sie, mittlerweile halb auf ihr liegend, weiterhin fest in den Armen hielt. In einem letzten Versuch sich zu befreien, spuckte sie ihm ins Gesicht, doch auch jetzt ließ er sie nicht los.

Einen Moment lang sahen sie sich wie Gegner im erbitterten Todeskampf in die Augen, dann wischte Garcia sich mit dem Ärmel die Spucke aus dem Gesicht. Mit einer Stimme, die erstaunlich sanft klang, flüsterte er: „Eines Tages werden Sie froh sein, am Leben zu sein. Ich verspreche es Ihnen."

In dem Moment spürte er, wie Daphnes Widerstand gebrochen war, wie ihr ganzer Körper erschlaffte, und dann begann sie zu weinen. Und nun war sie es, die sich an ihm festklammerte und weinte und schluchzte, und Garcia ließ sie auch jetzt nicht los. Das

Gewitter war mittlerweile genau über ihnen und der Regen, der auf sie niederprasselte und Garcia in den Kragen rann, vermischte sich mit Daphnes Tränen.

Wie lange sie so dalagen, konnte er später nicht mehr sagen. Er hielt das weinende Mädchen im Arm und ließ sie auch dann noch nicht los, als die Sicherheitskräfte das Dach erreichten und die beiden dort liegend vorfanden.

SONNTAG, ABEND

Die Herbstmelancholie hatte an Wucht verloren. Wie ein leiser Nebel legte sie sich über Garcias Gemüt, als er an diesem Abend erschöpft den Heimweg antrat. Das Gewitter war vorübergezogen, die Erde dampfte und hüllte die Welt in weiße Schwaden ein.

Bernauer hatte ihn auf ein Glas Wein eingeladen, aber er hatte dankend abgelehnt – zu müde und leer fühlte er sich nach diesem Tag und die Einzige, mit der er jetzt gerne geredet hätte, war für ihn nicht erreichbar. Er hatte Franzi wiederholte Male auf ihre Mailbox gesprochen, doch sie hatte lediglich eine SMS geschickt, in der stand, dass sie wohlauf war und gute Freunde sich um sie kümmerten. Wenigstens hatte er die Gewissheit, dass sich unter diesen guten Freunden kein Robert Wendling befand, aber sonst wusste er nichts und er fühlte eine melancholische Traurigkeit darüber, dass Franzi so unerreichbar blieb.

Da läutete das Handy in seiner Jackentasche.

Es war Melanie: „Hey, Alexander!“ Es klang fast zärtlich. „Was machst du gerade?“

„In Selbstmitleid zerfließen. Warum?“

Melanie lachte. „Man kann dir vieles vorwerfen, aber Selbstmitleid gehört nicht zu deinen Schwächen. Was ist mit deinem Mordfall?“

„Der ist gelöst.“

Es entstand ein kurzes Schweigen.

„Mit deiner Hilfe“, fügte er hinzu.

„War es diese Alice Wahlin?“, fragte Melanie.

„Ich darf darüber nicht reden.“

„Dann sag mir nur den Vornamen.“

„Daphne.“

Diesmal entstand ein längeres Schweigen.

„Du hast es geahnt, nicht wahr?“, fragte Garcia.

Statt darauf zu antworten, sagte Melanie mit belegter Stimme:

„Magst du mit mir was trinken gehen? Ich habe dir doch versprochen, mich mit dir zu treffen, wenn der Fall gelöst ist."

In dem Moment spürte Garcia, dass Melanie die zweitliebste Person war, mit der er gern den Abend verbringen wollte, und sofort fühlte er sich besser.

„Gern", sagte er. „Sehr gerne sogar. In einer Viertelstunde im Hoover & Floyd?"

„Gib mir eine halbe Stunde."

„Natürlich. Ich freu mich auf dich."

Bevor er auflegen konnte, fügte sie noch hinzu: „Ach, und Alexander ..."

„Ja?"

„Bitte sag mir nicht kurz vorher noch ab. Sei einfach einmal in deinem Leben verlässlich."

„Versprochen."

Kaum hatte Garcia aufgelegt, läutete wieder sein Handy.

Diesmal war es endlich Franzi.

„Franzi, wie geht es dir?", rief er.

„Ich weiß nicht ..." Franzi klang sehr bedrückt. „Mittelmäßig. Ich bin so unglaublich durcheinander."

„Das kann ich mir denken."

„Alexander ..." Sie zögerte. „Du bist der Einzige, dem ich nichts erklären muss. Der Einzige, der mich versteht. Und der weiß, wie ich mich fühle. Können wir uns treffen?"

„Heute Abend?"

Sofort wurde Franzis Stimme kühler: „Hast du schon was vor?"

Garcia zögerte. Was er auch antworten würde, er wusste, er konnte eigentlich nur etwas falsch machen. Entweder würde er Melanie verletzen oder Franzi. Und sein Gefühl sagte ihm, dass keine von beiden ihm das verzeihen würde.

„Kann ich dich gleich zurückrufen?", bat er.

„Okay", erwiderte Franzi und legte einfach auf. Es hatte sehr enttäuscht geklungen.

Garcia steckte das Handy weg, vergrub beide Hände tief in seinen Jackentaschen und trottete durch den kühlen Herbstnebel. Ein leichter Nieselregen hatte eingesetzt und er dachte, dass es nun bald Winter werden würde.

ENDE

DANKSAGUNG

Mein Dank gilt auch für dieses Buch wieder all den Menschen, die mich auf so vielen Ebenen unterstützt, ermuntert und bestärkt haben.

Im Besonderen gilt er:

Meinen aufmerksamen, scharfsinnigen und empathischen Korrekturlesern, auf deren wachen Verstand ich immer vertrauen kann und die mich zu manch einer Idee inspiriert haben:
Mulo Francel, Sabine Kazoglou-Fellmann, Erich Fellmann.

Dr. Sybille Kraus, Fachärztin für Rechtsmedizin im Institut für Rechtsmedizin der Universität München in der Nußbaumstraße, der ich wichtige rechtsmedizinische und forensische Informationen verdanke.

Markus Kraus, Kriminaloberrat und Leiter des Mordkommissariats München.

Michael Volk vom Volk Verlag.

Aylin Salzmann vom Ullstein Verlag, die auf einer Zugfahrt in Köln mit der Lektüre dieses Buches begann und bei der Ankunft in Berlin sofort Nägel mit Köpfen machte.